徳間文庫

化石少女

麻耶雄嵩

徳間書店

目次

第一章　古生物部、推理する

1

染みだらけの天井に棒状の蛍光灯が二列に並ぶ、十二畳ほどの細長い部室。窓はいつもカーテンで閉め切られ、クリーム色の壁には埃《ほこり》っぽいガラクタが所狭しと並べられている。小動物や恐竜の骨格模型。三葉虫の化石。シダ類の標本。それらに混じってよく解らない大量の石ころ。

また目の高さにはシーラカンスとアンモナイトの模型がこれ見よがしに飾られている。どれも古びて、ところどころ塗装がハゲていた。

そんな理科室か大学の研究室を思わせる雰囲気の部屋の片隅では、山吹色とコバルトブルーのチェックのブレザーを着た女が、パイプ椅子に座り、卓上の箱に向かってハンマーを打ちつけていた。左手には細長いタガネ。もちろん両手に軍手を塡《は》め、顔はマスクとゴーグルで覆われ、天然パーマと思われる茶色いじゃじゃ馬な長髪は後ろで束ねられている。ゴーグルから覗《のぞ》くアーモンド形の瞳だけは真剣で、獲物を狙う鷹《たか》のように鋭い目つきだった。

彼女の名前は神舞《かんぶ》まりあ。私立ペルム学園の二年生である。で、ここはペルム学園の古生物部の部室。京都市の北部に位置し、近くを賀茂《かも》川が流れる私立ペルム学園は百年の歴史を誇り、そして古生物部は二十年の歴史を持つ（それなりに）伝統ある部らしい。

まりあは慎重な手つきでゴツゴツした石の表面をタガネで削り取っている。石に埋もれた化石を削り出しているのだ。そのたびにコンコンコンとタガネの頭にハンマーが当たる音が室内に響いてくる。

「まりあ先輩」

中央にでんと据えられたテーブルに肘《ひじ》をつき携帯ゲームに興じていた桑島《くわじま》彰《あきら》が呼びかけてみたが返事がない。作業に熱中するあまり、声が全く聞こえていないようだ。コンコンコンと日曜大工でもしているかのような規則正しい金属音だけが返ってくる。

壁掛時計で時刻を確認したあと、彰は再び呼びかけた。今度はもう少し大きな声で。

「まりあ先輩」

だが、返事はない。彼女はこちらに背を向け、前屈《まえかが》みの姿勢で没頭している。

これ以上大声で呼びかけ、逆に怒らせても拙《まず》い。短慮な彼女ならハンマーを投げてきそ

うだ。彰はちょっと思案したあと、

「あ、イクチオステガ似のイケメンが窓の外に！」

ぼそっと呟《つぶや》いた。

案の定、まりあは、「どこ？」とすぐさま立ち上がると、窓へと一直線に向かう。今まで本当に聞こえてなかったのか不思議なくらいに。

だがすぐに、全ての窓がカーテンで閉じられていることに気づいたようで、キッと彰の方を向くと、

「騙《だま》したわね！　どこにイクチオステガ似のイケメンがいるのよ」

マスク越しで声がくぐもっている。そのせいかいつもの迫力がない。まりあは別にインフルエンザにかかっているわけではない。マスクのサイズはA型からC型ウイルスまでまとめて押し寄せても大丈夫な巨大さだったが、石の防塵《ぼうじん》対策でつけているだけだ。

本人も迫力不足を感じたのか、煩わしそうにマスクとゴーグルを外し、

「どういうつもり。純真な女子高生を揶揄《からか》って楽しいわけ」

今度は甲高い声で怒鳴りつける。目は吊り上がり、八重歯は剝《む》き出しになる。さながらサーベルタイガーのよう。丸顔で目鼻立ちが整い、健康的にほど良く日焼けし、大人しくしていればそれなりに可愛いはずなのだが、今は台無しだ。

「そんなことより、生徒会室に行かなくていいんですか。結構時間が過ぎてますよ」

「もうそんな時間?」

今気づいたように、まりあは壁の時計を見た。予定の時刻を十五分過ぎている。

「完全に遅れてますよ。生徒会長を待たせるのはまずいんじゃないですか、先輩」

彰が駄目を押すと、まりあはハンマーで細かいリズムを刻みながら、少し逡巡《しゅんじゅん》したあと、

「彰、代わりに行ってきてよ。もう少しでウミユリが剝離《はくり》できるの。今、一番大事なところなのよ」

鋭利なタガネの先端をこちらに向け、命令口調で云いつける。いつものことだ。幼稚園からのつき合いでいつも先輩風を吹かせているが、面倒臭いことは、なにかと彰に押しつけようとする。

「化石は逃げないんだから、あとでゆっくり作業すればいいじゃないですか」

「一度集中力が切れると、再び取り戻すのが難しいのよ。一度のミスが取り返しのつかない惨事を招くの。ほら、注意一秒ハゲ一生って云うでしょ。今ならまだ、さっきのテンションに戻すのは簡単だし」

卓上の化石は、先週末に滋賀の権現谷《ごんげん》という山奥で掘り出してきたブツらしい。石は一個だけでなく、その隣に置かれた小綺麗《こぎれい》なリュックの中にごちゃっと詰め込まれている。なるほど、それでずっとハンマーとタガネを握りしめたままなのか。これで自分をどう

こうするつもりではないようだ……彰は一安心したが、

「でも、本当に正念場なの。今まで採ったウミユリの中でも、一番大きくて形も綺麗に残っているのよ」

まりあは未練がましくハンマーを手放さない。

「そもそもどうして部室でするんです。家に帰って心おきなく作業すればいいんじゃないんですか？　そっちの方が集中するでしょうに」

すると、まりあはふうと肩を落として、

「彰も知ってるでしょ。私の家が厳しいこと。学業より化石掘りを優先しているのがばれたら、道具を全部取り上げられてしまうわ。先週も、友達と琵琶《びわ》湖に遊びに行ったって誤魔化してあるんだから」

「ああ、なるほど」

彰はまりあの幼なじみで、家も近所だ。ただ、彰の家が普通のサラリーマン一家でマイホームも十人並みな一戸建てなのに対し、まりあの家は土蔵だけでも彰の家くらいある豪邸だった。それも周囲に漆喰《しっくい》の高塀が張り巡らされた純和風の旧家。

神舞家は京都に都があった頃から続く由緒ある家柄で、まりあはそこの次女、つまりお嬢様になる。ただ幼稚園の時から、お嬢様然とした気品のある仕草を一度も見たことはない。上に姉と兄がおり、三人兄弟の末っ子なためか、親に甘やかされてきたようだ。そのせいで、わがままで大雑把な人間に育ってしまった。

そんなまりあも家ではそれなりに猫を被《かぶ》っているらしい。

「だから彰も親に化石のことを告げ口したらどうなるか解ってるわね」

まりあの父親は物静かで古風な人物だ。いくら甘やかしていると云っても、娘が一人で山奥に化石を掘りに行っていると知れば、さすがに卒倒しそうではある。

「もちろん、誰にも話してませんよ」

彰自身、まりあの趣味を知ったのはこの春のことだった。高校に入学し、さてどこのクラブに入ろうか迷っていたとき、まりあに強引に勧誘されたのだ。それまでまりあは家族への発覚を恐れてか、彰にも洩《も》らしてなかった。とはいえ、昔から恐竜やマンモスの話を熱心にしていたな、と思い当たるところはある。

ただ学内ではさすがに隠しきれないのか、奇人変人化石少女としてちょっとした有名人になっていた。彰自身、入学早々上級生から「お前、あの化石少女の知り合いなのかよ」と好奇の目で話しかけられたことがある。

「それはともかく、俺ひとりで行ったら、あっさり廃部にされてしまいますよ。まだ新入生だし。この部にさして思い入れもないし」

「そうね。彰みたいなネンネじゃ、適当にあしらわれて終わりよね」

「そう、この部も一巻の終わりです」

「まさにペルムの大絶滅か。それは困るわね」

　未練がましくまりあは机の上の化石を見ていたが、やがて振り切るようにハンマーとタガネを置き軍手を脱いだ。パンパンと勢いよく服を叩き、細かい埃を払うと、

「しかたない。これから生徒会に行くわよ。もちろん彰も来るのよ」

「俺も？」

「当たり前じゃない。敵の本拠地へ乗り込むのよ。向こうも古生物部を潰《つぶ》すために、どんな手を使ってくるか知れたものじゃないわ。あの手この手で恫喝《どうかつ》されたとき、こんなか弱い乙女を誰が護《まも》ってくれるのよ」

「か弱い？　それはともかく俺に護れるかな？　生徒会長、結構な武闘派だし」

　彰は運動神経が鈍い方ではないが、腕力となると別だ。中学の時はバスケ部だったから瞬発力はある。ただし二年生の時膝《ひざ》の靭帯《じんたい》を痛め引退したので、過去の栄光だが。また、プロレスは好きだが、喧嘩《けんか》はしたことがない。中学の頃、寺町《てらまち》通りで一度だけカツアゲに遭遇したことがあるが、一瞬で身を翻《ひるがえ》し、ひたすら逃げた。幸いうまく逃げ切れたが、その夜は靭帯の古傷が疼《うず》いた。

「男がいるだけでも違うものよ。彰はゲームばかりやってて精神は軟弱の極みだけど、見た目だけは男っぽいから、伏魔殿の住人たちも一応は警戒するんじゃない？」

「まあ、そうかもしれませんが。今はむしろ遅刻のことを気にしたほうが。先手を取られ

ねちねち責められるんじゃないんですか」

「そうね。そっちの問題は……そうだ、部の時計が遅れてたことに」

云うが早いか、壁の掛時計に細工しようと、まりあは下の棚にある木箱を足場にするため引きずり出した。木箱はネジが弛《ゆる》んでいたらしく、勢いでぱかっと蓋《ふた》が開き、中から巨大な魚の頭が跳び出てきた。中空の張りぼてで、細い竹の外骨格に紙を貼りあわせてある。その上に絵の具で塗装していたようだが、経年劣化で色はほぼ褪《あ》せていた。サイズは人の頭から肩まですっぽり入るくらい。

「なんです、これ？」

不浄なものを見る目で彰が尋ねると、

「シーラカンスよ。昔、文化祭で使うために作ったって聞いたことがあるわ。五年ほど前だったかしら。時間が無くて下半身まで間に合わずお蔵入りしたとか」

「そんな過去の遺物が転がってるって、先輩も、歴代の部員も、部室を全然掃除してないんですか」

「掃除なんて、化石のクリーニングで精一杯だから。でも大事にとってあったのね。もしかすると後代の部員がいつか完成させるために、あえて残していたのかも」

口調とは裏腹に、まりあはぞんざいにシーラカンスを脇にのけると、木箱を台代わりにして、時計の下部にあるつまみに手を掛けた。

「あとはこれを三十分遅れさせたら、私には何の非もなくなるわ。見事な完全犯罪ね」

彼女がにんまりと笑みを浮かべたとき、

「その必要はない」

威厳に満ちたヘルデンテノールとともに、突然入り口のドアが開いた。

現れたのは、荒子武伸《あらこたけのぶ》。私立ペルム学園の三年生で生徒会長。つまり、まりあたちがこれから会いに行こうとしていた当の人物だった。

身長は百七十五センチほど。彰より五センチ以上高い。細身ながら締まった体つきで、剣道部の部長も務めている。面長な顔もきりっと引き締まり、涼しい目許《めもと》と気位が高そうな細く駆け上がった眉が特徴的。髪型は整髪剤をふんだんに塗りつけたオールバック。

見ると生徒会長一人ではなく、その背後に副会長の野跡倭文代《のせきしずよ》、書記の中島智和《なかじまともかず》、庶務の小本英樹《こもとひでき》、会計の稲永渚《いなえいなぎさ》、風紀の笹島生人《ささしまいくと》の五人が控えていた。

「おや、生徒会役員の面々が全員揃《そろ》い踏みでどうしたんですか？」

ぞろぞろと部室に進入してくる役員たちを見て、後頭部の髪留めを外しながら、挑発的にまりあが声を掛ける。

「どうしたもこうしたも、約束の時間を三十分近くも遅れているのは、神舞君だが」

「そうでした？　そういえば時計が故障して……」

白々しく壁の時計に目を遣《や》る。いきなり会長たちが入ってきたため、針は十五分ほどしか遅らせられなかった。

「とぼけても無駄だ。君たちが時計に細工しようと騒いでいたのは、ドアの外にまで洩れていたからな」

「あら、盗み聞きとは、謹厳居士《こじ》で有名な生徒会長さんにしては褒められた行為ではないわね」

「勝手に洩れてきたんだが。クラブ棟は旧《ふる》いからな。しかしわざわざこちらから訪れたのに、そんなすげない対応なのか」

「すげないと云われても。もてなそうにも椅子は六脚もないし。あなたたちがよく知っているとおり、ここも過疎部だから」

部室には現在まともに使える椅子が四脚しかない。去年、二脚潰れたが、予算が下りず補充できなかったのだ。

「私は椅子がなくても構わない。ただ彼女たちは座らせてほしい」

荒子は副会長と会計を前に押し出す。三年生で副会長の野跡倭文代はまりあとは対照的に、色白で切れ長の瞳にすらっとよく通った鼻筋で、良家のお姫様といった風情《ふぜい》の和風美人だった。公家《くげ》の出らしく品のある物腰だが、理系を選択しているのは大病院を経営している母方の実家の血を引いているのかもしれない。

同じ長髪でも、茶色がかった天然パーマのまりあと異なり、艶《つや》やかなストレートの黒髪で、鴉《からす》の濡《ぬ》れ羽《ば》色という表現がぴったり合う。もちろん見た目どおり、しゃべり方もしとやかだ。いかにも深窓の令嬢、箱入り娘といった感じだが、意外にもテニス部のエースでもある。

会計の稲永渚は二年生で、百四十五センチと生徒会の中でも格段に低い身長。その上童顔なので、中学生、いやともすれば小学校高学年にも見えなくもない。ぱっちりとした大きな瞳に柔らかそうな唇と、容姿は整っているのだが、全てのパーツが円みを帯びているせいか幼く見える。それもあり生徒会のマスコット的な存在になっている。

本人も、ショートカットの健康的な髪型にオーバーな身振りと、それを意識している節がある。裏声かと思う甲高い声がいつまでも耳に残るが、これは地声のようだ。この声を活かして、演劇部では子役を演じているらしい。春の『後光仮面』では、警官の目の前でお経を唱える怪人に攫《さら》われる役を演じ、甲高い悲鳴をホール中に響かせていた。

実家は個人貿易商とこの学園では平凡の部類だが、会計に選ばれたのには理由があり、中学時代暗算の大会に学校代表で出たことがあるとのこと。人は見かけや体格ではわからない。彰も去年まで中学生だったが、クラスメイトの女子はもっと大人びていた。

……いや、一人だけいた。唐突に彰は思い出した。一年近く封印していた苦い記憶。去年の夏に告白して、あっさりふられたクラスメイト。吹奏楽部に所属していたが、同じように幼い外見で、友人からもよく揶揄われていた。〝あさみ〟という名だった。彼女は彰と違って普通に公立高校へ進学したので、今は顔を合わせることもない。

改めて渚を観察すると、雰囲気だけでなく面影もよく似ている。飛ぶ鳥を落とす勢いの生徒会のメンバーを面と向かって見たことがないので、気づかなかったのだ。雨上がりの湿った空気の中、校舎裏で「ごめんなさい」と迷惑そうに断られたシーンが、フラッシュバックのように脳裏を覆い尽くす。なけなしの勇気を振り絞った一世一代の告白は、あっさり幕を下ろしたのだ。

しかし本当によく似ている。思わずじっと見つめていると、渚に気づかれたようで不審げに見返された。慌てて視線を逸《そ》らす。

「レディーファーストなのはいいことだわ。彰にも教えてほしいくらいよ」

偉そうにまりあが二つ椅子を用意すると、二人はゆっくりと腰掛けた。渚は倭文代より後輩なので、「先に失礼しまーす」と甲高い声で一声断っている。

「女子供を大切にするのは荒子家の家訓だからな」

「なら、私も女だから大切にして、部を潰さないでくれる？」

まりあが猿芝居で精一杯のしなを作ると、

「それと過疎部の問題は別だ。先代のような贔屓《ひいき》は認められないな」

ぴしゃりと生徒会長は云い放った。

「ケチね」

「当たり前だ。君も過疎部問題が深刻なのを知らないわけではないだろう」

足を組んで椅子に座るまりあを見下ろしながら、荒子は正面から説き伏せる。

過疎部問題とは……。

ペルム学園では生徒の自主性を重んじるため、クラブの認可は結構甘い。顧問の教師がいなくても、生徒だけで容易に部として認められる。また申請さえ通れば予算もそれなりにつくし、この部のように部室も割り当てられる。そしていくら活動成果が乏しくても、よほどのことがない限り潰されることはない。

ただ、それはあくまでも人数が揃っていた場合だ。クラブに必要な人数は二段階あり、部員が十人以上いないと予算は下りない。彰とまりあの二人だけの古生物部には、当然予算はつかない。ただ、既得権として部室を継続して使用することは認められている。

問題は次の段階で、最低五人揃わないと、部としても認められなくなるのだ。もちろん部室も引き払わなければならない。まりあは小遣いに不自由しない身なので、予算云々《うんぬん》は気にしていないようだが、廃部となれば古生物部自体の歴史が途絶えることになる。その上親には隠しているので、大量の化石を家に持ち帰るわけにも行かず、趣味を断念せざるをえなくなってしまう。

ただ、本来部員が二人に減ったからといって、いきなり廃部になるわけではない。様子見の期間があり、三年続けて五人未満だと廃部になるのだ。古生物部は去年の部員数が三人だったが一昨年はかろうじて五人いたので、まだ今年は様子見期間なのだが、今、生徒会から圧力を受けているのには理由がある。それが過疎部問題だ。

現在、五人未満の期間が二年のいわゆる〝過疎部〟は校内に十三あると云われている。同時に今期新しく申請された部は九つ。自主を重んじる学園当局が野放図に認めた結果だが、当然ながら部室の数は有限だ。

今までも潜在的には問題があったが、最近の趣味の多様化のせいか、乱立が酷《ひど》くなってきたのだ。聞くところによると、パソコン部が数年前から三つに割れ、現在はウィンドウズ部とマック部、そしてＵＮＩＸ部がそれぞれ別に存在しているらしい。この古生物部にしても生物部や恐竜部、棘皮《きょくひ》部など別に存在し、それぞれ部としての予算も下りている。

そのため、たとえ人数が多いクラブを新しく創設したとしても、肝心の部室がないという問題が起きているのだ。時流に合った血の入れ替えがうまくできない。その弊害をなくすために、数年前、部室不足対策として、三年以内でも生徒会の判断で強権的に過疎部を廃部にできることが決まった。

結果、前年は七つの部が廃部になり、今年も夏までに七つのクラブを廃部にすると、生徒会は発表した。その廃部候補の中に古生物部も含まれていたのだ。

廃部候補に古生物部が選ばれた背景には、実は生徒会との関係も大いにあったのだが……。

＊

私立ペルム学園には半期ごとに生徒会の選挙がある。時期は五月と十一月の頭。五月の頭というのは、新入生のみならず在校生も新しいクラスで落ち着き始めたばかりなので早いのだが、生徒会長は全校生徒の代表なので、新入生にも一刻も早く選ぶ権利を与えるべきだとの学園の方針でそう決められていた。

ペルム学園は名門の高校なので在校生も良家の子女が多い。すると自然と派閥が形成される。それは実社会を反映した縮図となり、時に学内の権力闘争にまで発展することになる。

庶民の彰には理解しがたい感情だが、例えばA家の息子が生徒会選挙でB家の息子に負けた場合、当人たちのみならず、A家がB家の風下に立ったことになり、A家の恥と感じるようだ。そのため選挙に勝とうと必死になるらしい。

生徒会長は秋は二年生、春は三年生から選ばれるので、常に対立するのが二家とは限らない。四年前は突出した家がなかったため、なんと七人が立候補し、春秋戦国時代さながらの混沌《こんとん》とした選挙になったらしい。その際、蘇秦《そしん》や張儀《ちょうぎ》ばりの縦横家が合従連衡《がっしょうれんこう》に暗躍したという。

そして去年の秋、現三年生の代には、現生徒会長の荒子家と前生徒会長の水島《みずしま》家の二家が激突することになった。二人とも庶流ながら摂関家の血をひく名門で、家格はほぼ同じ。前の代は、三つ巴《みつどもえ》だったためペルム三国時代と呼称されたが、去年はペルム南北朝と呼ばれる激しい選挙戦が繰り広げられた。彰が入学する前のことだ。

そして昨秋行われた第一次ペルム南北朝選挙戦は水島が勝利した。だが選挙は二度あり、負けた方もリヴェンジの機会が一度だけある。荒子はそのチャンスを逃さず、春の第二次ペルム南北朝選挙戦で念願の会長当選を果たした。

そもそも、ペルム学園の選挙自体が家格争いを前提としたかのようなシステムで、生徒会長と副会長が必ずセットで立候補し、当選した二人が書記と会計、庶務といった残りの役員を任命するようになっている。そのため生徒会は自《おの》ずと会長の派閥一色に染まるのだ。つまり選挙に出るのは二人一組で、あとの役員は民間登用といった感じだ。

新入生の彰は、まだ一度しか選挙戦を目にしていないが、互いのプライドを賭《か》けた闘いは、まるで本物の公選さながらで、掲示板や教室には正副会長候補二人のポスターが間隙《かんげき》なく貼られていた。また放課後の校門内演説（学外での選挙活動は禁止されている）や体育館を借り切っての激励会など、こちらが選挙資金の心配を勝手にしてしまいそうになるほどに華やかで物々しいものだった。

で、前生徒会長に代わりライヴァルの新生徒会長が誕生したわけだが、それが古生物部の運命を左右することになる。

なぜなら、神舞家は水島家寄りの立場だったからだ。廃部選びは厳密な審査を建前としながらも、生徒会の匙加減《さじ》ひとつなところがある。前年に古生物部が廃部にならなかったのは、神舞家と水島家の縁が大きいらしい。そして荒子側や、どちらとも縁を持たないクラブが優先的に廃部指定されたのだ。古生物部に近いところでは、単弓亜綱《たんきゅうあこう》部が廃部の憂き目を見た。

そのため当然のように、春に政権が交代し形勢が逆転すると、前生徒会側の古生物部がターゲットになった。

まりあ自身は選挙や生徒会の訌争《こうそう》に何の関心もなかったが、結果的に優遇されたのは事実だ。選挙戦が終わりゴールデンウィーク明けのある日、早速生徒会から事前調査と称した招集が掛かった。

それが今日だったのだが……。

「神舞くん。廃部について話し合いたいんだが。その前に、そこの彼は？」

「新入部員よ。古生物部の新戦力」

突然のことに彰も「は、はい」と返事するしかなかった。実は彰はまだ正式な部員ではなかったのだ。

「初めまして。一年の桑島彰といいます」

彰とまりあは幼なじみだが、パワーバランスはまりあが断然上になる。なぜなら彰の父親が勤める会社の社長がまりあの父親だからだ。いわば社長令嬢と、従業員の息子というナイアガラのような高い格差がある関係。

もっともまりあはそんな意識は微塵《みじん》もないようで、ただの年下の幼なじみとして無遠慮に接している。だが、彰の方は父親から云い含められ、まりあのお守《も》り役というか従者のようになっていた。幼稚園の頃からそうだった。どうやら父親も、社長にそれとなく頼まれたようだ。

普通の公立で充分なのに、名門私立に入ることになったのもそのためだ。彰の成績は決して悪くないが――むしろ上から数えた方が早い――成績だけで入れる学校でもない。神舞家の推薦があったればこそだろう。

とはいえ、高い段差は普段は意識することはない。小学校の頃は「お嬢様」などではなく、普通に「まりあちゃん」と呼んでいた。今の「まりあ先輩」になったのは彰が中学生になったときで、「中学生なんだから、年上はちゃんと先輩と呼びなさい」と変なお達しが発せられたからだ。まあ、まりあの方が年上で先輩なので特に異論はない。もし「お嬢様」と呼びなさいと云われたら、即座にお守り役を投げ捨てていただろうが。

幼稚園を除き、小学校、中学校とまりあは女子校に通っていたので、基本、休日や放課後だけの相手だった。なので同じ高校に入るまで、まりあのお守りがここまで手間のかかるものだとは考えていなかった。

そして四月、高校初日の放課後、早々に部室に引きずり込まれた。

「彰、あんたどうせ暇でしょ。古生物部に入りなさい」

その時初めてまりあの秘密の趣味を知らされたのだが、今から考えると、今日《こんにち》のような事態を危惧《きぐ》していたのだろう。「暇じゃない」彰は云い返そうとしたが、「暇に決まってるわよ」と決めつけられた。

実際、膝の筋を痛めて、もうバスケは出来そうにない。それにお守り役のこともあり、一応見習いということで部室に出入りしていたのだ。なので生徒会にはまだ部員として正式に申請されていないはずだ。

「君が？」

案の定、生徒会長は驚いた顔で彰を見たが、

「まあ、それでもあと三人足りないな」

「二人いるだけでも凄《すご》いじゃない。リリヤン部なんて三年生一人しかいないという話よ」

唾《つば》を飛ばす勢いで、まりあが他部を引き合いに出す。

「リリヤン部は創部五十年の実績を持つ上に、毎年、老人ホームの慰問でリリヤンの編み物をプレゼントしていて、ホームのお年寄りにすごく喜ばれているんだよ。石拾いしかしていないこの部と同列に語るのはどうかと思うね」

「ちょっと、どういう意味！」趣味をバカにされたまりあのトーンが跳ね上がる。「古生物学は立派な学問よ。大学でも専攻があるような。会長はそれをバカにする気？」

「確かに、石拾いは云い過ぎね」

ずっと静かに座っていた副会長の野跡倭文代が、意外にもまりあの側に立つ。

倭文代の反応を見て隣の渚も「そうですよ、会長さん」と合成音のような甲高い声で同調する。その効果があったのか、

「たしかに私の口が過ぎた」

荒子生徒会長はあっさり謝罪した。プライドが高そうだが、己の非は率直に認める人物のようだ。今代の選挙戦は激しいぶつかりあいだったが、両陣営とも変な噂《うわさ》もなくクリーンな戦いだったらしい。かつては賄賂《わいろ》で票を買う行為などもあったらしいが。

「ただ、古生物部にはリリヤン部のような満足な実績がないのも確かだ。神舞君は誤解しているようだが、私は私情で部を潰すことはしない。あくまで客観的に判断するつもりだ。だから古生物部も相応の実績が残せれば当然、廃部は免れることになる。ただ、こんなシーラカンスの張りぼてを作っている程度では活動の成果とは云いがたいな」

会長は傍らのかぶり物に手を触れたが、埃っぽいためか、すぐに手を引っ込めた。

「それは昔の物で文化祭用のよ。活動のメインは化石採取。ほらこれを見なさいよ。綺麗なウミユリなんだから」

さっきまで削っていた化石を見せつける。まだ完全にクリーニングされていないので、曖昧《あいまい》な像しか現れていない。今のところただの石塊《いしくれ》だ。さすがに会長も戸惑ったようで、

「たしか恐竜部があったはずだが、そちらに合流すればどうなんだ？」

するとまりあは軽蔑《けいべつ》するように、フンと顔を背け、

「あいつらは恐竜展ばかり行って、化石なんて少しも掘ろうとしてないわよ。化石は眺めるものじゃなくて掘るものよ！　それになによ恐竜部って。恐竜以外をバカにしているでしょ。ティラノサウルスよりアノマロカリスのほうがはるかに孤高で格好いいのに。十五歩譲って同じ爬虫《はちゅう》類にしても、ディメトロドンのほうがフォルムも素晴らしいわよ。あの背鰭《せびれ》の美しさが理解できないなんて、連中とは全く意見が合わないわ」

ディメトロドンというのは、エダフォサウルス同様、背中に巨大な帆を張った大トカゲだ。恐竜ではなく哺乳《ほにゅう》類型爬虫類と呼ばれていたらしい。

小学校の頃はそれなりに恐竜少年だった彰も、中学以降はまったくの門外漢だった。プテラノドンもプレシオサウルスも、みな恐竜と呼んでいたレヴェル。なのにこのひと月で余計な知識が増えている。すべてまりあのせい。

「廃部寸前というのに贅沢《ぜいたく》な悩みだな。これだから現実感のない女は」

これは会長ではなく、隣に立っている書記の中島智和の発言だ。

「なんですって！　よく聞こえなかったから、もう一回云ってみなさいよ。いくら先輩と

はいえ……」

「神舞さん。大は小を兼ねるというでしょ。恐竜部に古生物の内部クラブを作ればいいんですよ。神舞さんほどの情熱の持ち主なら多少の障害も乗り越えられるでしょう」

まりあの怒りの矛先を収めようとしたのか、庶務の小本英樹が提案する。

わざわざ野郎の説明をするのも面倒だが、中島は青瓜《あおうり》が眼鏡を掛けたインテリ風の三年生。成績は学内でもトップクラスで、東大も夢でないという。ただ勉学の反動で心が置き去りになったのか、性格が陰湿らしい。

隣の小本は陸上部に所属する二年生で、今どき珍しく頭が丸坊主だ。その上丸顔なので、輪郭が満月みたいになっている。彼は家柄もよく、来期の会長候補の一人だとか。荒子会長がストイックな武道家風なら、小本は見た目は普通だが笑顔に愛嬌《あいきょう》がある好青年のスポーツマンだった。ただ得意種目が三段跳びなのから判るように、どこか垢抜《あかぬ》けない。同じく植物に喩《たと》えるなら里芋か。

ついでに残りの一人は風紀担当の笹島生人。二メートル近い巨漢で、会長を護衛するように無言でじっと寄り添っている。柔道部に所属している二年生で、来年の主将の座を確約されているらしい。顔は映画会社のオープニング映像に登場する岩場のごとき荒々しさで、至る所が畳の擦り傷で荒れている。

見た目の無骨さに比例するように、柔道も強く、府大会でも上位に食い込むらしい。ペルム学園は弱小スポーツ部が多いが、笹島の柔道部や荒子会長の剣道部など、個人戦主体では結構強かったりする。それでも府代表クラスになるとスポーツ推薦の化け物たちが犇《ひし》めいているので上位進出はなかなか難しいらしいが。

「そんな胆《きも》を嘗《な》めるようなことを、か弱い女子にしろというの、あんたは？　アンモナイトの群れの中に放り込まれたオウムガイの気持ちを考えたことがある？」

「まあ、君がどの道を選ぼうが私には興味はないが、とにかく部の存続に必要なのは実績だ」

乱れかけた場を纏《まと》めるように、会長が貫禄《かんろく》のある響きで結論する。

「とにかく夏までに実績を残すこと。今回の用件はそれだけだ。私は各部の実績に基づいて判断を下すのみだからな。約束しよう、そこに決して私情は交えないと」

「夏なんてもうすぐじゃない」

「これでもかなり配慮しているつもりだ。部室を待っている活きのいいクラブがたくさん控えているんだからな。時代は動いているんだよ」

云いたいだけ云って、会長一行は、水戸黄門《みとこうもん》のように会長を先頭に部屋を出ていく。茫《ぼう》然《ぜん》と見送っていたまりあだったが、

「もう！　彰、戸口に塩を撒《ま》いといて!!」

「案の定、大変そうだな。でも塩なんか撒くと部室が傷むぜ」

過疎の真《ま》っ直中《ただなか》にあるクラブにしては、今日は来客が多い。

顔を覗かせたのは、新聞部の部長の福井京介《ふくいきょうすけ》だった。猫背で藪睨《やぶにら》み。軽薄な口調と相まって、常に謎めいた印象を与える学園の怪人物だ。近隣校から憧れられているペルム学園の華美なブレザーも、彼が着ると怪しげな教団の衣装に映る。

「どうしたんですか、福井さん」

相手は三年生なので、彰はもとよりまりあもさん付けで呼んでいる。声の調子から、おそらく内心では呼び捨てにしたいのだろう。

「いや、前を通ったら神舞さんの威勢のいい声が聞こえてきたものだからね。その前に生徒会長御一行様とすれ違ったたし。こりゃあ過疎部問題かなとね」

新聞部は廊下の突き当たりに部室がある。

「そうよ。でも何とかするわ。他の部の力を借りたら、神舞まりあの名折れよ」

「相変わらず気が強い女だな」福井は表情を弛《ゆる》めたあと、「まあ、安心しな。いろいろとネタは仕入れてあるから。来週にも学内が大騒ぎになるような面白いことが起きると思うぜ」

自信に満ちた言葉とともに、福井は顔一杯にへへっと厭《いや》らしい笑みを浮かべた。腹黒さがマンガみたいに明らさますぎて、思わず顔を背けたくなるような笑顔だ。

福井がまりあに仄《ほの》めかすのは、彼も水島派の人間だからだ。父親が水島の系列会社の重役らしい。ある意味、彰に立場が似ているかもしれない。ただ、まりあの話だと、福井の父親が本社への栄転を目論《もくろ》んでいて、水島に必死で取り入っているとか。

そのためかクリーンな選挙戦のなかで、この男だけは少々胡散臭《うさんくさ》かった。怪文書などいくつか不快な噂も聞いた。ただ、よほど上手《うま》く立ち回ったのか、現生徒会になっても表立ったペナルティは科せられていない。

家同士の関係もあり、まりあもこの福井を無下には出来ないようだ。嫌悪感を悟られないよう必死で表情を取り繕っている。

「期待してるわ」

ぎこちない笑みを浮かべると、

「まあ、結果をご覧《ろう》じろだ。きっと水島さんを会長に復活させてみせるから」

三年生の選挙はもうない。秋に行われるのは現二年生の選挙である。ということは復活するには任期中の総辞職が必要になる。福井はそれくらいのネタを握っているということなのだろうか？

優越感からか福井はもう少し語りたかったようだが、携帯に着信があったようだ。

「それじゃあな」と節くれ立った手でポケットから携帯を取り出し、部室を出ていく。

「ああ気持ち悪い。彰、戸口に塩を十倍撒いといて！」

ドアの向こうの話し声が徐々に遠ざかるのを確認したあと、北風に出くわしたようにぶるっと身を震わせながら、まりあが悪態をついた。

「さあ。自信はかなりあるようですけど」

「どうして他人の足を掬《すく》うようなことばかり考えるのかしら。ほんと下らないわよね。動物は本能のままに生きてるからこんなに素晴らしいのに」

まりあ先輩も結構本能のままに生きてますよ。思わず口から零《こぼ》れ出そうになる。

「彰。福井さんの口車には絶対乗っちゃダメよ。いくら部のためとはいえ、お天道《てんと》様に恥じるようなことだけはダメだから」

まあ、このへんのまりあの考え方には好感が持てる。奇人の上、性格まで陰湿だったなら、彰もさすがにお守り役を放棄している。

「でも逆に考えれば、猶予がしばらく延びたっていうことよね。彰、入部してくれてありがとう。古生物部のこと、これからお願いね」

妙にしおらしいので、思わず警戒する。

「でも、あの会長も云っていたけど、もう三人いないことには、俺がいたところで意味がないんでしょう?」

「だからお願いいって云ってるのよ。この私が入部するだけで彰に頭を下げると思ってるの?」

「どういうことですか」

「あとの三人を勧誘してほしいの」

「勧誘？　先輩がすればいいじゃないですか」

「散々したわよ！　去年も。でも誰も入ってくれなかったんだから。今年は彰に頑張ってほしいのよ」

裏があった。やっぱりクラスで浮いているんじゃないか。そんな気、いや確信さえする。

「あまり期待しないでください」

五月ともなれば、帰宅部志望の彰のような人間を除き、何らかのクラブに加入している。なかんずくペルム学園には八百万《やおよろず》のクラブがあるのだ。クラスメイトで仲が良い奴は、既にクラブに入っている。一人くらいなら幽霊でもいいからと、何とかなるかもしれないが、あと三人も見つけるのは至難の業だった。その上部長のまりあの変人ぶりは、湯上がりのサイダー並みに浸透している。

明日から大変だな。

そんな困った日常が非日常に変わったのは、翌日のことだった。

2

いつものように薄暗い部室。向かいにある体育館の白壁のせいで、五月病を吹き飛ばすようなぽかぽかした日差しも、この部屋まで届かない。

「彰。そこのブラシ取って」

ハンマーを片手にまりあが呼びかける。声だけでこちらを見向きもしない。ここ三十分ほどずっと化石に集中しているのだ。待ち合わせに五分遅れただけですぐに苛立《いらだ》つまりあだが、化石にかける情熱だけはすごいものがある。

パイプ椅子に深く身体を預けて携帯ゲームをしていた彰はやおら身を起こすと、目に入ったヘアブラシを差し出した。

これくらい自分で取ればいいのに……そう思ったが、口には出さない。ただでさえ廃部問題で苛立っているところに、今は骨くらい簡単に打ち砕きそうな凶器を手にしているのだ。

「これですか？」

するとまりあは一瞥《いちべつ》したのち、

「ヘアブラシでどうやってクリーニングしろというのよ。化石に髪の毛が生えているわけないじゃない。ホント化石のことを何も知らないのね。そこの歯ブラシよ」

「なら最初から歯ブラシって云ってくれればいいのに」

彰は不満げに古びた歯ブラシを手渡した。毛先は使い込まれていて、てんでバラバラに跳ねた上に黒ずんでいた。

「業界ではブラシで通じるのよ」

礼も云わずに歯ブラシをひったくったまりあは、化石の表面を擦《こす》り始めた。一通り磨いたあと、今度は歯医者が使う細長い歯石取りに持ち替え、隙間《すきま》を削り始めた。そして十分後、

「……でも、これで一人前の化石掘りになれるのかしら。私の卒業後が心配だわ。やっぱりこれからびしばし鍛えないとね」

一番繊細な部分が終わったらしく、ゴーグルを外したまりあが溜息を吐《つ》く。

「ちょっと待ってくださいよ。そりゃあ正式に入部するとは云いましたが、あくまでなりゆきで。俺は化石にはなんの興味もないですから」

「なに、その云い訳。男に二言は禁物よ。入ると宣言した以上は、仮面部員や幽霊部員じゃなくて、きちんと活動をしてもらうわよ」

二言は禁物と指摘されれば、男である彰は押し黙るしかない。そんな彰の心情を知ってか知らずか、まりあはうっとりとした目つきに変わると、

「いまに彰にも理解できるわよ。化石の素晴らしさが。小さな石の欠片《かけら》に、どれだけ太古のロマンが詰まっているかが……」

薄汚い小さな部室が、まるでシダに覆われたパンゲア大陸になったかのように、ぐるっと見回している。いつもの陶酔癖だ。

壁に飾られた模型や化石、骨格標本の生前の姿を思い浮かべているのかもしれないが、闇鍋《やみなべ》のごとく時代がバラバラだ。彼女の頭の中ではどういう世界が広がっているのだろう。

つき合いきれず、やりかけのゲームを再開しようとすると、

「それで勧誘はしてきたの？　首尾は？」

いきなりまともな質問が投げかけられた。いつの間にか目つきも正常に戻っている。

「まあ」と彰は言葉を濁した。「頑張ってはいるんですが……」

昼休みにクラスメイトの何人かに声を掛けたが、みなすげなく断られた。中には古生物部の名前を出しただけで逃げ去っていくものも。挙げ句に、よく一緒に居られるな、と彰が感心される始末。

化石少女神舞まりあの変人ぶりは一年にまで広まっているようだ。なにせぎっしり石を詰めたリュックを背に徘徊《はいかい》し、所構わず今のようにトリップしてしまうのだ。噂が立たない方が訝《おか》しい。

「役に立たないわね」

「万事他人任せのまりあ先輩に云われたくないです。そもそも俺には基本的な知識もないのに勧誘なんか無理でしょ」

「無理と開き直っているうちは、いつまで経《た》っても無理よ。覚えるのよ」

ぽんと古びた書籍を放り投げた。

化石のカラー図鑑だった。使い込んであるらしく、ソフトカバーの表紙は汚れ、端がよれよれになっている。巻末には化石採取のガイダンスが載っていた。

「とりあえず、これを見て勉強しなさい」

「先輩の愛書ですか？」

「小学校の頃のね。先《ま》ずは基礎からよ」

確かに漢字には全てルビがふってある。小学生扱いされていい気はしないが、実際初心者なので仕方がない。

「じゃあ、ゲームがひと区切りついたら取り掛かります」

「何、ふざけたことを云ってるの。これは家で読みなさい。宿題よ。それより今は勧誘でしょ。もちろん、三人見つけてくるまでゲームは禁止よ」

天パーの茶髪を揺らしながら、まりあがバンとテーブルを叩く。衝撃で鋭い音が部室中に響いた。音の大きさがまりあの怒りを表しているようだ。

「解りましたよ。では仰せのままに、ちょっと勧誘に行ってきます」

大人しく彰は従った。剣呑《けんのん》な部室にいるより、外にいた方が気が楽だ。サボリ性の営業マンってこんな感じだろうか。まだ若い身空で、そんな世知辛い気持ちなど知りたくなかったが。

「とりあえず、暇そうな奴に声を掛けてみますよ」

何の期待も籠《こ》めず、彰がドアを開け外に出たときだった。いきなり外套《がいとう》姿の半魚人と出くわした。

危うくぶつかりそうになり、ひょいと避《よ》ける。半魚人のほうも驚いた様子だったが、そのまま逃げるように廊下の奥へと消えていった。

顔から胸の辺りまでがシーラカンスで、そこから下が茶色い外套で覆われている。廊下にたむろしていた他の生徒たちも、その異形に啞然《あぜん》と口を開き後ろ姿を見送っている。

「なんだったんだ？」

思わず口に出したが、直《す》ぐに状況が整理できたわけではない。ただ、あのシーラカンスのかぶり物には見覚えがあった。

「どうしたの？　ランフォリンクスが魚を取り損ねたような顔をして」

ぼんやりして部室に戻ると、まりあが怪訝《けげん》そうに尋ねてくる。次の化石に取り掛かるためか、既にマスクとゴーグルをつけていた。

「いや、外をシーラカンスがね」

確かここだと……棚の木箱を開けてみたが、古びたかぶり物はなかった。やはり、男が被っていたシーラカンスは、部室にあったもののようだ。あんなもの校内に二つもあってはたまらない。

「まりあ先輩。シーラカンスのかぶり物がどうなったか知りませんか？」

「変なことを訊《き》くのね」

まりあは彰に近づいて、木箱を覗き込んだ。そしてあれ？　と首を捻《ひね》っている。

「さっきあのシーラカンスを被った奴が廊下を駆け抜けていったんですよ」

ついさっき遭遇した出来事を、手短かに説明する。

「なにそれ。どうしてあんなものを……。いや、そうじゃないわ。大事な先輩がたの労作なのに。彰、そいつはどこに行ったの？　追いかけるわよ」

素早くマスクとゴーグルを外し、まりあが叫ぶ。慌てているので、髪留めをとるのは忘れている。

「追いかけるって。どうやって？　もう遥《はる》か向こうに行ってしまいましたよ。今からじゃ追いつけませんから」

「でも、先輩の遺品なのよ！」

いつの間にか遺品に昇格している。五年間ずっと木箱に放り込んであったくせに。それに五つ上ならまりあも顔を知らない先輩で、おそらく存命のはず。

「落ち着いてください、まりあ先輩。そもそもシーラカンス泥棒はどうしてあんな格好で廊下を走ってたんでしょう？　何か謂《い》われがあったりするんですか」

遮るように彰が尋ねると、まりあは歩みを止め「さあ」と首を捻った。彼女は同時に二つのことが出来ないので、頭を使うことによって追跡の脚が鈍ったようだ。追跡に乗り気でなかった彰は内心北叟笑《ほくそえ》む。

「ただの未完成の出し物でしかないと思うけど。たしかにどうしてあんな物を盗んでいったのかしら。もしかして生徒会の厭がらせ？」

「意味不明すぎて、厭がらせにすらなっていませんよ」

狂人の真似とて大路を走らば、即ち狂人なりと吉田《よしだ》は云うが、シーラカンスを被って廊下を走っても、シーラカンスにはなれない。しかも身体は外套で覆われていたのだ。よくて半魚人。

「それに俺は偶々《たまたま》部屋の外に出ただけだから、奴と出くわしたのは全くの偶然ですよ。見た感じ、廊下の向こうからずっと走ってきてたようです。だからシーラカンス男も俺に見せようとして走っていたわけじゃないと思いますよ。むしろぶつかりそうになって、びっくりしていたくらいですから」

一瞬だが、激しい息づかいがかぶり物の中から聞こえてきた。それにシーラカンス男は彰に目もくれず一目散に駆け抜けていったのだ。

「廊下の向こうというと新聞部ね。じゃあ、ゆるキャラの撮影にでも使ったのかしら。新聞部ってすぐ捏造《ねつぞう》するし」

クラブ棟と本棟は各階、長い通路が渡っている。新聞部は放送部や生徒会室などと同様に本棟に部室があるが、古生物部と同じ二階で、本棟の一番端の連絡通路のすぐ脇に位置している。

「新聞部が一番端にあるだけで、本棟には他にも部室があるわけですし。それにあのシーラカンスではリアルすぎて、ゆるキャラにはなりませんよ」

あまたのゆるキャラの中には、頭部の切断面が見えている酷い魚もあった気がするが、それでも造形はデフォルメされている。

新聞部といえば……彰の脳裏に昨日の福井京介の顔が思い浮かんだ。いけ好かない奴だった。もしかして、古生物部をダシに生徒会の反応を探ろうとしているのかも。そういえば昨日、何か秘密を握ったとか得意気に喋《しゃべ》っていたような。

「たしかにそうね。じゃあ、やっぱり生徒会の連中の仕業よ。彰がおかしくなって走り回ったことにして、古生物部の評判を地に落とそうと画策しているのよ」

全学的に訝しいと思われ、やりかねないと思われてるのは、俺ではなくまりあ先輩、あなたの方ですよ。それに古生物部にはこれ以上落ちる評判はありませんよ。

思わず、そうツッコミを入れたくなったが、命が惜しいので彰は止《や》めておいた。

「とにかく、廊下にいた生徒も見ているから、なんらかの騒ぎにはなるでしょう。それでシーラカンス男の目的も判るんじゃないですか？　それまで様子を見たほうがいいでしょうね」

彰は面倒を避ける意味で云ったのだが、思惑とは逆に、シーラカンス男の目的は程なく判明することになった。それは殺人現場から顔を隠して逃げるためだったのだ。

そしてシーラカンス男に殺害されたのは、新聞部の福井京介だった。

＊

「もう、なんなのあの刑事」

ドアを蹴飛《けと》ばし肩を怒らせながら、まりあが部室に入ってくる。顔は真っ赤で、よほど頭に来ているのか、髪だけでなくブレザーやスカート、身体の至る所から湯気を立たせている。笛吹きケトルならピーピーやかましかっただろう。

新聞部の部室で福井の死体が発見されてから、既に三十分が経っていた。当然のように校内は蜂《はち》の巣をつついた騒ぎになっており、とても勧誘どころではない。この状況下で怪しげな行動をとっていれば、彰が刑事たちに勧誘されてしまうだろう。

また、急用がある者以外はしばらく学校に残っているようにと、教師たちからのお達しもあった。警察の事情聴取に協力しろということだ。もちろん、まだ殺人犯がうろついているかもしれないので、独りにはなるなとも。

しかたなく彰は部室でゲームの続きをしていたのだが、まりあの方は好奇心満々の円《つぶ》らな瞳で、現場を覗きに行くと云いだした。

「野次馬なんて止めた方がいいですよ」

制してみたものの、案の定聞く耳など持たない。形のいい福耳だが、機能はひねくれている。

「何云ってるの。わが校の生徒が殺されたのよ」

まるで生徒会長にでもなったような口振りで、勇んで現場に向かってから十分。おそらく摘まみ出されたと推察される。怒り心頭の帰還となった次第。

「あの中年刑事、ゲムエンディナみたいないけ好かない顔で偉そうに説教するのよ。捜査の邪魔だから帰れって。知った顔が殺されたんだから、大目に見てくれてもいいじゃない。親に云いつけて謹慎させようかしら」

まだ怒りが収まらないのか、悪態をついたあと近くのゴミ箱に八つ当たりしている。

「先輩。ここは古生物部で、本格ミステリ部ではありませんよ。本格ミステリ部もたしか二階にあったはずですから、そこに行って推理合戦でもしてきたらどうです？」

うんざりしながら彰が提案する。これ以上トラブルを増やしたら廃部問題でますます不利になるということすら計算できないらしい。まあ、古生物部の行く末はともかく、十分ほど他の部室にでも行ってくれたほうが静かになってありがたい。

ところが、世の中それほど甘くないようで、まりあはテーブルを挟んで彰の目の前に腰を降ろすと、

「福井さん、金属バットで頭を殴られて殺されたらしいわよ。新聞部の部室が血塗《ちまみ》れにな

っていたって」

と、仕入れた情報を早速開陳し始めた。どうやら〝推理合戦〟というところしか聞こえていなかったようだ。世の中にはＴＰＯという言葉があるというのに。

「絶対、生徒会の連中が怪しいと思うのよね」

「生徒会？」

「ほら。福井さん、生徒会の不祥事を探っていたでしょう。しかも何か摑《つか》んだようだったし。それが原因で殺されたんじゃないかな」

シーラカンス泥棒程度ならいざ知らず、殺人事件で生徒会を犯人呼ばわりするのはさすがに拙《まず》い。だが、彰が窘《たしな》める前に、

「ほう、私たちが怪しいって」

ドアが開くとともに、威厳のあるヘルデンテノールが聴こえてきた。生徒会長だった。なんと間が悪い。

昨日と同じ登場に、彰は軽い目眩《めまい》を伴うデジャブを覚えた。ただ昨日と違って他の役員連中はいない。その代わり、紺の背広姿の中年男性が後ろに立っていた。平べったくてごつごつした顔つきだ。教師ではなさそうなので刑事なのだろう。目つきはやたら鋭い。

ゲムエンディナが何か知らない彰には同定のしようがなかったが、

「あっ、ゲムエンディナ！」

と、まりあが叫んだので、どうやら彼女を摘まみ出した当人のようだ。

「どうして会長がここに来てるのよ。おまけに説教刑事まで連れて。まだ説教し足りないの」

怖いもの知らずというか、まるで相手が説教強盗のように捜査一課の刑事をこき下ろす。いくら家格が良くても国家権力に刃向かうのには限度があるだろう。彰ははらはらして刑事を見ていたが、刑事は何事か云い含められているのか、無表情を崩さず、怒り出すことはなかった。

「刑事さんを案内しているんだよ。教室はともかく、クラブ棟は先生方より我々生徒の方が詳しいからな。それに、犯人が現場から逃走したのは、どうもこの廊下らしいからね」

「その前に、被害者が生徒会の醜聞を探っていたという今の話は本当なのですか？」

初耳らしく、刑事が荒子に尋ねかける。生徒会長は一瞬舌打ちするような仕草を見せたが、顔色一つ変えることなく、

「この学内は、いろいろと派閥争いがあるんです。私が会長に就くのを望まない者もいて、殺された福井君がそういう一派に属していたのは事実です。ただ、彼がそんな密偵の真似をしていたとは知りませんでした。それは本当ですか、神舞君」

「だって、本人がそう嘯《うそぶ》いてたし。ねえ、彰」

「はい。昨日、会長さんたちが帰られたあと、ここに現れて自慢げに仄めかしていまし

た」

　真顔で彰が同意すると、

「なるほど。それは他の役員にも質《ただ》さないといけないな」

　演技かどうかは判別つかないが、荒子は顎《あご》に手をやり考え込んだ。隣の刑事は「ふむ」と頷《うなず》いたあと、

「それで本題なんだが。犯人と思《おぼ》しき男がかぶり物をしてこちらの廊下を逃げていったらしいが。君たちは見なかったかね」

「そうそう。彰が見たらしいわよ。うちのシーラカンスを被っている奴をね」

「おたくの？」

　刑事の太い左眉がピクッと上がる。

「そうよ。昔この部の先輩が作ったシーラカンスのかぶり物よ。ずっと仕舞ってあったんだけど……。それもあって報せようとしたけど、あんたが摘まみ出したんじゃない」

　絶対に嘘だが、さすが刑事は大人で、彼女の説明に静かに耳を傾けたのち、

「そのかぶり物が盗まれたのはいつ頃か判るかい？」

「さあ。昨日の夕方あったのは確かだけど。いつ頃かまでは」

　君は？　と彰に水を向けられるが、首を横に振るだけ。今朝には既になかったような気がするが、自信は全くない。この部室には奇矯《ききょう》なガラクタが多すぎるのだ。一つ一つはっ

きりと存在を記憶できるはずもない。

「この部室はいつも鍵は掛けてあるのかい？」

「そうよ」とまりあが答える。「昨日は私が掛けたわ。それは間違いないわよ」

「他に鍵は？」

「職員室にはマスターキーがあるけど」

「なるほど。なら、そちらを当たってみるとするか」

刑事は再び彰に顔を向けると、

「それで、実際にシーラカンスの人物を目にしたのは、君の方だね」

そうです、と彰が頷く。

「背格好はどうだった？」

「あんなかぶり物をしていたから、はっきりとは。でも、極端に高くも低くもなかったと思います」

「やはりそうか……」

既に他の目撃者にも訊いていたのだろう。がっかりした様子でもない。

「それなら、その人物の性別も判らないんだね」

刑事がドスの利いた声で念を押すと、

「全身が外套に包まれてましたから。ただ、男じゃないかとは思いました。俺とぶつかりそうになって避けたときに、ちらっと紺のスラックスが見えた気がしますから」

「ほう」これは初耳だったらしく、「それは貴重な証言だ。間違いはないんだね」と平べったい顔を近づけてくる。ぷんと加齢臭が鼻をついた。ゲムエンディナを全く知らない彰だが、この刑事の顔がゲムエンディナのイメージに固定されてしまった。まあ、たとえ誤って記憶されたとしても、この先困ることなど一度もないだろうが。

「はい。確かです」

「ありがとう」

内ポケットにメモをしまい、刑事が礼を述べる。そして来たときと同じように、会長の先導で部室から出ていった。二人は隣の部室に行ったらしく、すぐさま隣からドアが閉じる音が聞こえてきた。

「まったく。よりによってうちの備品を殺人の小道具に使うなんて。これは紛れもなく、生徒会の古生物部潰しよ！」

状況を顧みず、隣の部室まで聞こえそうな声でまりあは激昂《げっこう》している。

「先輩はまだ、しつこく生徒会に拘《こだわ》っているんですか」

「動機について刑事が質問したときの生徒会長を見たでしょ。何か知っている顔だったわ」

「まあ、何か探っていることは薄々気づいていたかもしれませんが。でも今の俺たちに必要なのは、犯人探しではなく古生物部の存続なんじゃないですか？」

「バカね。生徒会の不祥事となれば、クラブ潰しは二の次になるでしょ」

人の死まで利用しようという態度に、さすがに彰も呆《あき》れる。

「まりあ先輩。よく人でなしとか罵《ののし》られません？」

「三葉虫やウミサソリといった可愛い小動物を愛する可憐《かれん》な美少女をつかまえて、なんて云《い》い種《ぐさ》よ。だから彰はモテないのよ。イケてる男ほど、動物を愛する女に弱いものなんだから」

これを冗談ではなく真顔で口にしているから性質《たち》が悪い。ウミサソリの頭をなでなでしている女に、誰が惹《ひ》かれるというのだろう。

「まあ、いいです。でもそんな邪《よこしま》な考えでは、事件の推理なんて夢のまた夢ですよ。そもそも生徒会のメンバーが犯人だという前提が疑わしいんですから」

「どうして、動機はあるじゃない？」

「そりゃあ、ありそうですけど。でも他にも動機があるかも知れないでしょ。弱みを握って潰そうという邪な考えの人間なら、今までも他の連中にも嫌われてきただろうし」

「なるほどね。彰にしてはまともなことを云うじゃない。まあ、兎《と》に角《かく》、情報を集めることね。推理に必要なのは一にも二にも情報だから。もし生徒会に犯人がいたとしたら、いえ絶対いるはずだけど、この不祥事に対し生徒会に貸しが出来るわけでしょ」

どこが可憐な美少女だ。彰はうんざりしながら、

「本当に探偵の真似事なんかするんですか？」

「当たり前でしょ。部の存続がかかっているんだから」

いつの間にかまりあの中では、事件の解決と古生物部の存続がイコールになっているらしい。

「それなら、本業の化石で世紀の大発見をした方がいいんじゃないですか。実績さえあれば廃部にならないって荒子会長も云ってましたし」

「甘いわね、彰。あの生徒会長はそんなにヤワじゃないわ。それに世紀の大発見なんて、何時《いつ》できるか判らないわよ。百年に一度だから世紀って云うのよ、覚えときなさい。化石掘りは地道な作業の上に幸運という名のふりかけが掛かったときに、初めて陽の目を見るの。残念ながら、古生物部二十年の歴史の中で、大発見など一つもなかったのよ。メアリー・アニングの時代とは違うの。それなら、事件の真相を突き止めたほうが、手っ取り早いわ」

化石掘りと違い、謎解きならいつでも出来るといわんばかり。傲慢《ごうまん》にもほどがある。そもそも、まりあは別に天才理系少女というわけでもない。むしろオールラウンドの赤点コレクター、凡庸《ぼんよう》な変人お嬢様だ。現に二月には、こちらが受験勉強の追い込みで忙しいのに、追試が四つもあるとか電話でひいひい泣き言を垂れ流していた。

「俺は潰れても構いませんよ」

つい本心を吐露してしまう。幼なじみでもなく、社長令嬢でもなければ、とうに見捨てていただろう。案の定まりあは顔を再び真っ赤にすると、

「どの口がそう云うか！　私が構うのよ！　それにこれは古生物部への明白な挑戦状だわ。歴代二十年の先輩方の想いを受け継いだ、この私が受けて立たずに、誰がやるのよ！」

先ほどは湯気だったが、今はα粒子が出てきそうだ。

こうなると手がつけられない。彰の意見など何の影響も及ぼさない。

「解りましたよ」

事態を収拾するため、お守り役の彰は、渋々頷くしかなかった。悲しい性《さが》だ。

3

それから三日間。まりあの命令で彰は情報収集に奔走することになった。

なにぶん新入生なので、上級生相手にどこまで訊き出せるか不安だったが、課報《ちょうほう》活動は危惧したほどは困難ではなかった。むしろするすることが運んだと云ってもいい。理由は単純明快で、彰が訊いた相手もみな、新たな情報を知りたがっていたためだ。

校内で起きた、恐らく前代未聞の殺人事件。また福井が反生徒会派なのは有名だったの

で、生徒会絡みのスキャンダラスな噂も飛び交っている。特にシーラカンスのかぶり物の出所が古生物部だったことがあり、彰が手札を見せると相手も簡単に交渉に乗ってくることが多かった。中には、向こうから訊きに来るケースもあった。もちろん彰も惜しみなく情報を分け与え、代わりに、新たな情報を入手する。それで得た情報を再び取引材料として、また新たな情報をバーターで……。

そんなわらしべ長者な手口を繰り返していくうちに、たった三日で事件の輪郭がほとんど摑めるようになった。教師たちは事件のことは他言するなと、個々に何度も釘《くぎ》を刺していたが、生徒のピュアで残酷な好奇心と大人に隠れたアングラネットワークは、予想以上の情報共有網を築いていたようだ。

それによると……新聞部の部室で金属バットで頭部を三ヶ所殴られ、殺されていた。バットは現場に放置してあり、指紋は検出されなかった。凶器の金属バットは軟式野球部のもので、使い込んで古びていたので、いつも部室の脇に放置されていた。

死体の第一発見者は不明。通報を受けた近くの交番勤務の警官が死体を発見したのだが、誰が通報したのかは判っていない。声は不自然に低くくぐもっていたので、性別も不明だった。ただ、「新聞部の部室で生徒が殺されている」とだけ告げて電話は切れた。警官は最初悪戯《いたずら》電話だと思い、念のため学校に確認に来たという。それが夕方の四時二五分頃。

そして死亡推定時刻は四時から四時二五分頃。当時、新聞部には部長の福井独りだった。

前日、部員たちに部室に来るなと伝えていたので、どうやら人払いをしていた模様だ。

新聞部の入り口は二つあり、それぞれ本棟の廊下とクラブ棟の廊下に面している。廊下自体は本棟から新聞部の前で直角に折れ、渡り廊下を経てクラブ棟に直接通じているが、新聞部がちょうど角地にあるため、それぞれの入り口は一方からしか見えない。そのため本棟の廊下にいた生徒たちは、シーラカンス男の騒動にはまったく気づいていなかった。因《ちな》みに本棟は南の正門を向いており、クラブ棟は北西の隅に立っている。

新聞部へ通じる本棟の二階の廊下には、当時二年生十数人がたむろっていたが、彼らの証言によると、六限目の授業が終わった三時四〇分以降、新聞部に入ったのは、福井以外には二年生の部員ひとりだけで、彼は四時過ぎに入り、部長に叱られて五分後に出ていったという。それ以来、警官が入るまで、他に通路を通り部室に入った者はいないらしい。

逆にクラブ棟側のドアから新聞部に入った者もいないようで、唯一出てきたのが例のシーラカンス男。

「それじゃ、密室殺人じゃないの！」

爛々《らんらん》と瞳を輝かせてまりあが叫ぶ。声が大きい。隣の部室にも人がいるというのに。壁に耳あり障子にもまた耳ありだ。

そういえば中学時代、まりあの古生物趣味をまだ知らなかった頃は、彼女がよく刑事ドラマの話をしていたことを思い出した。彰は抑えたトーンで、

「違いますよ。警察は犯人が予《あらかじ》め新聞部に潜んでいて、殺害したあと、シーラカンス男になり逃げ出したと考えているようです」

「でも、二年生の部員が、中を覗いたんでしょ?」

「新聞部には中に現像室がありますから、そこに隠れていたんじゃないかと。因みに、まりあ先輩が気にしている生徒会の役員のアリバイも一応訊き込んできました。誰もはっきりしたアリバイは持っていませんでしたが、みな四時前後に一度は目撃されているので、もし犯人が新聞部に潜んでいたとしたら、彼らではありえません。新聞部に入るには、衆人環視の下、どちらかの廊下を通らなければ行けませんから」

予め釘を刺す。小賢《こざか》しく先回りした態度が気にくわなかったらしく、

「彰はいつも厭らしい云い方をするわね。モテないわよ。でも、それならやっぱり密室殺人よ。連中のことだからどうにかして新聞部にまでたどり着いたに違いないわ。……まあいいわ。まだあるようだから先を続けて」

拗《す》ねたようにそっぽを向く。

「そうですね。この古生物部の鍵穴には、真新しいピッキングの痕《あと》が残されていたようです。恐らく犯人が盗み出す際に。また外套は応援団のもので、去年、裾が地に着くほどの長外套を使っていた団長がいたらしいです」

「確かにそんな人が居た気がする。紫田《しだ》なんとかという名前だったわ」

「そして応援団の部室にもピッキングの痕が残されていました。またかぶり物と外套は体育倉庫裏に捨てられていました。雑木林の死角なので、誰にも気づかれずに脱ぎ捨てられたようです。最後に事件の通報者ですが、通報に使われた携帯電話は事件の日の午後に二年生の体育の授業で盗まれたものらしいです。そのため警察は犯人自らが通報したと考えているようです。一一〇番ではなく、近くの交番に直接通報したことも併せて、犯人に何らかの意図があったと見られていますが、それがなにかはまだ判明していないようです」

「そんなもの簡単よ」再び、まりあが声を上げる。「アリバイ作りよ。通報のおかげでアリバイが完璧になったわけでしょ。せっかく密室殺人をしても発見が遅れたら台無しになるわけだし」

「でも、肝心の密室はどうするんです。密室密室と騒いでも、解けなければ意味がないですよ」

皮肉を籠めたつもりだが気づいていないようで、

「当然、これから考えるのよ」

至極前向きな答えが返ってきた。

「考えるのは構いませんが……」

到底まりあに答えが出せるとは思えない。

「まずは外套ね。身体をすっぽり覆っていたのよね。でも、訝しいわ。わざわざ二ヶ所から盗み出さなくても、演劇部の衣装を使えば良かったんじゃないの。先月、『後光仮面』とかいうかぶり物のヒーローの舞台があったくらいだし」

ペルム学園の演劇部は大所帯なせいか、公演頻度が高く演目も幅広い。シェイクスピアやミュージカルから、特撮ものまで硬軟様々だ。新歓期に二年生組が『後光仮面』を舞台にかけていたのだが、リアル志向で予算も潤沢なせいか、巨大な仏像の仮面も結構リアルに造型されていた。

たしかに『後光仮面』を使えば話は早い。仮面だけでなくスーツがある上、マントも羽織っていた。予想外に好評で再演するらしいので、衣装もまだ残っているはずである。

「フルフェイスどころかフルボディですね。たしかに訝しいかも」

「この部屋をピッキングできるんだから、演劇部も簡単でしょ。一挙に全てが手に入るのに、どうしてしなかったのかしら」

そこでまりあは、はたと膝を打つと、

「解ったわ。きっと演劇部に迷惑が掛からないようにするためよ。つまり犯人は演劇部に所属している稲永さんよ」

思わず言葉に詰まる。渚が舞台に立っていたのは、彰も覚えている。

「……でも、彼女はとんでもなくちびっ子ですよ。いくらかぶり物をしていても、背の低さは誤魔化せませんよ」

他の役員ならともかく、彼女は体格的にあり得ない。彰の口調が予想以上に厳しかったらしく、「そこまで云わなくてもいいじゃない」と恨みがましい目つきで臍《へそ》を曲げられた。彰のほうも、どうしてこんなに語気を荒らげてしまったのか、自分で驚いていた。

「ともかくいくら生徒会が邪魔だからって、動機や犯人をそんな軽率に決めちゃっていいんですか。それならまだ、古生物部に罪をなすりつけるためのほうが、説得力がありますよ」

「そう？　だって、シーラカンスのことを知っているのは、生徒会の連中だけでしょ。数年間ずっと木箱にしまってあったものだし」

「……なるほど一理ある」

彰は思わず感心していた。まりあに似合わない鋭い着眼点だったからだ。まあ、何かの偶然だろうが。

「でも殺された福井さんもシーラカンスを見ているはずです。もしかしたら持ち出したのは福井さんで、ゆるキャラの撮影をしていたのかもしれませんよ」

4

それから三日後のことだ。事件はまだ解決していない。もちろん彰は諜報活動を続けていたが、あまり進展はなかった。噂では、名門校で名家の子女が通っているということで、警察もかなり慎重になっているらしい。

人は徐々に環境に慣れる。殺人犯がまだ捕まっていないのに、校内は日常に戻りつつあった。ぴりぴりしても身体が保《も》たないという現実的な理由もあるだろう。

そして日常に慣れた光景は古生物部の部室にも存在していた。その日、彰が部室に入ると、テーブルでまりあが模型を組み立てていた。

畳半畳分の大きなサイズで、全体的に水色がかっていることから、水中のジオラマなのだろう。水底には見慣れない虫の模型が十数種類並べられている。

「何です、これ？」

人が情報収集しているときに、玩具《おもちゃ》遊びとは……腹が立ったが、何とか抑える。

「カンブリア紀の水底よ。先月アメリカに注文していた模型がようやく届いたの」

満面の笑みを浮かべながらまりあが説明する。むかつくことに、笑顔がとんでもなくあどけない。

「こんなものが売られてるんですね」

「古生物は世界の共通言語だから。最近ろくなコトがないから気晴らしに作ってみたのよ」

ジオラマが結構完成していることから、気晴らしどころか、午後の授業をまるまるサボったようだ。

水底には、平べったい海老《えび》や、剣山のようなダンゴムシなど、見たこともない虫がうじゃうじゃ並んでいる。そのなかでも、彰の気を惹いたのが、棒状の胴体に細い鉤爪《かぎづめ》の脚の虫。しかも背中から長いトゲがいくつも突き出ている。顔はなく、まるで骨だけの虫だった。

「なんですこれ。骨格じゃなくて、これも実物の模型なんですか」

「いいところに目をつけたわね。これはハルキゲニアっていうのよ」

しまった、講釈が始まる。だが後悔先に立たず。まりあは意気揚々と、

「最初、バージェス頁岩《けつがん》でこれが発掘されたとき、不完全な化石だったため、上下が逆さまの生物だと考えられていたの。ほら、今でも変な形だけど、さらに変でしょ」

そう云ってまりあはハルキゲニアの模型を、上下逆さまにする。トゲトゲの脚の上に棒状の身体がのり、先端に鉤爪が付いた手が背中から上を向く。もはやまともな生物には見えない形。まるで爪楊枝《つまようじ》を刺して無理矢理立たせたキュウリのようだった。

「でもトゲトゲの脚で、どうやって動くんです？」

「動かないの。泥に突き刺さったまま、餌《えさ》を取ると考えられていたのよね。まさか逆さとは思ってなかったみたい」

そこまで喋ったあと、まりあは急に押し黙った。

「逆？」と天井に目を向け自問している。

「ハルキゲ……閃《ひらめ》いたわ！　犯人が解ったの」

模型からいきなり話が飛び、面食らう。再び探偵のほうに関心が戻ったようだ。彰としては、模型に専念してもらっていたほうがむしろよかったかもしれない。

「どうしたんですか？　いきなり」

「やっぱり生徒会に犯人はいたのよ！」

「でも、無理でしょう？　衆人環視の状態だったんだし」

「逆なのよ、逆」まりあは興奮しながら、「犯人は警官の服装で新聞部に入ったあと、福井さんを殺害し、シーラカンス男に変装してクラブ棟に逃げたのよ。誰も最初に通った警官が偽者だとは思わないから、警官が来るまで誰も通らなかったと証言したのよ。それに警察の方も、あなたが最初に見た警察官は彼でしたかとは訊かないでしょ。だから交番なのよ。一一〇番だと、大人数でものものしく来るかもしれないでしょう。悪戯っぽくすることで、警官を独りで来させる必要があったの」まりあは興奮気味に顔を紅潮させると、「そうよ。だから演劇部の衣装ではなく、ここと応援団の衣装を盗んだのよ。演劇部に注意を向けさせないためにね。なにせ演劇部には『後光仮面』で使った警察官の制服があるんだから。演劇部はリアル志向だから、服も本物そっくりに仕立てたはずよ。演劇部の警察官の服の存在を刑事に知られると、犯人が使ったことが疑われ、密室殺人のトリックが暴かれるかもしれない。それにもしかすると金属バットで殴り殺したときに知らずに返り血を浴びた可能性もあるし」

　カンブリアの模型を作ったことで、脳内の何か余計な部位が帯電し励起《れいき》してしまったのかもしれない。まりあは、およそ似つかわしくない知的な表情で朗々と語った。

　微笑《ほほえ》ましいやら、面倒臭いやら。複雑な眼差《まなざ》しを送りながら「でも、」と彰が反論する。

「それなら警官の服装で新聞部に入ったあと、福井さんを殺害し、シーラカンスに着替えたあと交番に通報したことになるわけでしょ。偽者の警官と本物の警官の間が開きすぎて、証言を聞いた刑事も不審に思うんじゃないですか」

「だから逆なのよ」まりあは〝逆〟という言葉に力を込めると、「福井さんは携帯電話を持っていた。なのに犯人はそれを使わず、わざわざその日の午後に盗み出した携帯を使った。なぜだか解る？　携帯が使えなかったからよ。犯人は交番に通報したあと、通報を受けた警官が正門から校内に入るのを見届けたあとに、警官のふりをして新聞部に行ったのよ。そして福井さんを殺した。通報したときはまだ福井さんは生きていたの。これだと犯人と本物の警官のタイムラグが一、二分しかないから、生徒たちも不審に思わなかった。またこの方法だと、もし警官が複数でやって来てトリックが困難な場合、犯行を中止することが出来るの。その場合はただの悪戯電話で終わったことでしょうね。あと、シーラカンスと外套は予め新聞部の部室に置いておけば問題ないでしょ。彰が見た紺のスラックスは、ここの制服ではなく警官のものだったのよ」

「つまり犯人は生徒会にいると？」

あまりに突飛すぎてついていけないが、とりあえずつき合いで質問すると、まりあは得意気に大きく頷き、

「そういうこと。で、生徒会の中で誰が犯人かと云えば、手口が解ればあとは簡単よ。いくら警帽を目深《まぶか》に被っていたとしても、多少化粧《メイキャップ》をしたとしても、本棟の生徒に素顔を晒《さら》すわけだから、同じ二年生だと顔バレする可能性が高くなる。それは余りにも危険すぎるわ。だから二年生の小本君や笹島君には無理なの。そもそも笹島君は稲永さん同様、身長の点からも無理だけどね。またゴールデンウィークまで選挙をしていた会長と副会長はあれだけポスターを貼り出していたから、さすがに無理。顔を知らない生徒はいないわ。つまり犯人は残る書記の中島さんなのよ！」

中島……あの眼鏡の三年生か。印象が薄かったが、さすがに人殺しをするとは思えない。確か彼の家もそれなりの家格だったので、息子が殺人者呼ばわりされたのを知れば、学校に猛抗議をしかねない。もちろんその時はまりあが責めを負うことになるだろう。

「まりあ先輩」

彼女の興奮を冷ますように、彰はあえて低音で呼びかけた。

「なによ！」

いつもと違うトーンに、有頂天だったまりあが少しびびる。

「もしかして、今の推理を吹聴《ふいちょう》したり、それで生徒会を脅そうとか考えてません？」

「まさか、そんなこと」

途端に赤面して狼狽《うろた》える。図星だったようだ。

「止めた方がいいですよ。そもそも誰も先輩の言葉を信じませんし、人殺しを利用して古生物部を存続させようというのなら、福井さん同様に卑劣な人間にしか見えません。神舞家の名が泣きますよ。それにもし演劇部の警官の制服から血痕が発見されなかったらどうするつもりなんです。廊下にいた生徒が警官を本物だと認めたらどうするつもりなんです。これがばれたら、昔みたいに神舞家のお仕置き座敷牢《ろう》に閉じこめられちゃいますよ」

まりあは小学生の時、自動発火装置の悪戯が昂じてボヤ騒ぎを起こしたことで父親の怒りを買い、屋敷奥の座敷牢に一週間押し込められていたことがあるのだ。その時はいくら泣いて謝っても、出してもらえなかったという。彼女にとっての一番のトラウマだ。

「もしかして、彰も私の推理を信じていないわけ！」

信じられないといった表情で、まりあは彰を見つめた。

「もちろんです。化石バカが過ぎていつも赤点取っている人の推理なんて誰が信じるんです？　推理なんてのは賢い人がするものなんです」

赤点という言葉にアレルギーがあるのか、途端にまりあは押し黙る。

「……じゃあ、犯人は誰なのよ！」

「知りませんよ。そのために警察がいるんでしょう。餅《もち》は餅屋です。それにもし先輩がさっきの推理を口外したら、俺、古生物部を辞めますからね」

今妄言を止めないと、悪評が立ってからでは遅い。面倒だがこれもお守り役の使命だ。冗談ではないことを示すために、彰は厳しい眼差しでまりあを見つめた。たぶん先輩には本意は通じないだろうな。

「……解ったわよ。口外しないわ」

十秒ほど黙ったまま見つめ合ったあと、背に腹は代えられないのか、まりあが折れた。ほっと一安心。

「その代わり、必ず来月までにあと三人見つけなさいよ。さもないと許さないから」

仕方ない。それくらいのアフターサーヴィスはしないとな……彰も折れることにした。

＊

数日後。

「先輩、何をしているんですか？」

見るとまりあはカーテンを閉め切った部室の中央で両手を広げ天井を見つめていた。

「ようやく完成したのよ」

テーブルには例の模型が綺麗に塗装までされて完成していた。ジオラマの真ん中では、頭にエビの尻尾《しっぽ》を二つつけたような平たい虫が優雅に泳いでいた。

きらきらと輝く笑顔で、彰を見つめるまりあ。ホント、化石に熱中しているときだけは天使のような表情を見せる。頬《ほお》に赤い塗料がべったりついているのが玉に瑕《きず》だが。

「それで天井を見上げ感激してたわけですか」

「感動にうち震えていたのよ」

似たような意味なのに、なぜ訂正したのか、彰には解らなかった。赤点少女のことだから、特に理由は無いのかもしれない。

ともかくじっくり眺めると、博物館の展示品でも通用するくらい、綺麗に仕上がっている。模型の成形の良さもあるだろうが、それよりもまりあの器用さが窺《うかが》える。好きこそ物の上手なれを地で行くような、思わぬ才能だ。本当に好きなんだな、と実感させる。下手の横好きの推理なんかにうつつを抜かさずに、古生物部の本道を歩めば良いのに。

「これ、この前のハルキゲニアですよね。こんな鮮やかな色してたんですか」

「色は想像よ。ある程度現存の生物を考慮しているけど。昔は今より暖かかったから」

「たしかに南方の動物って派手な色合いをしてますもんね……これ、文化祭で展示するんですか？」

なにげなく尋ねると、今まで上機嫌だった顔が一瞬で曇り、首が激しく横に振られた。

「まさか！　文化祭でこんな出来合いを飾ったとなれば古生物部の名折れよ。オリジナルよオリジナル！　あの生徒会長をぎゃふんと云わせるような、ものすごいジオラマを作ってやるんだから。彰、これから忙しくなるわよ」

やる気満々、というか闘志剝き出しのまりあ。同時に、怠惰な彰の放課後もなくなることが確定した。ともかく、まりあには殺人事件に首を突っ込むより大事なことが出来たようだ。

彰はほっと胸を撫《な》で下ろした。

第二章　真実の壁

1

私立ペルム学園のクラブ棟は四階建てで、南北に走る廊下を挟んだ両側に、主に文化系クラブの小さな部室が扉を並べている。それぞれの部屋は、入り口の反対側に引き違いの窓がつけられていた。

十年前、クラブ棟のすぐ隣に大きな体育館が建つことになった。結果、廊下の西側の部室の窓の外には、芝生を挟んで十メートルの鼻先に、体育館の側面にあたる白壁が聳《そび》えることになる。特に一階の部室から、空は全て奪われてしまった。

当初、その白壁は憎しみをこめて『ベルリンの壁』と名付けられたが、月日の流れとともに、いつしか『真実の壁』と呼ばれるようになっていた。

別に口を開けた神様が描かれているわけではない。ただの無地の白壁である。だが、その壁は日が暮れ始めると雄弁に真実を語り始めるのだ。距離が近いため、部室から漏れる灯《あか》りが白壁に投影されるのだが、そのとき窓際に立つ人影もまた、はっきりと壁に浮かび上がらせるからだった。

しかも部室の天井の照明と窓の位置関係から、影は常に一つ下の階の部室の正面に浮かび上がるため、階下の部には真上の部の秘密が筒抜けになる。

時には壁は、窓際で肩を抱き寄り添うカップルの姿を映し出した。時には意外にも男同士であることを暴いた。時にはとっくみあいの痴話喧嘩《げんか》の凄絶《せいぜつ》さをまざまざと映し出した。時には影を使った秘密の暗号で離れたクラブ生同士が愛を育《はぐく》んだりもした。時に壁は部室荒らしや下着泥棒を捕まえ、優等生の秘密のコスプレ趣味を暴き、いじめの現場を押さえ、また会員制の飲酒パーティの実態を教師に密告したりもした。

そんな悲喜こもごもを経て、『真実の壁』という二つ名は、クラブ棟の生徒ほぼ全員に浸透していった。

＊

クラブ棟の二階にある古生物部の部室は、いつも雑然としている。

とはいえ、部長である神舞まりあが美化に無頓着《むとんちゃく》というわけではない。もっぱら近県から、ごく偶《たま》に泊まりがけの遠出をして掘り出してきた化石のパーツは、細かな字でナンバーを書き込み分類され、専用の仕切り箱に仕舞われている。削り出しの際に使われるハンマーやタガネ等の道具類も、使用のたびに手入れされ片づけられている。大ざっぱな性格のわりに、その辺りはむしろ几帳面《きちょうめん》だ。

「化石はガラス細工よりも繊細なのよ。管理にも道具にも、細心の注意が必要とされるの。くしゃみ一つで数時間の作業がパーになったりするんだから」

携帯ゲームに夢中になるあまり思わず机を揺らしてしまう桑島彰に、彼女はアーモンド形の瞳を吊り上げて口やかましく説教をするが、内容はともかく、普段はまあ、パーという言葉遣いが端的に示すようながさつな女子である。それがこと化石に関しては途端に躾《しつけ》が良くなるのだ。もちろん室内の美化にも煩《うるさ》い。

ではなぜ部室が雑然としているのかといえば、一つは室内が華やかさの欠片《かけら》もないということが挙げられる。天井には剝《む》き出しの蛍光灯。壁紙ではなくべた塗りの白壁。微妙に歪《ゆが》んでいそうなパイプ椅子にテーブル。部分部分に錆《さび》が甲子園《こうしえん》の蔦《つた》のようにまとわりついている灰色の整理棚。と、機能だけを追求したような、味も素っ気もない部室なのだ。使えればいいという思想で、見た目の潤いや統一感がないため、備品全てがガチャガチャ主張して、煩いのだ。

まりあも美観には頓着しないようで、知らない生徒が目にしたら、ここが女子が部長を務める部室だとは誰も信じないだろう。

味気なさが部の伝統なのか、まりあの趣味なのかは不明だ。かといってまりあが女を捨てているということはさらさら無く、時折「デボン紀並みにもてたい」「水陸両用の彼氏がほしい」とか上の空で呟《つぶや》いている。また動物の性淘汰《とうた》にやたら詳しいところを見ると、おしゃれや異性を惹《ひ》きつける技への興味も旺盛《おうせい》なのだろう。彼女の理想を具現化した奇特な相手が現れるかは別として。

部室の雑然さの話に戻ると、もう一つは、決定的で致命的なことだが、部室の絶対的な狭さ、つまり収納スペースが足りないのだ。二十年の歴史を誇る私立ペルム学園の古生物部には、彰にはガラクタとしか見えない様々な発掘品が、手厚く保管されている。歴代の部員達は、卒業時に自ら採掘した化石を持って帰るのだが、一部を「後輩のために」「部のために」と残していくらしい。

ちりも積もれば山となる。一人一人は数個でも、二十年の歴史が重なれば結構な物量だ。最盛期には一学年に十五人の部員がいたという。また先輩の形見なのでおいそれと捨てられない。そのため部のロッカーや棚の大半は、暗号のような謎の記号とともに、古めかしい収納箱で占められていた。部長のまりあすら、まだ中を見たことのない箱が数多くあるらしい。滋賀や三重まで化石を掘りにいくくらいなら、まず部室の化石を発掘すればいいのに。

先人の遺産は化石だけでなく、飾り気がない壁には、部費で購入したと思われる標本が所狭しと飾られている。その中には発掘成果とは関係ない、シーラカンスやアンモナイト等の模型のほかに、リモコンで足と首、尾が動くブロントサウルスのプラモデルなどもある。最後のは、もはやただの子供の玩具《おもちゃ》だ。先月まりあがアメリカから購入したカンブリア紀のジオラマも、怪しげな古生物グッズの中に新たに列している。

先人の化石同様、これらのグッズもまだまだ棚の奥に眠ってそうだ。ひょんなことから前回はシーラカンスのかぶり物が飛び出てきたが、次はジャワ原人の着ぐるみが現れたりするかもしれない。

そんな狭く雑然とした部室だが、それでも十日ほど前まではそこそこ快適だった。部員が二名しかいないから必要なスペースもしれている、というのもある。とはいえ部員が増えたわけではない。そんな嬉しい悲鳴なら良かったのだが、現実は残酷だ。

なぜなら、部屋の中央、テーブルの上のほぼ八割を作りかけの巨大なジオラマに占領されているからだ。

平坦《へいたん》な海底から芭蕉《ばしょう》扇《せん》のような平べったい海草が生え、その隣には楕円《だえん》形のドアマットみたいな薄っぺらい生物が横たわっている。また欠けた湯呑みが上を向いているような生物、小さな球が数珠《じゅず》繋《つな》ぎになったような生物などがそれらの脇に数個置かれている。これらはエディアカラ生物群という生き物らしい。

特にドアマットと海草のオブジェは巨大で、ドアマットが長さ六十センチ、海草に至っては高さが八十センチほどある。ドアマットは海底に横たわっているだけなので場所をとる以外はまだしも、問題なのは海草のほうで、調子にのって三つも作ったものだから全く見通しが悪い、八幡《やわた》の藪《やぶ》知《し》らずのような部室になってしまった。

その海草、カルニオディスクスという舌を噛《か》みそうな名前で、実際は植物ではなく海底でユラユラしているだけの動物らしいが、植物だろうが動物だろうが邪魔なことには変わりない。しかもこの前のカンブリアの生物よりも、ずっと茫洋《ぼうよう》としている。

ジオラマはまだまだ未完成で、まりあはいま、透明な陣笠《じんがさ》風のクラゲに彩色しているところだ。なので、まりあの気まぐれ次第では、芭蕉扇がもう一本増える可能性も充分にあった。

部室でただ静かにゲームを楽しみたい彰にとっては頗《すこぶ》る迷惑な話だが、どうして部室に巨大な模型がいきなり出現したかというと、それは文化祭が近づいているからだった。

ペルム学園の文化祭『ペルム・ピリオド』は秋ではなく六月の末に行われる。

文化祭といえば文化の秋というように秋が定番で、とりわけ文化の日がある十一月が定番なのだが、ペルム学園では十一月には後期生徒会選挙という一大イヴェントが控えており、かといって十月は体育祭等の行事が詰まっているため、秋を避け六月になったのだという。

また選挙と期間を離したのは、文化祭が生徒会選挙の政争の具として使われることを避けるためとも云われている。クラスや各クラブには、生徒会を通して文化祭用の資金が提供されるからである。

経緯《いきさつ》はともかく、文化祭を六月にしたことは、梅雨のまっ最中で、しかも休日が一日もない、一年で最低《ボトム》の月である〝六月〟に対するモチベーションを向上させる結果になった。蒸し暑い京都の梅雨から気を逸《そ》らせたいのは全生徒共通らしく、みな文化祭に並々ならぬ情熱を注いでいた。文化部はもとより、運動部もイヴェントを行うし、帰宅部生すらクラス単位の出し物に、部の本意である帰宅を遅らせるほどである。

ちなみに彰のクラスはゲリラ接待を主体としたランボー2喫茶だが、彰自身は古生物部の準備、つまりこのジオラマの手伝いに駆り出され、ほとんど関わっていない。もともとクラブ員はクラスより部を優先してもいいことになっている上に、春に彰が勧誘の声を掛けまくったため、クラスメイトも古生物部が人手不足だということを承知していて、快く送り出してくれるからだ。

当の彰は、拷問器具のオプションまでついたランボー2喫茶のほうが楽しそうなので、毎度後ろ髪を引かれる想いだったが。

で、古生物部の出し物が、部室を混沌《こんとん》に陥れている元凶であるこのエディアカラ生物群なのだ。

「どうしてこんなでかいものを創るんです」

五月の末、いきなり八十センチの団扇《うちわ》の計画を聞かされ、彰は思わず尋ねた。

「エディアカラ生物は、先カンブリア紀の生物で全ての生物の祖先みたいなものなの。しかも目に見えるサイズの生物の化石としては最初で最古。つまり化石界のパイオニアってわけ。蒸気機関でいうとジェームズ・ワットみたいなものね」

「いえ、俺が訊《き》いているのは重要性じゃなく、サイズのことで……。それに蒸気機関の喩《たと》えは要らないと思います」

「サイズ？　理由は単純よ。これが実物大だから」

茶色がかった髪を後ろで束ねたまりあは、さも当然のことのように答える。その時はまだ梅雨前で、週末に化石掘りに行ったばかりなので、まりあの肌は小麦色に日焼けしていた。

その際彰も初めて現場に連れて行かれたわけだが、燦々《さんさん》と太陽が照りつけるなか、色気も素っ気もないツナギの作業服を着込んで、何の不満も口にせず黙々と化石を探す姿に、意外と根性や体力があるんだな、と感心したのを覚えている。

もしかしたらその時の感心が余計な情となり、ジオラマ作りへの彰の反対を鈍らせたのかもしれない。あの時ちゃんと抵抗しておけば……サイズの問題だけでなく、木製のカルニオなんちゃらにオレンジや紫の単色といったアヴァンギャルドな彩色が施されていくのを目にして、彰は激しく後悔していた。

「やっぱり邪魔ですね、先輩。文化祭までずっとここに置いておくつもりですか」

ハリガネを海底に突き刺し、皿回しの要領で透明な陣笠クラゲをハリガネの先に取りつけようとしているまりあを眺めながら、尋ねると、

「当たり前よ。外に置いてもし盗まれたらどうするの？」

まりあは今さらといった顔で彰を見る。

肌の日焼けも、今はかなり戻ってきている。梅雨入りとジオラマ作りのため、しばらく採石に出かけていないからだ。毎日まりあは日暮れまで呆《あき》れるほど熱心に作っていた。もちろんお守《も》り役の彰が彼女を放っておくわけにもいかず、仕方なく遅くまで手伝いをしている。

材料は木やプラスチックなど安価なもので、全てが手作り。当然マニュアルなどあるわけもなく、図鑑のイラストだけが頼りだ。

エディアカラの実物大の模型を売っている所など世界を探してもなく、万が一売っていたとしても、部費で買えるほど安くはないだろう。まりあの実家である神舞家は由緒有る家柄で、まりあはそこのお嬢様なのだが、さすがに小遣いは無尽蔵ではない。先月買った輸入物のジオラマの代金と、数度の石掘りの旅費で最近はかつかつとのこと。それでも庶民の彰とは桁《けた》が一つ違うのだが。因《ちな》みに古生物の世界では、桁とは云わずオーダーと表現するらしい。

「しかし、どうしてそれほど出し物に拘《こだわ》るんですか。発掘品の展示でいいじゃないですか。せっかく掘ってきたんだし」

どうせ古生物なんか誰も興味を持ってないんだし、力を入れたところで閑古鳥は間違いない……そう口にしかけた彰だったが、さすがに呑み込んだ。

「先月、生徒会の連中がここに来たとき、飾ってある化石には全然興味を示さなかったでしょ」

なんとかクラゲを空中に固定したまりあは、ふうと息を吐きパイプ椅子に腰を降ろした。海草で顔が半分隠れている。

「まあ、ガラクタ同然て顔をしてましたね」

「ひどい、そこまでじゃないわよ！……まあ、フクイラプトルの化石ならともかく、私が近場で採った程度の化石では一般ピープルを惹きつけられないのも仕方ないのは認めるわ。だからもっと大衆が喜びそうな出し物を創らなければならないのよ」

「つまりコレで興味を持たせて、入部を促すつもりなわけですか」

「そうよ。実物大のエディアカラ生物群の模型なんてそこいらの博物館でもおいそれとお目にかかれないわよ。ナイス・アイディアだと思わない？」

一片の疑いもなく、堂々と胸を張るまりあ。滑稽《こっけい》であると同時に、なぜか圧倒された。

「まあ普通は、一生目にする機会はないでしょうね」

「そうでしょう。これが成功すれば、エディアカラ生物群の実物大模型を作った美少女部長として古生物部の歴史に刻まれることになるわ」

軽く眼を閉じたまりあは、称賛されているシーンを妄想しているのか、浮かれ気分で口《くち》許《もと》を緩ませている。

「そういえば、歴代の偉業ってどんなのがあるんですか？」

「そうねぇ、たしか十一代前の部長は学校に働きかけて、化石掘りを学校行事に公認させたわ。たった二年だけだったけど。七代前の部長は化石掘りに使う歯ブラシを改良して、雑誌に取り上げられたわ。また十四代前の部長は雨の日に捨て猫を拾って部室で飼い始めたら、なんとオスの三毛猫だったらしいわよ」

「そうですか……」

二十年の歴史はあっても、実績は大したことがないのでは……そう思わざるをえない。三毛猫に至っては古生物の範疇《はんちゅう》ですらない。まあ、たかが高校のクラブで、輝かしい実績を持っているほうが珍しいだろうが。

彰のがっかりした顔が気に障ったのか、まりあは眉を吊り上げると、

「不満たらたらね。それもこれも、彰が未《いま》だに勧誘できてないせいじゃない。約束したわよね。あと三人、部員を連れてくるって。下っ端の彰が無能だから部長の私がわざわざ腰を上げて模型を作ろうとしているんじゃない！」

突然の逆襲ではあるが、確かに約束を果たせていないのは彰のほうだ。仕方がない。腹を決め、彰はジオラマ作りに本腰を入れることにした。

2

そんな状況がしばらく続いたある夕方。

その日は豪雨だった。いつものような梅雨独特の長雨ではなく、むしろ晴れてさえいたのだが、五時頃にいきなり曇りだし、あっという間に壊れたスプリンクラーのように雨粒を撒《ま》き散らし始めた。後を追うように雷鳴が轟《とどろ》き始める。近年よく耳にするゲリラ豪雨に似た雨だ。もちろんまだ六月の半ば。ホットシーズンではない。

そういう油断もあったのだろうか。居残りで作業していたまりあは、初発の雷鳴で腰を抜かし、次の瞬間にはテーブルの下に頭を突っ込んでいた。その間、僅《わず》か〇・五秒。全ての筋肉が脊髄《せきずい》の命令で動いたかのような瞬発力だった。しかも終始無言。「きゃっ」という悲鳴を上げる余裕すらなかったようだ。聞こえてきたのは椅子の脚がキュッと床を擦る音だけだった。

「まりあ先輩。もしかして雷が苦手なんですか」

昔はどうだったのか記憶を辿《たど》りながら、彰が尋ねると、

「そんなことないわよ。今はいきなりだから驚いただけよ！」

強気な台詞《せりふ》が返ってくるが、テーブルの下からなので、何の説得力もない。本人も滑稽さに気づいたのか、やがて顔を出すと、

「ほら大丈夫でしょ。なんもないんだから」

虚勢を張り、睨《にら》みつける。だが窓から聞こえる音に注意を払い、次発を警戒しているのは丸判りだった。

「変わり者でも、やっぱり女子で、雷は怖いんですね」

「だから、怖くないって云ってるでしょ。それに、変わり者ってどういうこと。古生物部唯一の良心であるこの私を、奇人変人だと云いたいわけ？」

へっぴり腰で詰《なじ》ったところで、いつもほどの迫力はない。

それより気になったのは良心の部分。古生物部に部員は二人しかいないのだから、まりあが良心なら彰は悪心ということになる。いつの間にそんなポジショニングになったのやら。

「でも、化石掘りの時はどうしてるんです。夏場だと雷雨に祟《たた》られることもあるんじゃないですか？」

「ここまで近いのは無かったから……いや違う、雷は苦手じゃないって云ってるでしょ」

椅子の背を力強く握りしめながら、腰掛けるまりあ。不自然な挙動だが、何かを握って

いないと不安なのだろう。

「まあ、それでも良いですけど。今日は中間調査の日でしょ。そのうち生徒会がここに来るんじゃないですか？」

　そう指摘すると「あっ」とまりあは声を上げ、天を仰いだ。仇敵《きゅうてき》にこんなみっともない姿を見られるのは拙《まず》い、そう悩んでいるのだろう。

　展示物や催事の進行状況を見るための生徒会による中間調査。古生物部は今日の五時三〇分の予定だった。

　といっても全てのクラブにされるわけではない。主に人数が少なく今年中にも廃部になりそうな、いわゆる過疎部をターゲットにしたものだ。

　文化祭では各クラブに、申請された催事の規模にあわせて、臨時の活動費が支給される。ところが一部の過疎部では、どうせ廃部になるからと開き直ってろくに準備もせず、活動費を私物化してしまうケースがあとを絶たなかった。

　そのため生徒会は過疎部に対して、申請どおり活動費が使われているか監査するようになったのだ。もし、不正があったと見なされれば即座に活動費は停止される。

「たしか五時三〇分だったわね」

「そうです。あと三十分ですか」

　壁の時計で確認しながら彰が答える。

「帰るわよ。こんな様《ざま》を連中に見られたら」

生殺与奪権を握られた過疎部にとって、生徒会は不倶戴天《ふぐたいてん》の敵だ。極力、弱みは見せたくない。気持ちは理解できるが。

「さすがにブッチするのは拙いんじゃないですか？　廃部どころか、当面の活動費すら下りなくなってしまいますよ」

「大丈夫よ」まりあは自信満々に「接着剤が切れたから買い足しに外に出たけど、雨で賀茂川が増水して戻れなくなった、とか後で連絡しておけば」

「ホントそういう姑息《こそく》な云い訳は、直ぐに浮かんできますね」

「どういう意味？　云い訳だけじゃなく、テストの解答も直ぐに浮かんでくるわよ。それに誰もいないと拙いけど、彰が残っていれば……」

「間違った答えがすぐに浮かんでも意味ないでしょ。違った、そこじゃなくて、一人だけブッチするつもりなんですか」

「当たり前じゃない。下っ端が前線に居残るのは世の中の常。軍隊でも悪の組織でも同じよ。じゃあ、後は任したわよ。大丈夫。この模型を見たなら作業がきちんと進んでいるのは、火を見るより明らかだし」

　虫のいい理屈――しかも誤用だ――で手早く身支度を整えたまりあが外に出ようとしたとき、彼女が手を掛けるより先に、扉が勝手に開いた。

案の定、扉の外には生徒会長が立っていた。

約束の時間までまだ二十分ほどある。

「こんにちは、神舞君」

まりあが面喰らう姿を見て、大まかな状況を推察したのだろう。余裕の笑みを浮かべながら、荒子会長が風格のあるヘルデンテノールで挨拶《あいさつ》する。オールバックで細身の生徒会長は府代表常連の剣道部の主将でもあるが、声楽の道を志しても通用しそうな張りがあるいい声だった。

「あら、会長さん。どうしてこんなに早く」

動揺を顔に表しながらも、懸命に建て直そうとする。生徒会長は小柄なまりあを見下ろしながら、

「この雨だからね。早く済ませたほうがお互いのためだろう。神舞君もちょうど部室にいたことだし。それとも何か急ぎの用があったのかい?」

「接着剤を買いにね……まあ、先に済ませてしまうのもいいわね。展示品に気をつけてよ」

腹を括《くく》ったように、まりあは会長を見返し中に招き入れた。次の雷が来るまでに手っ取り早く終わらせる方向に切り替えたようだ。たしかにジオラマ自体は気合いが入っているので、中間調査自体はすぐに終わりそうだ。

会長に続いて三人が入ってくる。書記の中島智和と会計の稲永渚、そして風紀の笹島生人だ。

「あれ、副会長さんは」

雛壇《ひなだん》の最上段よろしく、いつも生徒会長と並んでいる色白美人の副会長がいないので、彰が思わず口にしたところ、

「彼女は体調を崩して昨日から学校を休んでいるよ」

すぐさま生徒会長が説明する。生徒会が部室に来るのは、古生物部の廃部に関するときくらいなので、基本ろくでもない。彰自身は古生物部の存続に思い入れはないが、古生物部命のまりあのストレスがこちらにも伝播《でんぱ》し重苦しくなる。そんな状況で美人副会長の存在は、ある意味一服の清涼剤だった。

「なんだ？　お前、野跡さんに気があるのか？」

厭《いや》らしい顔つきで、書記の中島がぼそっと呟く。眼鏡を掛けたインテリ風の三年生だが、いつも顔色が悪くひょろっとしている。しゃべり方も陰湿ではっきり云って嫌いなタイプだ。

「まあ、一年生が憧れる気持ちは解らんでもないけどな」

納豆の糸が首筋にねっとり絡みつくような口調で、にやけ笑いを見せる。

「ちょっと彰。あんた誰に色目使ってるのよ。もしかして私を裏切る気？」

何をどう誤解したのか、怒気を大いに含んだ声でまりあが迫ってくる。

「別にそんなんじゃないですよ。単に、副会長は目立つ人だから。そもそも裏切るって……」

どうして自分がいきなりの集中砲火を浴びなければならないのか、彰は戸惑った。しかし一旦戦端が開くと、それは沈静化するどころか、中島が隣の渚にぼそっと耳打ちしたことで、一層激しくなった。

「彼は、君のことは目に入っていなかったようだね」

「ひどいわね。桑島君」

豊かな声量が部室に響き渡る。彼女は演劇部で、そのために小柄なわりによく通る声を持っている。

「いや、そういうわけじゃないんです」

しどろもどろで抗弁する。渚に関しては、彼女とは無縁な過去の思い出のせいで、むしろ気になって直視できないというのに。

「……ただ、背が低いので気がつかなかったというか」

身長が百五十センチに満たない彼女は、必然的に子供役が多い。演劇口調で、本気で怒っているようではなかったので笑いで誤魔化そうとしたが、地雷だったようだ。途端に不機嫌そうな表情になると、

「どういうこと？」

どうも身長の話題はタブーらしい。

「すみません。そういうつもりじゃなかったんです。……そ、それに、小さい方が茶室に入る時は便利ですし」

「もういいわ。でもフォローが下手くそね」

渚は演劇部らしい大袈裟《おおげさ》なジェスチャーで手をふる。許してくれたのだと解釈し、彰は安堵《あんど》した。ところが、事態は更に延焼し、

「一年坊主が生意気な口をきくもんだな。君もこの部に入って、神舞に感化されたのか？仕方が無い。鈍《なま》った精神を俺が鍛え直してやろうか。畳はいつでも君を待っているぞ」

柔道部の笹島がマッチョ思想全開で誘ってくる。二メートル近い巨漢で次期主将の呼び声高い笹島に揉《も》まれたら、鍛える前に壊れてしまいそうだ。しかも真顔なだけに性質《たち》が悪い。

「まあ、今なお忘れられている人間よりましか」

どこか小馬鹿にした中島の言葉で、もう一人役員が足りないことにようやく気づく。生徒会は六人で一つのユニットになっている。フランス六人組ならぬ生徒会六人組だ。だが目の前には四人しかいない。

残りはたしか庶務の小本英樹。坊主頭の二年生。陸上部に所属している爽《さわ》やかなスポーツマンだ。とはいうものの、男のことなど覚えてなくても当たり前。

る。

「そういえば、小本の携帯はまだ繋がらないのか」

下らない寸劇を窘《たしな》めることなく静観していた生徒会長が、思い出したように中島に尋ね

「さっきは留守電だったよ。あいつマナーモードのままカバンに突っ込んでおくことが多いから」

そう云いながら、中島は携帯を取り出し電話を掛け始めた。

今度は繋がったようだ。中島は会長に表情で伝えたあと、「今どこにいるんだ？」と呼びかけている。携帯の向こうから小本の声が僅かに聞こえてくる。口調から見て、謝っているようだ。

そのときだった。ひときわ大きい雷鳴と共に窓の外が一瞬輝いたかと思うと、大太鼓の胴の中に住んでいるかのように荒々しい音が、部屋中に鳴り響く。

きゃっ！　と渚がよく通る声で短い悲鳴を上げる。おっ、と不意を突かれた中島も野太い声で応戦。そして電話越しにも、わっと驚く声が聞こえてくる。何かにぶつかったらしく派手な金属音がそれに続いた。

集中砲火から解放され油断していた彰も瞬時に対応できず、思わず身を竦《すく》める。

そんな中で荒子会長と笹島は、さすが武道家らしく落ち着いたものだったが、最悪なの

はまりあで、先ほどと同じように机の下に潜り込もうとする。だが生徒会の連中が居ることに気づき、思わず動きを止めようとして、挙げ句にどっちつかずのパニック状態に陥り、何と創りかけのカルニオディスクスを引っかけて倒してしまったのだ。それも三体とも。机の上から八十センチの高さを持つ芭蕉扇は、まりあの腕の動きとともにタイル地の床に真っ逆様。素人細工《しろうと》だったこともあり、あっさりと砕けてしまった。

だが彰がはっきり見たのはそこまで。まりあの絶望した氷の悲鳴が口を衝《つ》いた瞬間、室内が停電したからだ。

時刻はまだ五時を回ったところで、日没には早い。だが厚い黒雲のせいで、外は既に濃い夕闇に覆われていた。当然、灯りが消えた室内は更に暗く、かろうじて人影が感じられるほどの明度で、もちろん細部など判らない。

「まじ！」

砕けた芭蕉扇と相まって彰は思わず声を上げていたが、そんな彰の声に被《かぶ》さるように、まりあの困惑した叫びが聞こえてきた。

「あかり！　あかり！　私のカルニオディスクスが！」

まるで落ちた眼鏡を探す芸人のごとく、両手でライトを探すまりあ。声はテーブルより下から聞こえてくるので、パニックのあまり本当に眼鏡か何かと間違えているのかもしれない。床にライトが落ちているわけがない。焦るあまりの行動だが、口調があまりに滑稽だったので、あの謹厳な生徒会長がぷっと失笑したくらいだ。

その時、ドアが開き「済みません、遅れました」と坊主頭の小本が詫《わ》びながら入ってきた。といっても坊主頭が見えるわけではない。濃灰色の中、シルエットがぼんやりと認識できるだけだ。ただ声は小本のものだった。

「もう、廊下も真っ暗ですよ」

その割りには落ち着いている。よく間違えずにここまで来られたものだと感心していると、彼の手許からいきなりオレンジ色の光が飛び出た。

小本は小型の懐中電灯を手にしていたのだ。彼はぼんやり浮かび上がった室内を見て、「みなさん、お揃《そろ》いのようですね。いや、副会長がいませんか」

「野跡さんは昨日から休んでいる」光を少し眩《まぶ》しげに疎《うと》みながら生徒会長が答える。「しかし準備が良いな」

「いえ、偶々《たまたま》カバンのストラップでつけていたんですよ。ほら、生八ツ橋の形をしてるんですよ。面白いでしょ」

小本は無邪気な声でこちらに向けてかざすが、逆光になるので形状はよく見えない。おそらく観光客相手のグッズなのだろう。

ともかく、暗闇に一条の光がもたらされたことで、渚や中島たちも少し落ち着きを取り戻したようだ。

それはまりあも同じで、先ほどまでの滑稽な悲鳴はどこへやら、勢いよく小本に飛びつくと、有無を云わさずライトを奪い取り、脇のロッカーに駆け寄った。

驚いた小本が抗議しようとした次の瞬間には、まりあはロッカーの中の自分のナップサックから大型の懐中電灯を取りだしていた。化石掘りの時の常備品だ。山で日暮れまで化石を掘ることはないのだが、万が一に備えて入れているという。

大型のLED電灯のおかげで、部室がようやく明るくなる。

「ああ、手塩に掛けた私の可愛いカルニオディスクスが……」

同時にまりあが膝《ひざ》から崩れ落ちる。プラ板と木片をハリガネと接着剤で組み合わせた海草が見事に四散していた。

文化祭まであと半月ほど。一緒に手伝った手前、まりあの哀しみは彰にも痛いほど伝わってくる。

「これは残念だな。……だが、まだ時間はある」

さすがの会長もまりあを慰める。だが逆効果だったらしく、癇気《かんき》に満ちた眼で、

「時間って、これを組み上げるのにどれくらい時間を掛けたか知ってるの？　それに創り直すには、一つ一つ接着剤を剝《は》がして再び塗らなければいけないんだから」

「しかし、今までこれだけ出来たということは、同じ時間があればなんとかなるんじゃないのか。期間はまだ半ばだ」

「他にも創らなきゃならないものがあるのよ！」まりあは眉を吊り上げ、会長を睨みつけた。「重要なのはカルニオディスクスだけじゃないの。みんなみんな重要。多様な生物を描いてこそのジオラマなの。エディアカラ生物群を営《な》めないで！」

鬼子母神《きしもじん》のような気迫に、さすがの生徒会長も少し気圧《けお》されたのか、「失礼、私の配慮が足らなかったな」と譲歩する。

「だが、『ペルム・ピリオド』の日程が変わることはないから、完成させるしかないだろう。不慮の事故で製作が遅れたからといって、私は私情を交えはしない」

「知ってるわよ。そりゃあ、完成しない方が、生徒会は好都合だものね。渡りに船でしょうよ」

「私は努力している者を嘲《あざけ》ることはしない」

空気を切り裂くような真剣な口調に、今度はまりあが押し黙る番だった。

少しの時間、重い沈黙が部室を支配する。それを嫌うかのように、中島が声を挟んだ。

「ちょっと停電が長いですね。荒子会長、僕が職員室に行って様子を見てきます。先生方が何か対策を練られているかもしれませんから。小本、ライトを借りるよ」

荒子の頷《うなず》きと共に、中島はライトを奪い取ると足早に廊下へ出ていった。

職員室は、ここクラブ棟からは渡り廊下を越えた隣の校舎にある。かつかつと中島の足音が遠ざかっていく。

「たしかに少々長いな」

会長も不安に思ったのか、芭蕉扇の破片を踏まないように窓際に歩み寄るとカーテンを開けた。

窓の外には『真実の壁』と呼ばれる体育館の白壁が聳えているが、窓際から斜め方向には、僅かに学外の景色も垣間見《かいまみ》られる。

ついでに覗《のぞ》いてみると、学内だけでなく、町全体が真っ暗になっていた。空はいまだごろごろと煩くがなり立て雨を降らせているが、灯りが消えた町の光景は静寂としか表現しようがない。

少なくともこの地域一帯が停電したらしい。

「これは長引きますね」

野太い声で笹島が呟く。やけに近い距離で聞こえたので振り返ると、いつの間にか全員が窓際に寄り集まっていた。外の様子が知りたいのもあっただろうが、部室の中央が海草の破片で覆われて迂闊《うかつ》に移動できないのが大きかったようだ。下手に踏めば再びまりあが逆上するし、展示失敗の全責任を生徒会になすりつけられる可能性すらある。

「町の灯りが点《つ》いてくれないことには、下校するのも難しいし」困ったように渚が天を仰ぐ。「今日はお母さんもお稽古《けいこ》で家にいないから、車で迎えに来てくれないのよね」

「これでは道場も真っ暗か。対外試合が近いのに、稽古どころではないな。あいつとの話し合いもしなければならんのに……。今日は厄日か」

柔道部の笹島が肩を大きく上下させ、溜息を吐《つ》くと、

「あ、パソコンのデータ、まだセーブしてなかった！」

庶務の小本は頭を抱えて蹲《うずくま》る。

「私もまだ残務があるのだが」

会長すらぽつりと呟いたことで、吹雪《ふぶき》で小屋に閉じこめられたような悲愴《ひそう》感が部室に漂い始めた。

「ちょっと、もしかして停電から復旧するまでみんなここに居座るつもりなの？　中間調査は終わったんだし、とっとと生徒会室に戻ってよ」

ひとり恨めしげに破片を見ていたまりあが、慌てて問い質《ただ》す。

「そうしたいのは山々だが、この暗さでは下手に動けない。それとも我々が君の懐中電灯を借りてもいいのかい？」

「そんなの真っ平ご免よ！　生徒会を送り出すために、どうして私が暗闇の中に戻されなきゃいけないのよ」

強盗から金庫を守るかのように、まりあが電灯を抱え込む。

「ならもう少し我慢してもらうしかない。呉越同舟《ごえつどうしゅう》という言葉もある」

諭《さと》すように云い含める会長。

「解ったわよ！　もう。中島さんがもう一つのライトを持っていったばっかりに。しかも様子を見に行くと云ったわりに、全然帰って来ないじゃない」

理詰めが苦手なまりあの矛先が中島に向かったとき、不毛な諍《いさか》いを調停するかのように、パッと灯りがついた。天井の剝き出しの蛍光灯が煌々《こうこう》と室内を照らし出したのだ。その照度はＬＥＤ電灯の比ではない。まるで天照大神《あまてらすおおみかみ》が天岩戸《あまのいわと》から出てきたような、眩しさと神々《こうごう》しさ、そして安心感だった。もちろん窓の外、町の灯りも元通り。

停電したときと異なり、誰も声を上げなかったが、みなの呼吸に共通の安堵が感じられた。

だが次の瞬間だった。照明の回復と同時に、目の前の『真実の壁』に大きな人影が浮かび上がったのだ。四角い窓枠も一緒だったので、クラブ棟のどこかの部屋の光が白壁に投影されたようだ。

夜にいつも起こる現象なので、それだけなら何の驚きもなかったのだが……。

シルエットは髪の長いブレザー姿で、恐らく本校の女子と思われた。外と内どちらを向いているのか解らないが窓の中央で正対している。問題は次の瞬間で、奥から短髪の男らしき人影が手を上げてゆっくりと迫ったと思うと、同時に両手を首に降ろしていった。

おそらく女は窓の外を向いていたのだろう。まったく気づく素振りはない。そして次の瞬間、女の影は首に掛かった男の両手にシンクロするように、ストンと落ちるように消えていった。窓の底辺が腰高のためその下へと崩れたのだろう。

その間ほんの数秒。ついで激しい雷光と雷鳴——そのため外界が白に覆われ、体育館の白壁のシルエットも見事に掻《か》き消された——そして次の瞬間、再び停電が部室を襲った。もちろん部室だけでなく学校と町も。世界はまたしても闇に包まれたのだ。

とはいうもののＬＥＤライトはつけっ放しだったので部室が闇に覆われることはなかったが……。

ただその場の全員が別の理由で困惑していた。

「見た？」

口火を切ったのはまりあだ。

「はい……何ですかあれ？」

彰はまりあ、ついで背後の会長たちに目を向けた。会長も目撃していたらしく、

「君たちの悪戯《いたずら》か？」

と逆に尋ね掛けてくる。剣道部はこのクラブ棟にはないので、会長は『真実の壁』の仕組みを知らないようだ。

「まさか！　ですよね先輩」

「当たり前よ。なんで彰まで私を疑ってるのよ。文化祭まで時間もないのに、そんな余計なことをするわけないじゃない。そもそも停電が起こるなんて知るわけがないし」

怯《おび》えて、泣いて、驚いて、そして怒って。まりあの顔は納豆をかき混ぜたようにぐちゃぐちゃだ。

「確かにそうだな。だとすると私たちは何かを目撃したことになる。不穏な臭いを感じさせる何かの現場を」

荒子会長は今までに見せたことがない真剣な表情で呟いた。真面目でその上ポーカーフェイスな人だと思っていたが、それでも日頃はかなり笑顔を作っていたのだと改めて実感するほどに。

「男と女のように見えましたけど、痴話喧嘩ですか」

そう口にしたのは小本。本心というより、願望が含まれているように聞こえた。ただの痴話喧嘩なら笑い話で済む。

「それならいいのだが」

「またこの前みたいに」

いつもより甲高い声で渚が叫ぶ。コントロールできてない濁った響きが混じっており、とうてい演劇部員の声ではなかった。この前というのは新聞部の部室で部長の福井京介が殺されたことだ。あれからまだひと月しか経《た》っていないので、記憶はまだ生々しく残っている。

「最悪、その可能性もある」

重々しく会長が頷いたあと、

「投影したということはこのクラブ棟の何処《どこ》かの部屋ということだな」

「おそらくここの真上の部室だと思います」

『真実の壁』の由来を交えながら、彰が説明した。

「なるほど。『真実の壁』か。学内にはまだまだ私の知らないことが多くあるな。では、少し様子を見てくるしかないか。何もなければそれで問題ないことだし。笹島、小本、一緒に行こう」

「そうね、さっさと行ってらっしゃい。会長さん」

当然ながらまりあにその気はないようだ。むしろほっとしている様子。だが会長がLED電灯を手にしたとき、慌てて、

「私の電灯を?」

「暗がりの中、三階まで行くのは難しい。それにライトがなければ何の確認も出来ない」

「じゃあ、私たちに暗闇の中に残れっていうの?」

「事態は一刻を争うかもしれない。それが厭なら、私たちと一緒に来るかい?」

「それは……」

その時だった。運良く中島が戻ってきたのは。もちろん右手には生八ツ橋の小型ライトが握られている。

結果、荒子会長と笹島、小本、中島の四人が小本の小型ライトで様子を見に行くことにした。会長たちはＬＥＤ電灯を持っていきたかったようだが、まりあが決して肯《がえ》んじなかったために、諦《あきら》めて生八ツ橋のほうになった。

渚はその場に残ったため、ある意味彰が女子二人のボディーガード役になったようなものだ。彰は緊張しながら、テーブルを挟んだ二人の向かいに腰掛けた。

まりあと渚は相性がよくないのか、特にまりあのほうがケンカ上等な傲慢《ごうまん》な態度で、渚に話しかけている。当然、渚も受け身一方な女性ではないので、売り言葉に買い言葉。とはいえ、下級生といえど男の彰が同席しているので、女らしさを逸脱するような乱暴な言動はなく、ロールキャベツよろしく敵意を皮肉で包んだ、彰の背筋だけが凍りつきそうな応酬となっていた。

彰としては空気と化して善意の第三者のままいたかったが、古生物部員である以上、まりあの側の人間だと双方から思われている。そのため応援を期待するまりあの眼差《まなざ》し以上に、冷ややかな渚の視線が辛かった。しかも光量が足りないせいで、渚がますますあさみとオーヴァーラップする。

そういえば、あさみが気になりだしたのも、こんな薄暗い場所だった。

バスケ部の練習の合間に水を飲もうとしたとき、夕闇に包まれた体育館の奥の小部屋から、綺麗《きれい》な金管のメロディが聞こえていたのだ。

　思わず覗いてみると、ひとりでユーフォニウムの練習をしている女子生徒がいた。それがあさみだった。彼女とは同じクラスだったが、班も違ったため、今までほとんど話すことがなかった。

　夕闇のせいで、椅子に座ったあさみとユーフォニウム、どちらがあさみなのか区別がつかなかった。シルエットはさながら寄り添った双生児のようだった。ただ、見た目の奇抜さとは裏腹に、朝顔から流れ出してくる音色があまりに甘美で、聴き惚《ほ》れてしまったのだ。

「桑島君！」

　びっくりしたあさみがマウスピースから口を離す。途端に、室内は静寂につつまれた。

「いや、あまりに上手《うま》いからつい。邪魔したのならごめん」

「またまた。そんなことといっても何も出ないわよ。私なんか下手なほうよ。だから居残り練習しているんだから」

「そんなことない。凄《すご》かった」

　彰が力むと、あさみはにっこり笑って、

「でも、ありがとう」と答えた。すてきな笑顔だった。それ以来、あさみとは教室でも会話をするようになったのだが……。

「ねえ、どうなのよ！」

　まりあの言葉で思考が切断される。夢から覚めると、まりあだけでなく渚も彰に視線を向けていた。

「え、えーと」

「何、聞いていなかったの。なにぼおっとしているのよ。いつもこうなの。頼りない下級生なんだから」

「そうみたいね」

同調するように、呆れ口調で渚も頷く。あれ、いつの間に？　まあ、その方が彰としてもありがたい。ほっと胸をなで下ろす。

だが続いて出たまりあの言葉で、それが全くの思い違いだと知らされた。

「稲永さんと野跡さん、彰はどっちが好みかと訊いたのよ」

そんなこと答えられるはずもない。そもそもどういう経緯でこの質問に至ったのか？　しかもこの二人でではなく、渚と副会長なのだ。よそ事に気をとられていたことを、激しく後悔した。

彰が言葉に詰まっていたとき、部室の外でも、いろいろと起きていたらしい。

大騒ぎになったのは、それから十五分ほどあとのこと。三階の部屋の窓の外、真下の芝生の上で、女生徒の死体が発見されたのだ。

3

死体は、芝生の上だったためか目立った外傷は見られなかった。死因は絞殺。首には太幅のビニール紐《ひも》が巻きついていた。首筋に赤い爪痕《つめあと》があり被害者の爪からは皮膚組織が発見されたが、いずれも被害者自身のものであり、紐を解《ほど》こうと抵抗したときに自ら傷つけたとみられている。豪雨のせいもあり、他にめぼしい痕跡は発見できなかった。

被害者の名は弥生信子《やよいのぶこ》。二年三組の生徒だ。彰が同じ二年のまりあに訊くと、クラスが違うのでよく知らないという。その割りに最後に「男出入りが激しかったとは聞くわね」と付け加えた。孤高の化石少女といえども、そこは女。井戸端ゴシップは自然と入ってくるらしい。

そして犯人と目されたのが、当時三階の部室にいた常盤真人《ときわまさと》。三年生で、去年の秋にひと月ほど弥生と交際していた。

彼はエアホッケー部の部長で、古生物部の真上はエアホッケー部の部室だった。部室にはゲームセンターや温泉地にあるような巨大なエアホッケー台が据えられていて、部員は十名ほど。文化祭では毎年、部室でエアホッケーのトーナメントを開催していた。

部員たちも、日頃はエアホッケーで戯れているわけだが、事件の日は空気を送り出すブロワーが不調で、部長の常盤真人がひとり居残って修理していたようだ。古い機械なので、時々補修が必要だとか。部費との兼ね合いもあり、業者にしょっちゅう頼むわけにもいかず、簡単な故障は常盤が直していたらしい。

それが四時三〇分頃。ところが修理に手間取っているうちに停電にあったという。下手に動いて分解した部品を四散させる訳にもいかないので、停電の間はその場でじっとしていたという。もちろん証人はいない。

やがて五時三〇分頃に荒子会長以下四名が部室をノックすることになる。

会長たちの証言では、ノックして会長が名乗ったとき、慌てて中から鍵が掛けられたらしい。明白な居留守だ。状況が状況なため会長がしつこく呼びかけ、最後は生徒会室にある全部室のマスターキーを小本に取りにやらせたあとで、観念したのか扉が開き常盤は姿を見せた。その間五分少々。

どうして居留守を使ったのか会長が問い質すと、会長が苦手だったから、と答えたという。

懐中電灯は小本が持っていったので、携帯電話で呼び戻し、部室に入る。小本を待っている間に会長は、常盤に訪問の理由を説明したらしい。

部室はホッケー台以外には目立った設備もないため、弱い電灯の光だったが、室内に他に人が隠れている気配は感じられなかったという。実際は既に直下の芝生の上で雨に打たれていたわけだが。

常盤も女生徒などいないと云い張り、十分ほど押し問答を繰り返したあと、停電が復旧し、灯りがつく。会長が窓の下を覗くと、外灯に照らされた弥生の死体が横たわっていた次第。

通報を受けた警察が来たのは、それから数分後のことだった。

彰たちも目撃した影について訊かれたが、警察の聴取はその日だけだった。

当時クラブ棟の西側で居残っていた部は数部あったが、『真実の壁』の影に気づいたのは彰たちだけだった。目の前に映し出されたというのもあるが、一瞬だったのと、多くはカーテンを閉め外を見ていなかったためだ。

ペルム学園では少し前に殺人事件が起きたばかり。しかも犯人はまだ捕まっていない。ただ事件の一週間後に学校を辞めた三年生がいて、タイミング的に彼が犯人ではないかと噂《うわさ》されている。一方で、事件とは関係なく、単に親の事業が傾いたからという噂もあり、確定はしていない。

同じ学内に殺人犯がいるよりましだということで、全てを彼におっ被せた格好だ。要は偽りの安心。そんな中に新たな殺人が起きたわけで、ガラス細工の安心は脆《もろ》くも崩れ去り、学内は騒然となった。

中には連続殺人だと騒ぎ立てるやつもいる始末。

「物騒よね」

そう溜息をつくまりあの顔は、不謹慎にも綻《ほころ》んでいる。

「笑みが零《こぼ》れてますよ」

「そんなことないわよ」

殺されたのが面識のない人間ということもあり、二人に実感はない。が、それにしても露骨だ。

「もしかして、あのジオラマと一緒に心も壊れたんじゃないですよね？」

砕け散った破片は灯りが復旧したあと、涙ながらのまりあとともに彰が回収し、箱詰めにしてある。

「なによ。私は繊細な人間だけど、そこまで脆くはないわ」

繊細を自称する人ほど信頼できない。だが、同じ理由で脆くもなさそうだ。

「じゃあ、文化祭が延期になりそうで喜んでいるんですか。そうなれば慌ててジオラマを作る必要もなくなりますからね。でも人が死んでいるんですよ、まりあ先輩」

まだ本決まりではないが、事件が沈静化、つまり犯人が捕まるまで文化祭を延期しようという要求も強いらしい。

「人を社会に巣くう悪鬼のように云わないでよ」

強く否定するが、視線が彷徨《さまよ》っているところをみると、図星のようだ。

「人間として最低ですね」

冷ややかな視線で睨みつける。すると、まりあはたじろぎながら、

「だから違うって云ってるじゃない。どうして彰は私の言葉を信じられないの」

「簡単です。文化祭まで時間がないのにのんびりしているからですよ。延期を当て込んでいるからではないですか？」

彰の推理は正鵠《せいこく》を射たらしく、まりあはぴくりと片頰《かたほお》を震わせる。

「き……昨日の今日で気分が乗るわけがないじゃない。か弱い乙女心をなんだと思っているの。大人じゃなくて乙女なのよ。明日よ明日」

決まりが悪い顔つきで、まりあはそのままさっさと帰宅してしまった。

＊

その翌日、放課後の部室。まりあの許に珍しい人間が部室を訪れた。

先月の選挙戦で荒子に敗れ悔し涙を流した前生徒会長の水島時晴《ときはる》だ。彰もポスターや学内演説で何度も顔を見たことはあるが、目の前にするのは初めてだ。

まりあのほうは面識があるようで、

「水島さん、どうしたんですか。わざわざこんなところまで」

と訝《いぶか》しげに尋ねている。親同士の縁で、まりあは水島派の人間と目されている。そのた

めライヴァル関係にある現生徒会長から廃部の圧力を掛けられているのだが、当のまりあは水島にさほどいい感情を抱いていないらしい。口調に含まれる冷たさから何となく察せられた。

「いきなりすげないな。俺とお前の仲じゃないか」

「何を！　誤解を招くようなこと、云わないでください」

赤面してぴしゃりとはね除《の》けるまりあ。これでは水島が云い寄っているように見えるが、単にまりあをいじって楽しんでいるだけとも思える。現に、今も大口を開けて楽しそうに笑っているだけ。

まあ、彰が入部した春以降、部室に水島が来たのは初めてだ。云い寄るならもっと頻繁に出入りしているだろう。

水島は大柄で百八十五センチほどあるだろうか。二メートル近い笹島と比べるとさすがに低いが、ペルム学園の中では巨漢の部類に入る。肩幅も背中でフリーセルが出来るほどに広く、容貌は彫りが深く凄みのある昭和風の男前。性格は剛胆で、声も野太い。マンガなら番長と呼ばれていても何の違和感もない人物だった。ただ見た目と裏腹にスポーツは苦手らしく、三年間ずっと英会話部に所属しているらしい。このあたり剣道家の荒子とも対照的だ。そのかわり、英語はネイティブ顔負けに美しいクィーンズ・イングリッシュを操るとか。

どことなくちぐはぐな所もある前会長だが、まりあに訪問の理由を尋ねられると、「いや、これは確認で、決して神舞の証言を疑っているわけではないんだが」と、歯切れの悪い猜疑《さいぎ》に満ちた云い訳を口にした。「神舞は本当に常盤が首を絞める場面を見たのか？」

真剣な眼差しでそう質問してくる。まりあについで彰へも顔を向ける。

「どういう意味ですか？　私が嘘を吐いてるとでも」

当然のごとく、眉を吊り上げ、まりあがつっかかる。

「いや……、まあ、神舞たちには話しておいた方がいいか」

最初からその心づもりだったのだろう。前会長は仕切り直しとばかりにパイプ椅子にどかっと腰を降ろし、二人に説明し始めた。

それによると、常盤真人は水島派の人間だったらしい。といっても常盤自身は水島とほとんど交流はない。だが常盤の年子の弟が、秋の生徒会選挙で水島後継派の副会長として擁立されることが内定していたらしいのだ。もちろんその情報はまだ公にはされていない。

「しかし、蛇《じゃ》の道は蛇《へび》。向こうが知っていてもなんら訝《おか》しくはない。実際こちらも何人かはあたりをつけているしな」

そう云い放ったあと、

「もし常盤が逮捕されたりしたなら、弟の出馬も不可能になる」

それは目を掛けていた水島にとっても痛手らしい。つまり選挙絡みで常盤は嵌《は》められたのではないか、というのが水島の主張だった。

「まさか」

そう口にしたのは、まりあではなく彰。

「俺は確かに目撃しましたし、それだと荒子さんたちが彼女を殺したことになります。いくら選挙のためとはいえ、人殺しまでするとは。それに会長たちが訪れたとき常盤さんが不審な行動をしたと聞きましたが」

「いや、それには理由があってな」

水島が云うには、常盤が最初居留守を使ったのは、停電中に部室でタバコを吸っていたかららしい。ホッケー台を分解したものの停電になったため手をつけることができず、落ち着くためにタバコに火をつけたらしい。一本吸い終わった頃に照明がつき、換気しようとしたのだが、再び停電。もう一本吸おうか迷っている時に、ノックと生徒会長の声が同時に聞こえてきたという。

常盤も弟の選挙の話は知っていたので、自分の喫煙が弟の足を引っ張らないか不安になりしばらく躊躇《ためら》っていたらしい。

「それは本当ですか？」

彰が念を押す。たしかに筋は通っているが……。

「俺には奴が本心を打ち明けているように見えた。それに荒子会長も部室にタバコの臭いが残っていたことは認めている。まあ、それは発見後部室に駆けつけた警官たちも気づいたらしいがな。だが、『真実の壁』に映った影のせいで、警察も常盤の証言を全面的には信用してない。タバコの臭いはなんら無実の証拠にならないからな。それに一時期二人がつき合っていたのも事実だし」

つまり最後はそこに戻るわけだ。目撃証言に機会にその上、動機まである。

「ただ生徒会の連中にも動機が出てきたんだ」

周囲を気にするように、ドアを一瞥したのち、水島は声を潜めると、

「被害者の弥生信子が生徒会のメンバーとつき合っていると、友人に仄《ほの》めかしていたらしい。浮気性の彼女だが、珍しく本気になったと。ただ、相手が誰なのかまでは、口止めされていたらしく打ち明けなかった」

つまり殺人の動機は別に存在し、元彼の常盤に濡《ぬ》れ衣《ぎぬ》を着せることで一石二鳥を狙ったというのだ。

「神舞らの証言がなければ、生徒会の連中が謀略を巡らせて偽証していると、問い詰めたいところなんだが」

ちらとこちらを見る。見間違いの可能性が少しでもないか、言質《げんち》を取りたいのだろう。

だが彰には彰の筋がある。

「すみません。俺は確かに見ました。これぱっかりは……」

申し訳なさげに頭を下げると、まりあはそれを制するように、

「彰が頭を下げることはないわ。私もこの目で見たんだから。堂々と胸を張って見たと云えばいいのよ」

「まあ確かにそうだ」

もの解りよく水島が頷く。まりあは気をよくしたように、

「ただ、残念だけど、それがトリックの場合もありますね。私と彰の目を欺いて、常盤さんに濡れ衣を着せようとしたり。とくに弥生さんを殺す動機があるなら、計画的犯行の線も濃厚ですね。ここに生徒会が来るのは予《あらかじ》め決まっていたことだし」

「ほう」と彼は目を細め、「そういう考え方もあるか」と感心している。

「即座にそこまで思いつくなんて、神舞は探偵の素質があるんじゃないか」

「そんなに褒めても、コノドントのひとつも出ませんよ」

言葉とは裏腹に、薄い胸を張り満更でもない顔。彰は慌てて割って入る。

「無責任に煽《おだ》てないでください。先輩が本気にしたらどうするんですか」

「何よ、煽てるって。何も私は浮かれて探偵をしようというんじゃなくて、私たちの証言で常盤さんがP－T境界の地獄に突き落とされるのかもしれないのよ。だから私たちには本当に何を見たのか確認する責任があるのよ」

こんな時だけ、よくもまあ、尤《もっと》もらしい云い訳がすらすらと出てくるものだ……。彰は

呆れたが、なまじ筋が通っているために反論できない。

「頼もしいな」水島はパンと自らの太腿《ふともも》を打つと「それじゃあ、神舞にも少し任せてみるか。だが決して無理はするなよ。相手は人殺しなんだから」

諫《いさ》めているのか応援しているのか不明瞭な態度で、前会長は帰っていった。彼としても複雑なのだろう。あまり無茶をすると水島派全体のイメージが落ちて、次の選挙戦で彼の子飼いが敗北してしまう。それでは本末転倒だ。

気持ちは解らないではない。だからこそ、政争に無関係なまりあを巻きこまないでもらいたかったのだ。

＊

「生徒会の謀略！」

まりあはこのフレーズがよほど気に入ったらしい。彰の苦悩をよそに、壊れたスピーカーのように連呼している。

「そう、すべて生徒会の謀略なのよ！」

「郵便ポストが赤いのもですか？」

「当たり前じゃない。現生徒会がなくなればポストも虹色《にじ》になるわよ。国鉄がなくなってJRが七色に分かれたようにね」

壊れた芭蕉扇のジオラマは、今日も段ボール箱に押し込められたまま。あの日から一度も開封されていない。

「そうよ。私たちをダシにして連中が仕組んだのよ。思ったとおり、あの会長はかなりの悪党よ」

「そうですか？　俺にはそうは見えませんけど」

「彰は人を見る目が深海魚並みになさ過ぎるのよ。そんなことで社会に出てやっていけるの？」人差し指を突きだし、年上ぶって説教する。「それとも彰は、常盤さんが犯人だと云うの？」

「それは解りません」

彰は素直に答えた。常盤とは面識がなく、彼の人柄については何も知らないので答えようがない。

「もちろん、常盤さんとは違うかもしれません。でも、先に犯人ありきでは探偵もクソもないでしょう。前も云いましたが何の根拠もなく、生徒会が犯人だ、トリックだと云っても、誰も信用してくれませんよ」

「根拠なら、あるわよ。常盤さんが犯人なら殺したあと死体を投げ捨てて、この部室の窓の外を死体が落ちていったはずだけど、そんなの見なかったわよ？」

「何云ってるんですか。生徒会長らが出て行ってからは稲永さんと二人で、役員たちの噂話とか、ガールズ・トークばかりしていた癖に。外なんかろくに見ていなかったじゃないですか」

彰が口を尖《とが》らせる。ガールズ・トークに加われず、黙って聞き耳を立てていると思われるのも心外。かといって、女二人を残して部屋から出るわけにはいかない。肩身の狭い時間だった。

「もちろんそれだけじゃないわ」

やや詰まり気味に、まりあが重ねて答える。同時に眉間《みけん》に三本の縦皺《たてじわ》が生じる。嘘を吐いているときの表情だ。

さてどうしよう。

「へえ、自信があるんですか……じゃあ、犯人は誰なんです？」

少しばかり問い詰めてみると、

「中島さんよ」

苦し紛れながらもまりあは云ってのけた。

「また中島さんですか。前の事件でも中島さんと決めつけてましたね。先輩は中島さんに恨みでもあるんですか？……まあいいでしょう。で、どうして中島さんだと」

「簡単よ。私たちが例の人影を見たとき、生徒会のメンバーの中で、あの場にいなかったのが中島さんだけだから」

やはりそんな単純な理由だったのか。あの時部室にいなかった人間は生徒だけでも何人もいる。極端に云えばまりあや荒子会長たちを含めた六人以外全員。生徒会というくくりの中では、中島だけというに過ぎない。

「じゃあ、あの影は中島さんの細工なわけですね？」

「そうなるわね。常盤さんに濡れ衣を着せるために、別の部屋から『真実の壁』に投影したのよ。天井の蛍光灯ではなく別の光源を使えば、投影する場所は自在に選べるし」

「まあ、光源を変えれば投影することは可能かもしれませんけど」

彰は一歩譲歩したあと、すぐに反論をぶつけた。

「問題が二つあります。犯人は影を敢《あ》えて俺たちに見せたわけですけど、停電とその後の数秒の復旧をどうやって予見しえたんです。停電は今年初めてだし、それから何時《いつ》復旧するかなんて誰にも判らないですよ。それに復旧するまで被害者をその場に立たせておいたんですか？　えらく協力的な被害者ですね」

「な、何よ。ちょっと頭がいいからって、そんなに厭味な云いかたをしなくていいじゃない」

「それからもう一つは、俺たちが影を目撃したのはたまたまで、もしカーテンを閉めたままだったら、ずっと影に気づかなかったはずですよね」

「たしかに……」思いの外、まりあはあっさり納得する。「つまり誘導役が必要なわけね

「……じゃあ、生徒会長だわ。そう、あの時最初に窓に向かったのは生徒会長だもの。彼が共犯者よ」

　これは藪蛇だったようだ。たしかに共犯者が誘導すれば、彰たち第三者に見せつけることは充分可能だろう。

「でもやっぱり停電をトリックに利用するのは不可能です。学校だけの停電なら、あるいはブレーカーで操作できなくもないですが、近隣一帯ですからね」

　町が闇に覆われていたのは、彰も確認している。

「近隣かぁ、生徒会の財力があれば……」

　途方もないことを云い出す。もはやここまで来ると妄言だ。

「マンガの読み過ぎです。それに、そこまでの財力があれば、もっとまともな隠蔽《いんぺい》工作してますよ。なにせ中島さんにはアリバイがないんですから」

　犯行のシーンを見せつけるということは、即ち犯行時刻を犯人自ら特定することに他ならない。アリバイがあれば一気に容疑の圏外に逃れられる反面、なければ途端に怪しくなる。警察も馬鹿ではないから、犯行現場が違う可能性は当然考えているだろう。そんな状況で危ない橋を渡るだろうか。

「たしかにそうね」

　まりあが渋々ながら納得する。のちに知ったことであるが、実は中島のアリバイは成立していた。一度目の電源復旧時、彼は職員室におり、複数の教師が証人だったのだ。職員室がある本校舎はクラブ棟とは渡り廊下でL字に繋がっているが、職員室はクラブ棟と反対側の端っこにあった。

これで探偵ごっこは諦めてくれたかと安心したのだが、一筋縄ではいかないのがカンブリア以来の偏固者・神舞まりあ。

「とにかくついてきて、私の話を聞きなさい」

翌日、部室で携帯ゲームをしていた彰の手をとり引っ張っていく。どこへ行くのかと思えば、一階の空き部室だった。古生物部の真下、死体が落ちていた場所の真ん前の部屋だ。

去年まであった四色問題クラブが、実は既に解決されていたことを知って廃部になり、新学期から新設のクラブに明け渡される予定だった。だが、壁を塗り分けしすぎて損傷が酷《ひど》いため来月上旬まで業者が入り補修することになっている。

補修は部室の外観にまで及んでいるようで、ひとつだけ真新しいドアの前でまりあは鍵を開けた。

「それどうしたんですか」

部室の鍵は当然別々なはずだ。

「水島さんからマスターキーを借りたのよ。調べたいことがあると云ったら、都合をつけてくれたの」

「また、そんなグレーな真似を」

とはいうものの部屋の前に立っていればなおさら危険なので、慌てて中に入る。

室内は床を除き、これが同じ部室かと思うくらいに綺麗に改修されていた。他の部屋を見なければ棟全体が新築と勘違いするほどだ。

ただし床だけはタイルを外しコンクリが剝き出しのまま。手間取ったせいなのか、補修のための新しいコンクリが塗り広げられている。

業者は夜にしか来ないため、室内には誰もいない。

真っ白い壁に、灰色の生乾きの床。また移動のためだろう。窓際、壁際だけは細長い板で通路が作られている。LEDのシーリングライトに薄いカーテン。

まだ補修箇所があるのだろう。一部に足場と、背の高さほどの作業用のスタンドライトが二脚。まりあはライトに興味を持ったらしく、近づきソケットの裏手のスイッチを押した。通電していたらしく、眩しい白色のライトが放射された。

「やっぱり。犯人はこれを使ったのよ。下からこれを使えばあの場所に影を落とすこともできるわよ」

三階から二階の正面を照らすのではなく、一階から二階へと照らしたわけか。光源の高さを正反対にすれば、確かに同じ位置にくるだろうが……思わずまりあの珍説に説得されそうになる。やばい、やばい。

「ほら、床のコンクリートに凹凸が少しだけどついているでしょ。下に置いたときについたのよ」

事件後もコンクリートは何度か上塗りされているのだろう。痕跡は僅かしか残っていなかった。もちろん、スタンドによるものとは断定できるわけがない。

「あとはホッケー台を壊して常盤さんが部室に居残るよう仕向ければ、計画は万全。今晩ここで実験をして成功すれば、狡猾《こうかつ》なトリックを暴いたことになるのね」

まりあは大発見をしたかのようにはしゃいでいるが、彰は心を鬼にすると、

「絶対に止《や》めてください。昨日も云いましたけど、中島さんはどうやって停電を知ったんです？　先輩のトリックには前提として、二度の停電が必要なんですよ」

トリック、ひいては生徒会謀略説のアキレス腱《けん》を指摘した。昨日より一段と強い調子で。

もちろん赤点頭のまりあに答えられるはずもない。口から出たのは「ちっ」という舌打ちだけだった。

「なにが〝ちっ〟ですか。探偵の真似事をするのは一歩どころか百歩譲って容認するにしても、予め犯人を決めてかかるのはおかしいでしょう」

「なにそれ。そんなの探偵の自由じゃない」

いくら拗《す》ねても、彰は異論を断固認めなかった。

4

「これしかないのね」

翌日、ようやく修復する気になったらしい。まりあはバラバラになった芭蕉扇を再び組み立て始めた。しかし数日のロスは大きく、文化祭は既に十日後に迫っている。

たとえエディアカラ生物群としては不完全でも、これ以上ジオラマを増やさず芭蕉扇のみに取り掛かってギリギリ間に合うかどうか。

ともかくまりあがその気になったことは嬉しい……のだが、同時に彰はその姿に心苦しさを覚えた。

殺人事件が未解決なため、文化祭が中止になるという噂を聞いたばかりだからだ。延期は不謹慎にもまりあが望んでいたことだが、中止となると話が違ってくる。

まりあの努力が無駄にならないよう祈りながら、彰も必死で手伝った。そして文化祭の四日前。彼女の驚異的ながんばりが奏功して、何とか出展の目処《めど》が立った。文化祭の延期も中止も今のところない。スケジュールどおりに文化祭は執り行われる。

最大の理由は常盤が逮捕されたからだ。

そのことをまりあが知っているかどうかは判らない。彰もあえて尋ねなかった。

「でも、いまさらな疑問ですが、どうしてエディアカラ生物群なんですか？　普通の人は知らないでしょ。俺も初めて聞きましたし」

再び室内に乱立することになった紫色の奇怪な物体を前に彰が尋ねる。

まりあはまだ完成度に不満があるのか、出来るところまでやると、新たな笹舟のような生物の製作に取り掛かっている。執念と云うべきか。

放課後だけでなく、こっそり家に持ち帰り睡眠時間を削って作業しているらしく、目許が黒ずんでいる。さすがに疲れが溜まっているようだ。肌艶《はだつや》も精彩がなく、花も恥じらう十六の乙女の顔ではなかった。

「えっ、一般ピープルはエディアカラ生物群を知らないの？」

一瞬、脳細胞がショートする。まさかそこから根本的にずれていたとは、つき合いの長い彰にも思いも寄らなかった。

「ええ、まあ。普通の人はティラノサウルスや、そこのブロントサウルスくらいメジャーじゃないと判りませんよ」

彰は棚の電動プラモデルに目を遣《や》りながら答えた。電池が切れているので、今はただの色褪《いろあ》せた置物だ。うっすらと埃も被っている。

「安易に恐竜に頼るのはちょっとね……」

まりあは言葉を濁す。恐竜部へのライバル心か、それともアンチメジャー的な思考故《ゆえ》なのか判らないが、心理的障壁は大きいようだ。

「それに、もうブロントサウルスはいないわよ。曲がりなりにも古生物部員なんだから、今さらそんな世迷《よま》い言を口にしないでよ！　ホント恥ずかしい」

まるで彰が泥まみれの手で制服に触ろうとしているかのように、眉をひそめ、侮蔑《ぶべつ》の言葉を投げかける。しかしブロントサウルスは恐竜図鑑の定番で、彰でも知っている数少ない恐竜だ。きょとんとした彰の表情を見てか、

「発見者のオスニエル・マーシュが間違えちゃったのよ」と、まりあは説明を始めた。

「彼は化石界の巨人なんだけど、同じく巨人のエドワード・コープとは強烈なライバル関係で、二人は先にどれだけ新種を発見するかいつも争ってたのよ。化石も含めて生物の命名権は早い者勝ちだから。項羽《こうう》と劉邦《りゅうほう》のようなものね。で、争いが激化して、互いの化石山地を探り合ったり、時には新たに発見した産地を相手に知られるよりはと、採掘後にダイナマイトで破壊したこともあるらしいわよ。もう無茶苦茶ね。まあ、その甲斐《かい》あってか、どちらも新種の化石をわんさか発見したんだけど、中には功を焦るあまり拙速に申請したものもあったの。で、マーシュがブロントサウルスと命名した化石は、アパトサウルスの胴体にカマラサウルスの頭が乗っかったキメラだったことが、あとで判明したのよ」

まりあは本棚に向かうと分厚い洋物の図鑑を取りだした。

「部室の図鑑くらい、せめて目を通しなさいよ」

文句を云いながら、あるページを開く。そこにはブロントサウルスの胴体を持つアパトサウルスと、ブロントサウルスの頭を持つカマラサウルスが描かれていた。アパトサウルスはトカゲのような細長い顔つきで、逆にカマラサウルスは頭部だけでなく首も尻尾《しっぽ》も太く短く寸詰まりな感じだ。

「ブロントサウルスは、細長い首と円みを帯びた頭部というミスマッチがユーモラスで人気があったんだけど、本当のミスマッチだったのよ。ピルトダウン人みたいに悪質じゃないけど、お騒がせな恐竜だったわけ」

慣れ親しんだ恐竜がもういないと聞かされ、彰は少しセンチメンタルになった。そもそもどの恐竜も既に絶滅してもういないのだが。

まりあも当時を思い出してか少し感傷モードだったが、次の瞬間、はっと顔を上げると、

「……そうよ、彰。あんた凄いわね。ブロントサウルスなのよ！」

喜色満面で叫んだ。東南アジアのキノコでも食べたようなあまりの変貌ぶりに、厭な予感を感じながら理由を尋ねると、

「影よ、影！　あの影はキメラだったのよ」

予感は的中。まりあが興奮しているのは事件についてだった。

「……はいはい、推理を聴かせてもらいましょうか」

　ジオラマが完成したこともあり、諦めて彰は先を促した。もしかして自分の名前は彰ではなく諦じゃないのかと思いながら。

　ともかく、まりあのテンションは上がりきっている。下手に制止して、余所《よそ》で触れ回られたら大変なことになる。気が済むまで話を聴くしかなかった。

「そう、あの影は合成なのよ。女の影と男の影、一つの映像だと思っていたけど、別々の場所の影が、たまたま混じり合っていたのよ」

「混じり合うって」

「男の影は三階の常盤さんに間違いないでしょうね。おそらくタバコの煙を追い出すために窓際で両手で払っていた。でも女の影は、三階じゃなくやっぱり一階の空き部屋のものだったのよ。そのふたつが偶々混じり合ったのよ」

「偶々？　凄い偶然ですね」

「位置に関しては、窓枠の外は真っ暗なんだから、少しくらいずれても気づかないでしょう。それに時間は停電のせいで投影される機会は限定されていたわけだから、そこまで低確率じゃなかったはずよ」

　まあ、そうかもしれない。さしむき先を促す。

「でも、女の影は被害者でしょうけど、下から照らして上に影を作るなんてどうしてそんな真似をしたんです。影を作るには天井の蛍光灯のスイッチはオフにしてなければだめでしょうし。それとも誰かが女装していたんですか？」

「何云ってるのよ、停電なんて何時《いつ》直るか予想もつかないんだから、それを前提としたトリックなんてありえないでしょ」

小馬鹿にした口調に、彰はむっとした。それは彰がまりあに対して口を酸っぱくして云った台詞だ。だが構わずまりあは続ける。

「それに彰は女心を知らなすぎよ。普通暗闇のなか真下から照らされたら、女なら咄嗟《とっさ》にスカートを押さえるものよ。でもあのとき女の影はずっと外か内を向いて動かなかったし、すぐにそのまま真下に落ちていった。男の動きに紛らわされていたけど、女は動いてなかったの」

「もう死んでいた、ということですか？」

「そう。おそらく犯人は殺害後、カーテンレールにビニール紐ごと吊り下げて部屋を出ていった。もちろんカーテンを閉めてね。ところが停電が復旧したとき、ライトがついて影が浮かび上がった。ビニール紐は半透明だからはっきりと影が映らなかったのよね。しかも途中で紐が滑ったか緩んだかして、吊るしてあった死体が落ちてしまった。そこに偶然が重なり、まるで男が今殺害したように、私たちには見えてしまった」

「つまり、犯人はトリックを意図したわけじゃないと」

やけに偶然が多すぎるのが彰は気になったが、とりあえずスルーする。

「でも、そもそもどうして犯人は死体を吊ったりしたんですか？　あとライトを下から照らすような真似も。トリックではないのに、わざわざそんな手間を掛ける理由がないんですが」

だが、まりあは既に答えを思いついていたらしく、得意げに唇の片方の端を吊り上げると、

「理由はあるわよ。あの部屋はコンクリートを塗ったばっかりだもの。もし死体を床に寝そべらせたら、髪や制服にコンクリートがついちゃって犯行現場が判っちゃうでしょ。するとマスターキーを持ってる生徒会が怪しいとばれるわけで。だから殺害後、中島さんに予定より早く呼び出された彼は、とりあえず死体を吊るしておいたのよ。薄いカーテンだけど、室内の灯りを消しておけば外からは見えないだろうし。——結局落ちちゃって少しはついたんだろうけど、運良く豪雨で洗い流されたんでしょうね——ところが作業を終えて電話に出たとき、ちょうど停電が起こってしまった。で、慌てて照明を倒してしまったわけ。そのときスイッチが入っちゃったのね。停電中だから犯人は当然気づかない。部屋のスイッチだけオフにして部屋を後にしたのよ」

途中から、まりあが誰を念頭に話しているのか、彰にもはっきり理解できた。理解したくはなかったが。停電した途端、電話越しに聞こえてきた、何かを倒す金属音。

「小本さんですか」

いただけなのかもしれない。だが、ここで文句をいえば、話がややこしくなるので、誰もが黙って聞いていた。

意を得たりと、まりあは大きく頷く。

「『真実の壁』に影が浮かび上がったとき、一番驚いたのは彼でしょうね。ただ幸いなことに、再び停電が起こり、影は真上の部屋からという結論になった。しばらく様子を窺《うかが》っていた彼は、荒子さんの命令で三階からマスターキーを生徒会室まで取りに行く途中に、一階に寄り、死体を窓の外に放り出した。ふつう窓の下に放り出したら目の前の部屋が当然疑われるものでしょ。それをしたということは、容疑が三階の部屋に向いていることを知っていた人物になるわ。当時『真実の壁』の影を見た中でその後自由な時間があったのは小本君しかいないのよ」

まりあの言葉は根拠のない自信に満ちあふれていた。だが、まりあの今後を考えると、このまま浮かれさせておくわけにはいかない。彰は彼女のお守り役なのだ。それは自身の親のみならず、まりあの親からも期待されている。

「先輩」

彰が睨みつけた。

「なによっ！」

「偶然が多すぎます。一応筋は通っているようですが、こんな偶然に頼りすぎた妄想なんて、誰も信じてくれませんよ」

冷たく云い放つ。するとまりあも、さすがに弱気の虫が疼《うず》いたようで、「そう？」と顔色を窺ってくる。

学年は違えど、まりあは赤点の常連で、彰はこの前の中間テストで全教科トップテンに入った。そんな日頃の成績の差が、まりあを気弱にさせているようだ。

「そうです。もし吹聴《ふいちょう》しようものなら、古生物部の部長は大虚《うつ》けだと嗤《わら》われるだけですよ。同じ水島派の常盤さんを庇《かば》うために、穴だらけの推理で小本さんを犯人呼ばわりしていると」

「なによそれ。どうして、彰はいつも反対するのよ?」

縋《すが》るような瞳で見つめるまりあ。雨の中捨てられたオオサンショウウオのようだ。だが彰は心を鬼にして、諭すように、

「先輩になにかあると、困るからです。どんなに変人でも、幼なじみですから。それに古生物部も断絶になっちゃいますよ。生徒会のメンバーを名指しで犯人扱いされたら、いくら公平無私を題目にしている生徒会長さんでも容赦はしないでしょうしね」

「変人は余計よ……でも、いい線行ってると思ったのになぁ」

口を尖らせても無駄。

「何がいい線ですか。吊られた死体が落ちるのと、常盤さんが窓辺で紫煙を追い出すのと、それぞれの影の時空が偶然に一致する確率が、どの程度か知っているんですか?」

「半分の半分で、三十パーセントくらい?」

「どんな計算なんですか。先輩が大好きなディプロカウルスのほうがまだ賢いですよ。だからいつも赤点なんです。先輩を見ていると、俺の目まで赤内障になりそうですよ。……今は口より手を動かしましょう。古生物部の存続のため、部の歴史に名を残すため、エディアカラ生物群を創り上げるんでしょ！」

「だって犯人が解ったのよ」

「解ってません。何度繰り返させるんですか。推理なんてのは賢い人がするものなんです。今のはブロントサウルスと同じで、先輩の赤点頭が産み出した幻想です」

「何よ、赤点頭って。失礼しちゃうわね」

とはいうものの地に足が着かない推理より、目前に迫った文化祭を優先すべきことをようやく悟ったのか、まりあは泣きそうな顔で渋々作業の手を動かし始めた。

これで何とか間に合うだろう。

彰はほっと胸を撫《な》で下ろした。

第三章　移行殺人

1

「ねえ、桑島君。叡電《えいでん》部に入ってみないか？」

遠慮がちに声を掛けられたのは、梅雨時の一大イヴェントである文化祭が目前に迫った、六月半ばのことだった。

文化祭のクラスの催し物であるランボー2喫茶の、書き割りのペイントに従事していたときのことだ。ウェイターは密林でひと月ほど迷子になったような小汚い格好で、ウェイトレスは格闘ゲームに出てくる女軍人のような衣装をまとっている。一見《いちげん》さんお断りのお坊ちゃんお嬢ちゃん学校で、よくこんなファッションが採用されたなという代物《しろもの》だ。

メニューもジャングル・カレーにベトコン・オーレまではともかく、偽ハインド・パスタまでいくと彰にもなんのことかよく判らない。

声の主はクラスメイトの八瀬鞍馬《やせくらま》だった。

中肉中背で、声も小さく、とかく印象の薄い男だ。男前でもなく不細工でもなく、童顔でもなく老け顔でもなく、太っているわけでもなく痩せているわけでもない、といった中庸《ちゅうよう》を極めたようなナイナイづくし。ただ実家だけは、私立ペルム学園に通えるだけあって、創業三百年の老舗《しにせ》の薬味会社とメーターが上に振り切れている。三人兄弟の次男らしいが、長男でもなく、かといって末っ子でもなく……。今も器用でもなく無器用でもない手つきで、平べったい刷毛《はけ》でペタペタと密林の彩色をしている。

彰もクラスでは目立つカーストに所属しているわけではないが、地味な者同士寄り添うわけでもなく、互いに何となく顔だけ知っているという間柄で親しいつき合いはなかった。

彰は古生物部員で、文化部員はクラスよりクラブの催し物を優先的に作業していいことになっており、特に古生物部の出し物の進行が遅れたこともあり、ランボー2喫茶に関してはほぼノータッチだった。

だが、いろいろ不幸な発注ミスが重なったせいでランボー2喫茶の内装が手間取り、今のままでは間に合わないということで、一日だけクラスのほうを手伝うことになった。

古生物部のほうが部長の神舞まりあの超人的な奮闘もあり、進行に余裕が出てきたおかげもある。エディアなんとかも細部の仕上げ作業に入ったため、技術も知識もないずぶの素人《しろうと》の彰には、出る幕が全くなくなったのだ。そのためまりあは快く送り出してくれた。

ひとりのほうが集中できるのだろう。要は厄介払い。

対する八瀬のほうも文化部の所属で、同様に今日だけ駆り出されたらしい。つまり二人とも今日がランボー2喫茶の初仕事で、初心者でも手伝える簡単な仕事が割り振られていた。そのため妙な連帯感が湧き、作業の傍ら少しずつ会話をするようになっていた。

そんな八瀬が勧誘の声を掛けたのは、馴《な》れない作業の愚痴などを交わしたあと、何となく互いに無口になったその時だった。

「どうしたんだ？　唐突に」

極彩色の鳥が顔を覗《のぞ》かせそうなけばけばしい葉っぱを描く手を止め、彰が顔を上げると、

「いや、桑島君は古生物部とかいうクラブで、部員を探しているんだろ」

反応を窺《うかが》うように、ぼそっと尋ね掛けてくる。

「まあ、そうだけど」

まりあに脅迫されて、ひと頃は手当たり次第に勧誘しまくっていた。ただ街頭でティシューを配るノリで声を掛けていたので、その中に八瀬が含まれていたのかはよく覚えていなかった。とにかく、声を掛けたにせよ、断られたのは確かだ。結局、古生物部はいまだにまりあと彰の二人しか部員がいない。五人いないと廃部になると生徒会から通告されている古生物部にとっては、ずっと危機的状況が続いている。

「僕が古生物部に入るよ。その代わりに叡電部に入ってくれないかな」

バーターというわけか。おそらく八瀬がいるクラブも、同様に廃部の危機なのだろう。ただ、魅力的な提案ではあるが、彰は即座に頷《うなず》けなかった。難点が二つあるからだ。

一つは最初から取引目的の掛け持ち部員を、部長であるまりあが認めるかどうかということだ。誰でもいいから部員を勧誘してこいとせっつくわりには、古生物好きじゃないとダメとか、武士の商法のような我儘《わがまま》ぶりを発揮している。まあ、そちらのほうはなんとか説得できたとしても、問題は生徒会だ。

廃部候補でボーダーライン上のクラブの部員が互いに掛け持ちし、頭数だけは揃《そろ》えて存続を訴える。やり手の生徒会長及び生徒会の面々が、こんなあからさまな欺瞞《ぎまん》に気づかないわけがない。

「そんなことしたら、逆にどちらの部も目をつけられて潰《つぶ》されるんじゃないか。生徒会長って不正には厳しそうだし」

「たしかにそうかもしれないな」残念そうに八瀬が頷く。「……やっぱり浅はかだったかなあ。生徒会にちょっとした知り合いがいるけど、それでも無理かな？」

「荒子会長は公私混同を嫌うタイプに見えるけどな。しかしエイデン部って何をする部なんだ？」

八瀬の落胆ぶりがひどかったので、慰め代わりに尋ねると、彼は俯《うつむ》き加減だった顔をぱっと上げ、

「叡電のファンクラブだよ。叡山《えいざん》電鉄。地元なのに知らないのかい」

「ああ、あの叡電のことか。つまり鉄道部ってことか」

叡電とは京都市の北東部を走っている私鉄のことだ。下鴨《しもがも》神社の近くにある出町《でまち》柳《やなぎ》から、火祭りで有名な鞍馬《くらま》寺までを主に結んでいる。住んでいる地域が違うので彰はまだ乗ったことはないが。

「まあね。ただ、鉄道部は別にあるんだけどね。叡電部はあくまで叡電を愛する者だけの部だよ」

「そうなんだ」

何だかややこしい背景があるようだ。彰の古生物部も大所帯の恐竜部とは別に存在しているので、ここも似たようなものなのだろうか。

ただ続けて八瀬の話すには、更に複雑な事情が潜んでいた。鉄道系の弱小クラブは叡電部の他に嵐電《らんでん》部があるというのだ。

嵐電は、京都の町中《まちなか》で餃子《ギョーザ》の有名チェーン店の一号店がある四条大宮から美空《みそら》ひばり座があった嵐山《あらしやま》までを、主に結んでいる鉄道だ。嵐電の方は彰も何度か乗ったことがある。

因《ちな》みに嵐電嵐山駅があるのは嵯峨《さが》で、嵐山は本来、渡月橋《とげつきょう》を渡った阪急嵐山駅がある場所らしい。

それはともかく、ペルム学園の叡電部と嵐電部は代々ライバルの間柄らしい。どちらも似た規模で、叡電は左京区、嵐電は主に右京区と、地理的にも対照なせいもあるようだ。八瀬をはじめ歴代の部員も沿線の人間がほとんどだという。

その嵐電部も、現在の部員数は叡電部同様三人で、過疎部の一つ、つまり廃部の危機らしい。

「実は生徒会から、嵐電部と合併するように提案されているんだよ」

八瀬は不満げに洩《も》らす。

「何だ、存続の提案があるだけ恵まれてるじゃないか。俺の所は何もないぞ」

古生物部も恐竜部に合流せよと云われているが、部員の数を考えれば事実上の吸収だ。もしかすると、本当は別の案も提示されているのだが、まりあが断固拒否して握りつぶしているだけかもしれないが。

だが八瀬は硬い表情で、

「覆水盆に返らず。そう簡単に元の鞘《さや》には戻れないよ」

悪夢を振り払うかのように、何度も首を横に振る。

「元の鞘？」

「ああ、叡電部と嵐電部はもともと同じ京福《けいふく》部だったんだ。叡電も昔は嵐電と同様に京福電鉄の路線だったからね。それが市電の廃止が原因で叡電が営業不振に陥ったんだよ。京阪《けいはん》が三条から出町柳まで延伸してくるまでの十年間は、バスで乗り継がなければどこにも行けない鉄の孤島だったから。その結果、三十年ほど前に、子会社化されて京福本体から切り放されたんだ。その影響で、ペルム学園の京福部も二つに分裂したんだよ。嵐電組から叡電組が格下扱いされるようになったからね。ただ鉄道の営業不振とは関係なく、叡電組も嵐電組と同じ数の部員がいたから、分裂はあっという間だった。学校側にクラブとして正式に認められるのには多くの障害があったけど、初代叡電部部長の木野《きの》さんが寝食を忘れるほどに……」

よほど嵐電部との溝は深いのか、八瀬の口調は次第に熱を帯び大きくなっていた。もしかして週初めの挨拶《あいさつ》でいつも部長が巻物を読み上げているのではと思わせる、流暢《りゅうちょう》な諳《そら》んじ方だ。

さすがに近くで作業していたクラスメイトたちが、何事かとこちらに目を向け始める。

「おいおい。もうちょっと声を抑えてな。それに手も動かさないと」

八瀬は一年生だから今年叡電部に入ったばかりのはずだが、まるで三十年前の分裂の経緯《いきさつ》を目の前で見てきたかのように語っている。おそらく入部後に先輩から散々聞かされたのだろう。そういえばまりあも、古生物部の大昔の栄光を隙《すき》を見つけてはなんども語りかけてくる。彰は興味がないので全て聞き流しているが。

そもそも叡電の分離も、京阪電車の延伸も彰たちが生まれる前の話だ。

「……そういや叡電は今も京福電鉄の子会社なのか」

彰が尋ねると、

「いや、京阪の完全子会社になってる。もっとも今は京福も京阪の傘下なんだけどね」

「何だかややこしいな。それならいっそ京阪部にすればいいじゃないか。京阪部はないのか？」

「ない」と八瀬は首を振った。「京阪ファンはみな鉄道部にいるからね。ＪＲファンと阪急ファンと並んで鉄道部内でしのぎを削っている。僕たちがうかつに京阪部を名乗ったら、それこそまとめて鉄道部に吸収されてしまうよ。かつてあった京津部《けいしん》のようにね。京阪系の派閥争いも熾烈《しれつ》だから。特に京阪と阪急は新京阪を巡って確執があってね……」

「それはまたの機会でいいよ」話が脱線しそうなので彰は慌てて遮った。「でも、今は子会社じゃないのなら、扱いに昔のような差は生じないだろ。それに人数が同じなら対等な合併ができるんじゃないのか？　廃部になったり鉄道部に吸収されるより遥《はる》かにマシだと思うけどな」

「まあ、それはそうなんだけど。……実際、部長は渋々ながら嵐電部の連中と合併の下交渉とかもしているんだよ」

「なんだ。なら存続の可能性が高いわけだ」

だが八瀬の顔は一向に晴れない。

「過去のしこりもあるが、いくら部員数が同じでもこちらが京福部を飛び出した経緯もあって、いろいろと譲歩を迫ってきているんだよ。その中でも一番大きいのは部室なんだ。今のままだと、嵐電部の部室を使うことになる」

そもそも部室の不足から、部員が五名に満たないクラブの廃部を検討しているのだから、合併後にそれぞれの部室を使い続けられるわけもない。

「それはさすがにやむを得ないんじゃないか」

「嵐電カラーの部室なんて絶対に厭《いや》だよ」

聞くと嵐電部は小豆《あずき》色、叡電部は朱色が部のメインカラーらしい。

「それでさ。もし桑島君が入ってくれたら、部員の数はこちらが一人多くなるわけだから、嵐電部がこちらに引っ越さざるを得なくなるだろ」

数を盾にしたらそうなるだろう。実際、古生物部や叡電部といった弱小部は、数によって苦しめられているわけだし。

「でもな、合併は生徒会の斡旋《あっせん》なんだろ。姑息《こそく》な手を使うと、逆に厳しく接せられるんじゃないかな。それに確実に古生物部に火の粉が降りかかるだろうし」

天然パーマの髪を振り乱してまりあが逆上する顔が、すんなり目に浮かぶ。

「じゃあさ、僕が古生物部に入るのを止《や》めるから、桑島君だけ叡電部に入ってくれないかな。それだったら古生物部にとばっちりが来ることもなくなるし」

名案が浮かんだといわんばかりに、晴れやかな顔で提案する八瀬。

「お前、必死になりすぎて自分で何を云ってるか気づいていないだろ。それってただの勧誘じゃないか。古生物部にはなんのメリットもないぞ」

ようやく気づいたのか八瀬は「あっ」と素《す》っ頓狂《とんきょう》な声をあげた。

「それにそっちは合併したら生き残れるんだろ。生徒会のお墨付きで。古生物部は二人しかいないから八方塞《ふさ》がりなんだよ。まあ俺は部がどうなったっていいんだけど」

つい喋《しゃべ》りすぎる。慌てて口を閉じたが、八瀬は興味深げに彰を見つめながら、

「やっぱり噂《うわさ》は本当だったんだ」

「噂？」

「桑島君て二年の神舞先輩の召使いなんでしょ。変わり者の神舞先輩の世話をするために、この学校に派遣されたって聞いたけど」

「召使いって、おい。そんな噂が立っているのか」

まあ、放課後はたいていてい部室でまりあの遊び相手をしているから、奇人変人の仲間と見られているのは覚悟していたが、召使いは云いすぎだ。彰は八瀬に向かうと、

「俺は召使いじゃなく、幼なじみで、まりあのお守《も》り役でだな」そう口を開きかけたが、喋るのを止めた。「……お守り役じゃ召使いと変わらないか」

力無く肩を落とす。

「ごめん。なんか変なこと云ったかも」

気遣うように八瀬が上目遣いで見てくる。

「でもさ、神舞先輩のために興味のないクラブに入っているだけじゃあ、つまらなくない？　折角の高校生活なんだからもっと愉《たの》しまないと。いろんなクラブを掛け持ちしてもいいんじゃないかな。例えば叡電部とか」

「それ、本当に勧誘したいだけだろ。しかしな……俺は叡電に乗ったことすらないし」

叡電も嵐電も自転車で通学している彰には縁がない路線だ。むしろ嵐山に行くときに何度か使った嵐電のほうが少しだけ馴染《なじ》みがあるくらい。最寄《もよ》り駅は地下鉄烏丸《からすま》線。なので、もし京都市営地下鉄部があれば、一番親近感が湧くかもしれない。まあ、今さら実在されても困るので、あるかどうか八瀬に尋ねる気にはならないが。

「なら、なおさらだよ。今まで魅力を知らなかっただけという可能性もあるわけだし。ぜひ一度見てみなよ。面白く感じるかもしれないよ。体育会系じゃないから拘束時間もほとんどなくて、掛け持ちも簡単だし」

中庸な見かけとは裏腹に、結構強引に八瀬は誘ってくる。しつこいとは思いながらも、彰はぴしゃりとは撥ね除《の》けることが出来なかった。それだけ八瀬が叡電部に入れ込んでいることの証左だからだ。

彰はここまで熱心に古生物部の勧誘をしたことはなかった。ひと声掛けて、断られたらそれでお終《しま》い。終始淡泊だった。理由ははっきりしている。

「桑島君が古生物部に興味があるならそれでもいいけど、今の感じだと単に義務だけで入っているみたいだし」

鋭くも八瀬が図星を指す。

「一度見て興味が持てなかったら、それ以上は無理に誘わないし」

「解ったよ。一度だけだからな」

彰は根負けして諒承《りょうしょう》した。実のところ、熱意に少しだけ心が動かされていた。

叡電部に入るかどうかはともかく、まりあの世話だけでなく自分の好きな物を見つけるのもいいかと思ったのだ。

＊

善は急げと、ランボー2喫茶の手伝いが終わったその足で叡電部に行くことになった。夏至《げし》が近づき、もっとも昼間が長い時期だというのに、既に陽は落ち始めている。雨のせいもあり、外は薄暗い。

叡電部はクラブ棟の四階の隅っこ、南北に走る廊下の西側にあった。クラブ棟は四階建てなので、上には屋上しかない。そのせいか、窓だけでなく天井からも雨が打ちつける音が聞こえてくる。

窓の外には『真実の壁』と呼ばれる体育館の側壁が迫っていた。古生物部と同じだが、四階にあるせいか空が見え、古生物部よりもはるかに開放感がある。

十畳ほどの部室は散らかっていて、雑誌や模型が中央のテーブルに乱雑に積み上げられていた。この辺りは古生物部とたいして変わらない。特筆すべきはインテリアで、ドアや壁が、上は明るい朱色、下は白色のツートンカラーに塗られていた。しかも塗って間もないのか発色がいいので、どこか子供っぽいというかファンシーな感じがする。そのくせ室内は野放図に乱雑なので、抽象画を見ているようなシュールさがあった。

彰たちが部室に入ったとき、二人の男が顔を上げた。二人とも八瀬と似たり寄ったりの中庸な顔つきだった。特徴といえば、一人は眼鏡を掛けていたことくらいだろうか。

「おう、八瀬。クラスのほうは終わったのか」

眼鏡の方が声を上げる。すぐに後ろの彰に気づいたようで、

「で、そこの彼は？」

「クラスメイトの桑島君です。今日は叡電部を見てもらおうと連れてきたんです」

「なに、新入部員か！　でかした！」

二人の表情が途端に明るくなる。ガラクタの中からさっと立ち上がると、いきなり彰の前まで迫ってきて、「ようこそ、叡電部へ！」と自己紹介を始める。

眼鏡の方が三年で部長の三宅《みやけ》。もう一人は二年で副部長の八幡《はちまん》と名乗った。

「いや、入部するわけじゃなくて、ただ見学に」

「いやいや、見学するくらいなら入部した方が手っ取り早いよ。とりあえずこの申請書に記名を」

制服のポケットから四つに折られた用紙が出てくる。見ると一番上に『入部届』と書かれていた。

「待ってください。本当に見に来ただけですから」

慌てて拒絶すると、二人は露骨にしょんぼりとした。

「先輩。がっつきすぎですよ。怒って帰られたら元も子もないんですから」

一年生の八瀬にまで叱られる始末。

「申し訳なかったね」

残念そうに三宅部長は用紙をポケットにしまい込んだ。その時初めて、彰は二人が着ている制服が訝《おか》しいことに気がついた。ズボンやシャツは同じだがジャケットだけがペルム学園のとは別物だった。改造制服というより、違う制服を着ているのだ。そもそも六月から夏服になっているので、ジャケットを着ていること自体が訝しいのだが、最初は気づかなかった。

よほどじろじろ見ていたのだろう。三宅たちはああ、と合点すると、背後から帽子を取りだし頭に被《かぶ》った。

「これは叡電の運転士の制服だよ。ズボンやネクタイ等、一式揃っているんだが、さすがに着替えるのが面倒なので部室ではいつも上着だけ羽織っているんだ」

確かに帽子を被った姿は、運転士や駅員に見えなくもない。だが面倒ならジャケットも羽織らなければいいのに。そう指摘したいのをなんとか呑み込むと、

「もしかして、盗んできたんですか?」

「まさか。マニア向けの店で、ちゃんと売っているんだよ。少々値が張るけどね」

少々がどのくらいの値段か、彰は訊《き》かなかった。中庸で地味な容姿をしていても、彼らはお坊ちゃんなのだから。

「なんか気合い入っているな」

そう云って振り返ると、いつのまにか八瀬も叡電の上着を羽織っている。

「お前も持っていたのか」

「部員のたしなみだよ。でも体育会と違ってユニフォームは強制じゃないから、桑島君は買わなくてもいいよ」

「あ、ああ」

気遣いは嬉しいが、もう入部することを前提に話が進んでいるようで、彰は恐ろしくなった。とはいえ怪しげな宗教団体ではないのだから、変なビデオを見せられて洗脳されたりすることもないだろう。いや、ないはずだ。そう自分に云い聞かせようとした矢先、三宅部長が、

「せっかく来たんだし、ビデオでも見るか？」

　とゴソゴソとDVDを取りだした。ホームビデオで撮影したものらしく、ラベル部分は真っ白で下に小さく日付が書かれているだけ。

「なんですか、それ」

　警戒しながら尋ねると、

「この前新たに塗り直されたばかりの七〇〇系の動画だよ。映画とタイアップしたデザインになっているんだけど、これがなかなかシュールでね。動画サイトに一番乗りで投稿出来たんだ」

　眼鏡の奥の円《つぶ》らな瞳が、なにやら嬉しそうだ。

「地下鉄や市バスにあるようなやつですね」

「まあ、そうだけど、京都市は広告の規制が厳しくてね、中々派手に出来ないんだ」

　残念そうに部長は呟《つぶや》いた。

「それで何とか規制に収まるように知恵を絞ったのがこの七〇〇系のデザインなんだ。どうだ、面白そうだろ。今デッキの電源を入れるから……」

「いえ、今日はもう遅いですから」

　洗脳ビデオではないようだが、つき合っていれば夜になってしまう。それに古生物部でひとり張り切っているまりあに声を掛けておかないと、後々大変そうだ。

部長は窓際の時計に目を遣《や》ったあと「もうこんな時間か」と声を上げた。

「しかし、折角の新色七〇〇系だからね。是非見てほしいんだよ。デジカメは家に忘れてきたし」

「部長、あの模型を見せればいいんじゃないですか」

「そうか。冴《さ》えてるな、八幡君」

三宅部長は慌ててパーティションで仕切られた小部屋に向かうと、すぐに巨大な電車の模型を持ってきた。電車は一両だけだが、長さが一メートル弱ある。木材やプラ板などを巧みに組み合わせてあり、既製品とは思えないので、おそらくまりあのエディアなんとかと同様に手作りなのだろう。

電車は外観だけでなく、シートやつり革、運転席といった物まで精巧に作り込まれていた。

「これが叡電ですか」

七〇〇系という言葉から、彰は新幹線のようなものをイメージしていたのだが、考えてみれば普通の鉄道にあんな流線型の化け物みたいな列車が走っているはずもない。カモノハシの部分だけでホームが埋まってしまいそうだ。

目の前にあるのは、むしろ寸足らずな感じの箱形の電車だった。

「ああ。そして紅葉の季節に有名な観光電車のきららが九〇〇系」

部長が壁を指さす。そこにはポスター大に引き延ばした写真が張られており、朱色と白色の二両編成の電車が写っていた。七〇〇系に比べればスマートで華やかな電車だった。

「なるほど、この電車の朱色が部室のメインカラーなんですね」

「そう、解ってきたようだね。ただしきららのは朱色ではなくメープルレッドだよ。それにきららにはもう一編成メープルオレンジのものもあるんだ。どちらも叡電の看板列車なので、公平に扱うために、叡電部では二年ごとに部室の色をメープルレッドとメープルオレンジに交互に変えているんだ」

それで壁の朱色、いやメープルレッドが鮮やかだったのか。彰はなんとなく合点がいった。

「で、七〇〇系に戻るが」部長は模型をテーブルの上に載せると、「これが文化祭に出展する予定の模型なんだ。新デザインの七〇〇系、それもこれだけ大きなサイズだろ、台風の目になることまちがいなしだよ」

壇上で生徒たちの拍手喝采《かっさい》を浴びている姿を想像しているかのように、部長は興奮度マックスで顔を紅潮させている。興奮しているのは部長だけでなく、八瀬たちも同じだ。

「そうですね、部長。文化祭までもう少しです。頑張って仕上げましょう」

「ああ。ここまで来られたのは八瀬が入部してくれたおかげだよ。君のゴッドハンドとも呼ぶべき手先の器用さがなければ、こんな精巧な七〇〇系にはならなかっただろう。ありがとう、八瀬部員」

　まるで花園《はなぞの》で優勝したかのような感動のシーンだが、当然ながら彰にはピンとこない。そもそも元の七〇〇系を知らないので、新と云われても何が変わっているのかすら判らない。おそらく大半の生徒、特に女子は同様だろう。それに素人目には寸胴《ずんどう》な七〇〇系よりも、まだ、先ほどのきららのほうが見栄えよく感じられる。

　ただこの手の空回りはまりあで見飽きており、まりあと同様に何処《どこ》に逆鱗《げきりん》が隠されているか解らないので、彰は余計な口は挟まないようにした。

「やっぱりこれだけ気合いが入っているのは、嵐電部との交渉を有利にするためですか」

　そんな当たり障りのない言葉を選ぶと、

「八瀬から聞いたんだね。ああ、そうだよ。文化祭で注目を浴びれば、合併も有利に働く。あわよくば単独でも存続できるかもしれない。それは生徒会長も保証してくれているんだ」

「たしかに。うちの部長も必死でオブジェを創ってますよ。ある意味八瀬君と同じゴッドハンドの持ち主ですね。あ、あまり遅いと先輩に叱られますから、そろそろ失礼します」

「うちの部長？　もしかして桑島君は既にどこかの部に所属しているのかい？」

「まあ」彰は頭を掻《か》きながら、「うちの部も存続の危機なんです」自嘲《じちょう》気味にそう答えた。

「そうか。それは同情するよ。でも叡電部は拘束時間は少ないし掛け持ちＯＫだから。それにもし君の部が持ち直す見込みがないのなら、いっそのことすっぱり諦《あきら》めて今から叡電部に来ないか」

　失礼なのは八瀬だけでなく、叡電部のカラーのようだ。

「まさか体育会系とか？　うーん、体育会系は拘束時間が長いからな。あ、でも潰れかけなら学内に練習するスペースはないか。それならいつでも叡電部に来られるな」

「三宅部長、桑島君は体育会系ではなく古生物部ですよ」

　暴走気味の部長に八瀬がそうフォローすると、副部長の八幡が燃焼するマグネシウムのような過敏な反応を見せた。

「古生物部……神舞まりあか」まるで渋柿を丸ごと呑み込んだかのように顔を顰《しか》める。

「ヤバイです、部長。桑島君を勧誘したことをあいつに知られたら、叡電部は文化祭まで生き延びられないかもしれません。ピッケルとハンマーを振り回して、部室で暴れ回られるかも……」

　八幡副部長は二年生なので、同学年のまりあのことをよく知っているようだった。あまりの恐ろしさに最後まで言葉が紡げていない。彼の真剣な表情は、部長と八瀬の顔を引き攣《つ》らせた。

「過去に何かあったんですか」

　恐る恐る彰が尋ねると、

「ああ、去年の文化祭で古生物部の出し物をうっかり壊してしまった奴がいてね。もちろん故意ではなく不幸な事故だったんだが……。僕も詳細は知らないが、ひと月後に、そいつが所属していた骨相学研究部は跡形もなく潰滅《かいめつ》してしまった。台風とポロロッカが同時に来たみたいに。それ以来、古生物部には近寄るなと、みんなが口にし始めたんだ」

「ああ」八幡の言葉に三宅部長も頷いた。「たしかに『古生物部には近づくな』という言葉は聞いたことがある。僕が聞いたのは先生からだったが、そんな経緯があったのか」

生徒だけでなく教師にすら広まっているらしい。どうやら二年生以上にとって、『古生物部には近づくな』は、歯ブラシ並みの普及率を持つ箴言《しんげん》になっているようだ。もちろん上級生は一年生に教えるだろうし。そんな状況では、いくら声を掛けても古生物部に入部する奴がいないのも当然だ。しかし跡形もなく潰滅とは、多少の尾鰭《おひれ》がついているにしても、いったい何をやらかしたのか、彰は気になった。

「桑島君！」

部長は真顔で彰の目の前まで顔を寄せると、

「今日のことは、神舞さんには内緒にしてくれないか。叡電部は今が一番大事なときなんだ」

「もちろん、黙っておきますけど。文化祭の準備を放って余所《よそ》のクラブに顔を出してたなんて知られたら、俺も何をされるか判りませんから」

あまりに真剣すぎて鬼の形相に変貌してしまっている部長から目を逸《そ》らし、彰は頷いた。

「そうか。ありがとう。感謝するよ。……もちろん、君が叡電の魅力に気づいて叡電部に入りたいと云うのなら、我々は覚悟を決めて、喜んで君を受け入れるよ。同好の士を見捨てるなど、叡電を愛する人間の風上にもおけないからな」

ここまで来ると、どこまでが本気なのか判断に困る。

「じゃあ、古生物部に戻ります」

彰が踵《きびす》を返したとき、付け足すように部長が、

「そうそう。叡電部ではなく嵐電部を見学してたことにしておいてくれてもいいんだよ」

「ばれたら俺も何をされるか判らないって、今云いませんでしたっけ？」

憤慨しながら荒々しくメープルレッドのドアを閉め、部室を後にする。

間を置かず背後でドアが開く音がし、「桑島君」と八瀬が追ってきた。

「ごめんよ。部長は一言多いけど本当は真面目でいい人なんだ」身振りを交えて懸命にフォローする。「だから怒らないでやってほしいんだ」

「いや、別に気にしていないよ」

それは本心だ。変な連中だったが、なぜか彰は憎めなかった。

「本当かい？　それならいいんだけど」八瀬はあからさまにほっとした表情を見せると「……それで、入部のこと、人数あわせとかじゃなく、真剣に考えてほしいんだ。なんと

いうか、桑島君はいい人みたいだし、叡電部を気に入ると思うんだ」

「俺が、いい人？」

悪ぶっているつもりはないが、いい人と褒められたことなどない。まあ、伝説と化したまりあの傍にいれば、相対的にいい人に見えるのかもしれないが。

「うん、いい人だよ。だから、一緒のクラブでやっていきたいんだ」

ぎゅっと彰の手を握りしめ、きらきらと瞳を輝かせる八瀬。少年のような純粋な眼差《まなざ》しに、彰の方が耐えられず視線を逸らせてしまった。

「考えとくよ。でも今は古生物部の準備でそれどころじゃないけど」

そのせいか、きっぱり否定すればいいのに、つい誤魔化すような物云いになる。

「期待してるよ、桑島君。いつでも部室に来てくれていいんだよ」

ホームで上京を見送る母親のような、優しい言葉が骨身に染みた……のか？

2

文化祭を二日後に控えた最後の週末。凶事が続く学内を象徴するかのように、連日冷え冷えとした雨が降る夕方のことだった。

まりあの模型がようやく完成したのだ。

「エディアカラ生物群の完成よ！」

祝杯とばかりに、まりあは缶のノンアルコールビールを一気に飲み干す。

「やっぱりビールは最高よね。ここひと月の苦労がようやく報われるわ。停電で愛《いと》しのカルニオディスクスが壊れたときには、本当にどうなることかと肝を冷やしたもの」

ぷはー、と大きな息を吐きながら、まりあが一気にまくし立てる。ノンアルコールとはいえ、ビールが入ると途端に言動がオヤジ臭くなる。昭和ならステテコと腹巻き姿で彷徨《うろつ》きかねない。平成でよかった。

まりあは黙っていればそこそこの美人なのだが、このような醜態を至るところで晒《さら》しているため、奇人変人のレッテルを貼られ、誰も近づこうとはしない。

家では猫を被っているようだが、彼女の親も薄々は気づいているらしく、経営する会社の社員の息子で幼なじみでもある彰が、こうしてお守り役に派遣されている。

「おめでとうございます。先輩」

彰が追従《ついしょう》を述べる。とはいえ必死で製作している姿を知っているので、いつもと違い結構本気で祝っていた。まりあは満足げに頷いたあと、

「ダンケ！　ダンケ！　きっとこのエディアカラ生物群の模型は文化祭で台風の目になるわ。そうしたら、生徒会も古生物部を潰したり出来なくなるわよ。ざまあみろ、よ。彰、私たちは勝ったのよ！」

つい最近どこかで耳にしたばかりの画餅《がべい》だ。もしかするとこの一日二日で、廃部候補のクラブの部長はみな、似たような台詞《せりふ》を吐いて歓喜の涙を同じように垂れ流しているのかもしれない。

そういえば叡電部はどうしているんだろう？　缶コーヒーを口にしながら、彰はふと思った。

あの日以来、叡電部には顔を出していない。彰はエディアカラ生物群の追い込みで忙しかったし、八瀬の方も同様に心ここにあらずといった感じだったからだ。この前の寸劇を見る限り、八瀬が製作の主力らしい。ただ、昨日から授業中の八瀬の顔色が優れないのが気にはなっていた。

七〇〇系の製作に手間取っているのか、あるいは嵐電部の出し物が凄《すご》いことが判明したのか、あるいは嵐電部に部員が増えたのか、理由は不明だが、癌《がん》でも患っているかのように疲れた表情だったのは確かだ。

文化祭が始まったら叡電部を覗いてみるか。妙な親心を彰が抱いたとき、

「どうしたの、彰。幽体離脱した抜け殻って感じね。ティクターリクの化石でも落としたとか？　因みにティクターリクというのは肘《ひじ》と手首に関節を持つ魚で、魚類から両生類への進化を証明する中間種と云われているわ。いわゆる移行化石ね。ほんの十年ほど前によ うやく発見されたばかりなのよ」

えびせんをバリバリ頰張《ほおば》り、どうでもいい知識をひけらかしながら、まりあが怪訝《けげん》な眼で睨《にら》みつける。

「なんでもないです。解放感に浸っているだけですよ」

缶コーヒーを前に突きだし、打ち上げに参加していることをことさらアピールする。ところが、学内の空気は読めない癖に妙に勘が鋭いまりあは、「えー、ほんとー？」とまるで女子高生のようなテンションで食い下がってくる。いや、本物の女子高生なのだが。

「本当ですよ。ところで先輩、オブジェは創りましたけど、あとはどうするんですか。順路を作っておかないと、一気に押し寄せたら壊されてしまいますよ」

そしてまたひとつ、どこかのクラブが潰滅する。昨年は骨相学研究部というマイナーなクラブだから良かったが、これが野球部やサッカー部の部員だったらどうなっていたのだろう。

スポーツに関しては推薦枠もなにもない弱小私立なので、府予選で一つでも勝てば話題になるような両クラブだが、弱いなりにも頭数は揃っている。

特に野球部は金属バットを持っているので、ピッケルとハンマーでどのくらい制圧できるのか……。

「そうね。エディアカラ生物群は窓際の特等席に置くとして、入り口付近は片づけておかないといけないわね。というわけで、彰、あとはお願いね」

プシューと二本目のノンアルコールビールのタブを開けながら、お気楽な声でまりあは云った。

「え、俺が一人でするんですか？」

「だって、私もうお酒を飲んじゃったから」

「なんですかその、車の運転を頼むような台詞は。それにノンアルコールビールなんだからアルコールは入っていないんでしょ」

「え、ちょっとは入っているみたいよ。未成年には売らない店もあるみたいだから」

「だったら先輩が飲むのもダメじゃないですか。生徒会にばれたらそれこそ廃部ですよ。いや、廃部どころか、停学になるかもしれません」

何せお堅い高校なのだ。飲酒の生徒を無罪放免にするはずもない。停学になれば、彰も召使い……いや、お守り役失格ということになる。

「いいのよ、合法なんだから。何の問題もないわ。それとも生徒手帳にノンアルコールビールを飲んではいけないって書いてあるわけ？　どのページのどの部分に書いてあるのか、彰、見せてみなさいよ」

本当に酔っぱらっているかのような絡みかたをする。

「解りました。もう、いいですよ。それくらいやっておきます」

根負けして彰は引き受けることになった。

「ありがとう。それじゃあ、ついでに空き缶や空き袋とかも片づけといてね」

「はいはい」

「返事は一回！」

彰が無視すると、まりあは椅子から腰を浮かせて、

「返事は？」

「イエッサー！」

「よろしい」

満足げに再び席に着いた。

これで大学に入って、ノンアルコールビールではなく本物の酒を飲むようになったら、本格的な酒乱になるかも。三年後が空恐ろしい。大学に入ってまでまりあの面倒は見きれないと思ったが、ペルム学園の時と同じように、外堀を埋められ、強引に通わされてしまうかもしれない。

「先輩。先輩は女子大に進学しないんですか？」

「なによ、いきなり。女子大で古生物系の学科があるところなんて限られてるから多分行かないわよ。それともなに。彰は私の化石への情熱は高校までのお遊びで、一生を賭《か》けるほどではないとか思ってたの。失礼よ」

「すみません」

落胆しながら彰は大人しく謝った。酔っ払いに抵抗しても仕方がない。手足やピッケルが飛んでこないだけましだ。

しかしこれだと本当に召使いだな……そんな自嘲を彰がしていると、部室の外が途端に騒がしくなってきた。

過疎部問題のあるなしに拘《かか》わらず、文化部はみな文化祭の展示には力を入れているので、居残りで製作しているクラブは多い。そのため先週までと比べてもクラブ棟は騒がしいのだが、今のはそういうのとは明らかに違っていた。

まるで校内にヒグマが出たような騒ぎ。パニックといってもいい。

「なんかあったんですか」

「みたいね」

云うや否や、まりあはノンアルコールビール片手に飛び出していく。

「先輩、ビールは置いとかないと！」

ノンアルコールビールとビールはラベルが酷似しているので、傍目《はため》では区別がつき難い。もし、まりあがビール片手に校内を彷徨いていたという話が広まったとしたら、あとで「あれはノンアルコールビールで」と弁明しても信じてもらえるかどうか怪しい。しかもまりあの言動はどう見ても酔っ払いのそれなのだ。

慌てて彰はまりあの後を追う。

廊下に出ると、軒を連ねている他の部室からも部員が顔を覗かせていた。みな怪訝そうにきょろきょろ見回している。

「上ね」

野性の直感なのか、まりあはそれだけ呟くと、ガゼルのような俊敏さで階段へと駆けだしていた。もちろん缶は持ったまま。

まりあの言葉どおり、階段まで来ると、上階からはっきりとしたざわめきが聞こえてくる。二つ上の四階のようだ。

階段を上り四階に辿《たど》り着く頃には、廊下に溢《あふ》れ出た生徒の表情などで、何か事件が起こったことがはっきりと見てとれた。

「あそこね」

廊下は異常を感知した生徒で芋洗い状態だったが、そのなかで戸口に大きな人だかりが出来ている部室があった。

メープルレッドに白のツートンカラー。きららの配色。そんな部室は一つしかない。叡電部だ。

「まさか」

まりあの缶を取り上げるのも忘れて扉近くまで行くと、中から聞き覚えのある声で、「八瀬～、八瀬～」と聞こえてくる。その声は三宅部長のものだった。

まさか八瀬が……彰は人だかりの中に強引に割り込むと、中学のバスケ部でならしたステップでスルスルとすり抜け、部屋の中へ入っていった。

野次馬連中は戸口から遠巻きに眺めていただけなので、一旦中に入り込むと室内には三人しかいなかった。三宅と八幡。そして窓際には後頭部から血を流して一人倒れていた。俯《うつぶ》せだったので顔は見えなかったが、単純な引き算と、「八瀬」と悲愴《ひそう》な声で呼びかけ続ける部長らの言葉により、誰かは明らかだった。八瀬はシャツ姿に白い手袋を塡《は》めていた。

「八瀬！」

彰も叫んだが、もちろん八瀬から返事はない。

「救急車は！」

三宅たちに聞くと、まだだと云う。

「先輩がた、しっかりしてください」

叱咤《しった》しながら携帯を取り出し一一九番に通報した。

「ついでに一一〇番もしなきゃダメよ」

背後から声を掛けられたので振り返ると、まりあだった。叡電部の扉を見てから、まりあの存在をすっかり忘れていた。

「そうですね」

消防署に通報を終えたあと、今度は警察に電話する。

「でも本当に不幸が続くわね。誰か友引《ともびき》にお葬式を挙げたんじゃない。来週からの文化祭大丈夫かしら」

「先輩！」

彰はキッとまりあを睨みつけた。まりあも口が過ぎたと思ったのか、「悪かったわよ」と素直に謝る。

「それで殺されたのって、彰の友達なの？」

「クラスメイトです」

警察への説明を終えて、彰は答える。まだ助かるかもしれないのに、殺された、という表現がカチンとくる。そのためつい口を滑らせてしまった。

「叡電部に見学に来ないかって誘われて」

「叡電部？　見学？　初耳よ！　どういうこと？　古生物部を辞めるの!?」

「すみません。それは後でゆっくり説明します。今は八瀬が……」

さすがにまりあもそこまで自己中ではないらしく、「そうね。今はこの男子のことが最優先よね」と、引き下がる。ただ不満は残っていたようで、気晴らしとばかりに一気に缶を空ける。

そのとき、「どいた、どいた」と太い声がして一人の大男が現れた。生徒会の風紀担当の笹島生人だった。

そのあとに荒子会長が落ち着き払った仕草で現れ、金魚の糞《ふん》ならぬいつもの生徒会メンバーがあとに続く。副会長の野跡倭文代《しずよ》、書記の中島智和、庶務の小本英樹、最後に会計の稲永渚。今日も六人揃い踏みだ。

中背の四人を挟んで、二メートル近い笹島と百五十センチに満たない稲永が前後を固めており、笹島が出っ張っている分だけ稲永がことさら凹《へこ》んでいるふうに見える。狙ったわけではないだろうが。

その荒子会長は「みんな落ち着くんだ」と威厳のある声で野次馬に呼びかけたあと、ゆっくりと彰たちに近づいてきた。そして彰の顔を見て、

「君はたしか、桑島君だったね。叡電部と掛け持ちしているのか」

「いえ……」

「違うわよ。彰は古生物部一本で、叡電部には勧誘されてただけみたいよ。古生物部は潰させないわよ」

苛立《いらだ》たしげにまりあが割って入り説明した。わざわざ火種を作ることもない、大人しくしとけばいいのに。彰はどう対処しようかと頭を巡らせた。

会長の方は意外そうにまりあを見て、驚いている。

「神舞君までいたのか。君はどこにでも顔を出すね」

「放っといて。たまたまよ」

まりあはそっぽを向くが、時既に遅し。目聡《めざと》い会長は当然まりあの右手に握られているものに気づく。気づかないわけがない。

「神舞君は、何を飲んでいるんだい」

会長が尋ねかけ、手に取ろうとする。素直に渡しておけばいいのに、なぜかまりあは「私が何を飲もうと勝手でしょ」と反射的に缶を隠そうとした。「古生物部潰しの口実に使うつもり？」

いつもと違い目を逸らし気味で、なにやら表情も訝《おか》しい。

もしかしてまりあは本当にビールを飲んでいる気になって焦っているのかも……。慌てた彰は、素早くまりあの缶を取り上げると、会長の顔に突きつけた。

「ノンアルコールです」

〇・〇〇％の部分をはっきり見えるように示す。一瞥《いちべつ》で会長も得心したようで、

「校内に紛らわしいものは持ちこまないほうがいいな」

「すみません」

不満げなまりあを背中で隠し、彰は率先して謝った。会長の後ろで渚がぷっと吹き出す。

お嬢様のお守りも大変ね……そう云いたげな瞳。哀れみがマーブル状に混じった眼差しに、彰はいたたまれなさを強く感じ、顔を赧《あか》らめた。

違うんです、と思わず抗弁しそうになるが、彼女はあさみではないことに気づき、言葉

を呑み込む。

会長は、うむ、と頷いたあと、いつまでもまりあに関わっていられないといったように、スマートな所作で八瀬に近づき身を屈《かが》めた。

「それでこの生徒は？」

「一年の八瀬です。うちの大事な部員です」

三宅が手を挙げ説明した。

「今日も文化祭で展示する七〇〇系を仕上げるために一人で頑張ってたんです」

テーブルの上には前に見た鉄道模型が載せられていた。八瀬の渾身《こんしん》の作だ。しかし酷《むご》いことに、その車体は真ん中から叩き潰されていた。

「誰がこんなことを」

おそらく八瀬と模型の両方にだろう、部長は泣きはらした目で、悔しそうに呟く。

救急車とパトカーが校門に現れたのは、それからまもなくのことだった。

外では静かに雨が降り続いていた。

3

八瀬は部室の窓際で、後頭部を殴打されて昏倒《こんとう》していた。夏の制服に叡電の白手袋という格好だった。病院に運ばれる途中に息を引き取ったという。つまり三宅部長らが発見したとき、その後彰らが駆けつけたときは、まだ息はあったようだ。といっても意識が残っていたかは怪しかったらしいが。

八瀬の死因は脳挫傷《ざしょう》。強い打撃により頭蓋骨《ずがいこつ》が陥没していたという。凶器は鉄道のレールだった。叡電の線路に使われていた本物のレールを二十センチほどの長さに切り取ったもので——もちろん盗んでこれるはずもなく、制服と同じくショップで買った物のようだ——十キロ近い重量があるらしい。

叡電部の備品で十年ほど前から部室にあるものだが、錆《さ》びてきたせいかここ数年はぞんざいな扱いを受け、雑誌やガラクタに埋もれていたという。

そのレールだが窓の外に投げ捨てられていた。ちょうど叡電部の部室の真下に当たる場所で発見されたのだ。四階という高い場所から落とされたことと、地面がぬかるんでいたこともあり、地面に三分の一近くめり込んでいたらしい。

雨のためレールに付着した血痕の多くは流されていたが、それでも僅《わず》かに残っていた血液のDNAが八瀬のものと一致した。また、断面が円みを帯びたレールの特殊な形状と、陥没した後頭部の窪《くぼ》みが合致したことから、レールが凶器として使われたのは間違いないと考えられている。

遺体には抵抗や格闘の跡はほとんど見られなかったが、唯一、右の鎖骨の中央よりの部分が、鈍器で殴られたように骨折していた。

発見者は部長の三宅と副部長の八幡。彼らは八瀬に頼まれて、新七〇〇系の写真を撮りに行っていたのだ。模型はほとんど八瀬が作っていたのだが、間際になって手許《てもと》の写真だけでは不明な内部構造が判明したらしい。

二人が写真を撮り終えて部室に戻ってきたのが六時過ぎ。模型は破壊され、八瀬は昏倒していた。

二人が発見したとき、引き違い式の窓は開けっ放しになっていた。凶器を捨てるために開けたと思われるが、なぜ犯人が凶器だけ外に捨てたのかは判っていない。また、窓の外は既に日が暮れていたうえ、『真実の壁』と云われる体育館の側壁が間近に迫り基本的にその間を通る通行人も居ないため、目撃者は期待できなかった。

クラブ棟の通路の南端は全ての階で教室がある本棟と繋《つな》がっているが、それとは別に一階に入り口があり、当然階段も付いていた。

階段は南北に二つあり、本棟寄りの南側の階段は最上階の四階から屋上へと延びている。屋上には縁に手摺《てすり》があるだけで普段は施錠されているが、文化祭の時など折に触れパフォーマンス広場として開放される。そのためか鍵は職員室だけでなく生徒会室でもスペアキーが管理されている。

逆に現場になった叡電部がある北端近くの階段は、四階までしか行けない構造になっていた。

事件当日、追い込みのため居残っていた生徒が多かったのだが、みな部室に引き籠《こ》もっていたせいか廊下に人はおらず、こちらも目撃者は期待できないと思われた。

ところが思わぬ僥倖《ぎょうこう》で、二組の目撃者が現れたのだ。

一つは叡電部の隣に部室を構えるパワースポット部、略してパワスポ部の部員たち。

パワスポ部は一昨年に結成されたばかりの新しいクラブで、部員は女子ばかり六名。おもにパワースポットへの参拝やピラミッドパワーを利用したテントでのパワー数値の測定、観光地の美味《おい》しいパワー料理の試食などを行っているという。

そのパワスポ部の出し物が、安芸《あき》の宮島にある厳島《いつくしま》神社の大鳥居の模型だった。世界遺産にもなった、海上に聳《そび》えるあの真っ赤な両部《りょうぶ》鳥居だ。もちろん実物大だと部室に収まらないし、女手で何とかなる物ではないので、無難なサイズにはスケールダウンしているが、それでも人の背以上はある代物だという。

パワスポ部の部員たちはふた月前から鳥居を作り始め、十日前にようやく木組みが完成。塗装の作業に入ったのだが、油性ペンキを使用したためにシンナー臭が充満。結果、窓と入り口のドアを開放して、換気しながら作業していたらしい。

巨大な鳥居なので表面積も半端でなく、時間がかかると同時にシンナーの臭いも強烈だったらしい。これまで塗装の経験などなかったため、水性ペンキには思い至らなかったようだ。知ったときは既に大量購入したあと。たしかに彰が叡電部に誘われたときも、隣の部室のドアは開けっ放しになっていた。

廊下に充満するシンナー臭に、当然ながら近隣のクラブから「開けるのは窓だけにしろ」とクレームが入ったが、それだとラリって別のパワーを得てしまうと南欧風美人の女部長が低姿勢で謝り倒したため、文化祭まではと諒承されることになった。

ともかく女子部員六名は部室で、連日香水代わりにシンナー臭をふりまきながら最後の仕上げに掛かっていたのだが、被害者が発見される二十分前に不審な人物が通路を北に、つまり叡電部の方に横切っていくのを見たというのだ。

その人物は顔こそ判らなかったが、体格は中肉中背。白い手袋を塡め、バスの運転手のような帽子を目深《まぶか》に被り、口にはマスクをして、グレイの上着を着ていたという。作業&おしゃべりに没頭していたので正確な時間までは覚えていないが、おおよそ五時四〇分から五〇分の間くらいだったようだ。

彼女たちはその十分ほど前に被害者である八瀬が、その二十分ほどあとに三宅たちが、同じく部室の方に横切っていくのを目にしている。ひと頃の連日のクレームが原因で、戸口に気配を感じるとつい身構えて視線を向けてしまうのだとか。そして、五時以降は他の人間は誰も、パワスポ部の前を通らなかったと証言した。

これでは犯人が現場から消えた密室殺人のようにも思えるが、もちろんそんなことはない。叡電部から北側に延びた廊下には階段がついている。そのため謎のグレイ上着男は廊下から部室に向かい、殺害後に部室脇の北階段を降りて行方をくらませたと考えられた。

それを補強するのが二つ目の証言で、当時三階の北階段近くの通路ではエアホッケー部員が故障したエアホッケーのマシンを修理していたのだ。

エアホッケー部は少し前に起こった殺人事件で部長が逮捕されただけでなく、殺人現場の封印という理由で、部室を追い出されていた。残された部員は、せめて文化祭だけは成功させたいと、見知らぬ生徒から「ご覧あれがエアホッケー部、人殺しのクラブだよ」と後ろ指を指されながらも、健気に通路の隅でホッケー台を直していたのだ。

そこで四階から二階へと階段を降りていくグレイ上着男を見かけたらしい。顔はマスクでよく見えなかったが、中肉中背でグレイの上着に白手袋。こちらも正確な時間ははっきりしていないが、パワスポ部員たちと大体同じ頃だという。

ただパワスポ部員の証言と違うところがひとつあり、それは右手に金槌《かなづち》を握っていたことだった。後にそれと思《おぼ》しき金槌が一階のゴミ箱から発見され、金槌の先に破壊された七〇〇系の模型の破片が付着していたため、破壊に使われたものと同定された。

以上のことから、犯人は最初パワスポ部の前を通り叡電部に侵入。部室が無人だと勘違いして、金槌で電車模型を破壊したところ、パーティションの奥で作業をしていた八瀬が物音に気づき出てきたために、口封じした。そして北側の廊下からエアホッケー部の前を通り階段を降り逃げていった、と考えられた。また被害者の鎖骨の骨折は、犯人がまず金槌で襲いかかった結果生じたものではないかと。

ただ、なぜ八瀬がシャツ姿に叡電の白手袋だけつけていたのかは、未《いま》だ不明だった。いつも作業中は軍手を嵌めていたからだ。

さて問題のグレイ上着男の正体だが、これは三宅部長らに即座に思い当たるところがあった。

グレイの上着は嵐電の運転士の制服とそっくりだったのだ。そして叡電部がそうだったように、嵐電部の部員たちもクラブ棟では嵐電運転士の上着や帽子を毎日着用していた。ちなみに嵐電部は二階にあり、前日に文化祭用の展示品である嵐電のHOゲージのジオラマ模型――三×二メートルもある巨大なものだ――が完成したので、放課後はみなすぐに下校し、嵐電の一日フリーパスを買い、それぞれ別個にぶらぶら途中下車の旅をしていたらしい。

そして嵐電部に常備されていた五つの制服のうち一着が紛失していた。OBの置き土産でずっとロッカーにしまわれていたものなので、いつなくなったのかは部員たちも知らないという。

嵐電部は冤罪《えんざい》だと強く訴えたが、やはり嫌疑の目は嵐電部に向けられ、ライバルの模型を壊し合併を有利に運ぼうとしたのでは、と生徒の間で囁《ささや》かれていた。

＊

「文化祭、このまま中止ってことはないわよね」

狭い古生物部の部室で、エディアカラ生物群の模型を前にしてまりあが不安げに呟く。

事件から五日が経《た》った。本来なら文化祭の最終日にあたる日だ。もちろん文化祭は延期。開催が何時《いつ》になるかは未定。今年は中止になるのではといった声すらちらほらと聞こえ始めている。

文化祭がなくても学校はある。とはいえ授業はなく連日ＨＲ。立て続けに起こる殺人事件の影響を心配した学校側が、生徒ひとりひとりのカウンセリングを始めたのだ。

つまりＨＲの時間の教室は、病院の待合室のようなものだった。それだけでも辛気臭いのだが、特に級友を失った彰のクラスは、朝方の総合病院のように呑気《のんき》に世間話をしていられる状況でもなく、末期患者専門の病棟のようにひときわどんよりとしていた。欠席した生徒も両手の指以上いたはずだ。

当然カウンセリングも真っ先に行われ、彰もカウンセラーの眼鏡女医にやさしく質問やアドヴァイスをされた。

そんな日が三日続いて、今日、久しぶりに部室に顔を出したところ、案の定というか、まりあが退屈そうにパイプ椅子に背を凭《もた》せかけていた。

事件のせいか、文化祭が延期されたせいか、わざわざ部室に行こうという酔狂な人間は少ないのか、クラブ棟はいつもに比べてかなり物静かだった。

「どうなんでしょう。たとえやるにしても、結構間を置かないと、全然盛り上がらないでしょうね」

叡電部は出品するのだろうか。ふと心を過《よ》ぎったが、無理なのは明らかだ。七〇〇系の補修云々《うんぬん》よりも、残された二人のモチベーションが上がらないのは目に見えている。

「そうね。彰の云うとおりかも」

流石《さすが》のまりあも今日は殊勝だ。どっぷりと梅雨にはまり込んだように。この前みたいに犯人探しを始められたらどうしようと気になっていたのだが。今までと違い、殺されたのは彰の友人だ。遊び半分で彼女には首を突っ込んでほしくはない。

「でも文化祭が行われるまでは、過疎部問題も延期になるわね。会長はいろんな所にいい顔をするために、展示も参考にするって云っちゃってるんでしょ」

「とりあえず、犯人が捕まるまでは様子見が続くんじゃないですか」

「それは嬉しいけど、やっぱり早く捕まってほしいわね。いつまでも車で送迎って、窮屈でしかたないわ」

まりあに限らず、この事件の直後から車で送迎する親が増えたらしい。そのせいでペルム学園の校門の前は、ベルトコンベヤーのように高級車が現れては生徒を降ろしまた去っていくという光景が繰り返されるようになった。高級車ファンには眼福かもしれないが、相変わらず自転車通学の彰にしてみれば、通学路が危険になっただけだ。

「おじさんたちも心配なんですよ」

「それは、そうだけど。車の中で学校のことを訊かれて困ってるのよ。迂闊《うかつ》に化石のことを話せないし」

まりあは化石趣味や古生物部のことを親には内緒にしている。女らしくないという理由で反対されそうだからだ。

「でも犯人は嵐電部の人って判ってるんでしょ。だったらそこまで警戒しなくても」

「まだそうと決まったわけではないですよ。殺人はともかく、いまからライバルの展示物を壊そうとする人間が、わざわざ自分たちの制服を着ると思いますか？」

「じゃあ、嵐電部に恨みがある人がやったの？　でもそれじゃ叡電部の人になっちゃうわよ」

「まさか」と彰は強く否定した。「それじゃ本末転倒ですし、部長と副部長の二人とも、制服の男が目撃された頃はちょうど駅から出たところで、証人もいるらしいですよ」

「そうなんだ。じゃあ単に罪をなすりつけたかったのかな。そのわりにはわざわざ服を盗んだりして大掛かりな気もするけど。でもエアホッケー部はこの前のことで潰れたも同然だし、この調子だと叡電部と犯人が抜けた嵐電部がくっついても五人に満たないから廃部か鉄道部に吸収は確定でしょ。廃部目標数七つのうち三つも決定したわけだから、かなり余裕が出てきたわね。あとはこのエディアカラ生物群の威力で」

ヒヒヒと魔女がする笑い声が、同時に聞こえてきそうな台詞だ。

「そんなドス黒い皮算用をしていると、必ずしっぺ返しがきますよ。天網《てんもう》恢々《かいかい》疎《そ》にして漏らさずです」

調子に乗らないように窘《たしな》めて、彰は立ち上がった。

「天がそんなにフェアなら、歴代の大絶滅なんて起きてないわよ。ん、どこに行くの？」

「ちょっと叡電に乗ってきます」

「まさか、八瀬君に同情した挙げ句、叡電部に入るつもりじゃないでしょうね」

「友人を弔いに行くだけです」

彰は力任せに学生カバンを摑《つか》み上げると、そのまま部室を出た。

古生物部に顔を出したものの、まだ精神的に、まりあのおふざけの相手をする余裕はなかった。

自転車で出町柳駅まで行く。初めて見る出町柳駅は改札が田舎っぽく風情《ふぜい》があるわりに、中に入るとホームが三つもある大きな駅だった。そのため、京阪の電車も一緒に走っているのかと思ったのだが、京阪の出町柳駅は地下にあるらしい。

とりあえず鞍馬駅までの切符を買って改札を通る。折良くきららが来たのでそれに乗り込んだ。叡電部の塗装と同じ、メープルレッドのほうだ。

ラッシュ時間にはまだ早いせいか、難なく外向きの椅子に座れた。きららは他の車輛《しゃりょう》よりも大きな窓が取りつけられており、椅子も片側だけ車窓を愉しめるように窓を向いて並んでいる。これがきららの売りで、八瀬の話によると、紅葉シーズンなどはきらら目当ての観光客が殺到するらしい。

実際彰の近くに座った家族連れは、子供が窓にへばりついて「わあ」とか感嘆の声を上げている。そんな中、彰はぼんやりと窓の外を眺めながら鞍馬まで行った。

意外だったのは、最初はゴミゴミした町中《まちなか》を走っていたのが、全行程の三分の一も行かないうちに田圃《たんぼ》が目立つようになったことだ。更に三分の一ほど進むと、彰はとんでもない山奥に運ばれてきたのを知った。嵐電が町中ばかりだったので、ライバルの叡電も似たようなものと思いこんでいたのだ。たしかに住宅地の中を外向きに座っても、人気にはならないだろう。

保津《ほづ》峡の辺りもそうだが、京都は少し外れるとすぐに山奥になる。まあ、そのギャップは面白いかもしれない。町中をちんたら走っていたはずの電車が、たった三十分もたたないうちにこんな山奥でキーキー線路を軋《きし》ませながら登坂しているなんて、普通は想像もできない。

面白い……？

彰は思わずその言葉を反復した。

もしかして、八瀬の思惑に嵌《は》まったのだろうか？

奇妙なことにその感覚には、癪《しゃく》な部分と心地良い部分が同居していた。

終点である鞍馬駅の改札を出て駅前の巨大な天狗《てんぐ》を見た後、すぐに同じきららに乗って彰は出町柳に戻った。

帰路は往路と異なり、途中の駅で大学生が一斉に乗ってきたりして、出町柳に着く頃には車内が乗客で溢れていた。彰も途中から老人に席を譲ったので、梅雨の湿気が充満する中で、前に後ろに押されながらなんとか堪えていた。再び出町柳駅のホームに吐き出された時は、汗と湿気でシャツが湿っていた。

乗客の多くは三条や四条、あるいは大阪まで行くのか、京阪の地下駅に繋がるエスカレーターを下っていく。

彰はそんな流れと別れ、近くの駐輪場で自転車を出した。すでに日は傾いていた。

……そういえば、八瀬は叡電の沿線と云っていたけど、どの駅だったんだろう？

賀茂川を渡りながら、ふと思った。葬儀は斎場で行われた上に、男女のクラス委員が代表で出席しただけなので、よく知らなかった。

実家の老舗も名前は耳にするが場所までは知らない。調べれば判るだろうが、今日そこに気づけなかったことが悔しかった。何となく、八瀬がいつも使う駅を見ておきたかったのだ。

「また、来るしかないか」

そう呟いたとき、なんか自分が叡電ファンになった気がした。死んだ八瀬が彼岸《ひがん》から念を送っているのだろうか。

いやいやいや、と彰は慌てて首を振る。自分には古生物部がある。

しかし古生物にはいまだ愛情は湧かない。それに比べて叡電は……。

こんな状況で古生物部に関わるのは、まりあにつき従うのは、自分を押し殺した、八瀬が云う召使いと同値なのではないだろうか。

かといって幼なじみとして、まりあを、古生物部をあっさり見捨てる訳にもいかない。父親の体面もある。

「わからん！」

橋上で彰はそう叫ぶと、小腹が空《す》いていることに気づき、近くの商店街でコロッケを買い食いして、再び自宅へとペダルを漕《こ》いだ。

「ずっと召使いとして生きていくのだろうか」

　あり得ない仮定ではあるが、そうなる可能性も高いことに気づいた。高校や大学どころか、下手をすればまりあが結婚したあとですら、化石掘りの手伝いを押しつけられるかもしれない。

　次女とはいえ、まりあの夫になる男なら、それなりのステータスがあるはずだ。どう考えても、化石道楽につき合っている暇はない。誰かが相手をしなければならないのだが。

　その時はきっと、まりあの家の会社に無理矢理就職させられて、怪しげな名称の自分一人しかいない部署に配属させられるのだろう。それで他の社員から、あの人お嬢さんの召使いらしいよ、一生化石磨きをしてなきゃいけないみたいよ、何の罰ゲームだよ、と陰口を叩かれ続ける。

　考えただけで鬱《うつ》な人生だ。歯車人生。

　しかしどこかで断るチャンスがあるはずだ。最大の契機は親の退職だが、まりあの結婚はともかく、大学を卒業して就職先を決める時には、まだ届かない。

　親を捨てるしかないか……。

4

格好つけて呟いてみたものの、到底無理なことは自分でも解り切っている。

「あら、あなたは」

草原を駆け抜ける風のような澄み切った声がしたので思わず顔を上げると、目の前に野跡副会長が立っていた。そこで初めて危うくぶつかりそうになっていたことに気づいた。

「すみません」

慌てて道を空ける。テニス部に行く途中なのか、今日は一人で、会長を始めとする他の生徒会メンバーの姿はない。

「考え事をしていたのね」

倭文代は聖観音のような顔で優しく微笑《ほほえ》んだ。黒髪の観音様。美人とはこういう人のことを云うんだろうな、ついまじまじと顔を見つめたあと、柄にもなく緊張してしまった。

彰の表情の移り変わりが可笑《おか》しかったのか、彼女はくすりと笑うと、

「でも仕方ないわね。お友達が殺されたのだから」

真剣な、そして寂しげな表情に戻る。

「はあ」

自分でも気が抜けた返事だと思う。というのも〝お友達〟と云われることに、どこか据わりの悪さを感じてしまったからだ。いや、八瀬が友達じゃなかったと力説するつもりはないし、他のクラスメイトが殺されるよりも哀しいのは確かだ。

……おそらく、友達という単語が持つ完結した響きゆえだろう。八瀬とは互いに話すようになって日が浅く、これからいい友達になれただろうという予感があるせいだ。未来に続く進行形であるにも拘わらず、その途中で途切れたにも拘わらず、完了形の表現をされる。友達になるまでの過程をまだ充分に経ていないのが、違和感の理由かもしれない。

「私も以前に、お友達を失ったの。だからあなたの気持ちは解るわ」

思わぬ言葉に倭文代を見つめる。彼女は寂しげに視線を足許に落としていた。元々色白だが、更に白くなったように見える。深刻な表情や言葉の調子からして、単に彰を慰めるための方便ではなさそうだ。また単なる仲違《なかたが》いでもなさそう。

「大事な友達だったんですか？」

思わず尋ね返すと、

「そうね。とても大切なお友達だったわ。時には口喧嘩《げんか》もしたけど。私が相談に乗ってあげていれば……」

口許が片方だけぴくと震える。哀しむというより、奥歯を嚙《か》みしめて憤りに堪えているようにも見える。

もしかするとその友人は、八瀬と同じように不幸な最期を迎えたのだろうか？　いや、そもそも十代で命を落とすのに、幸せな死に方なんかあるはずもない。

容姿、家柄、頭脳、性格、全てを得て何の不自由もなく育ったお嬢様でも、庶民と同じように辛い体験をしているんだな。当たり前のことだが、少し新鮮に感じられた。

とはいえ、さすがに友人の詳細を尋ねるのは憚《はばか》られる。まごついたままじっと倭文代を見ていると、やがて彼女は視線に気づき、

「ごめんなさいね。いま、哀しいのは桑島君のほうなのに」

「ありがとうございます。心配してもらって」

「早く犯人が捕まって欲しいわね」

「はい。この犯人だけは許せません。どうして八瀬君を……」

語気を荒らげて彰は答えた。倭文代は驚いたふうに彰を見たが、やがて納得するように、

「そうね。お友達を思う強い気持ちは態度や行動で表さないといけないわね。黙っていても通じないもの」

まるで自分に云い聞かせるかのように、厳しい顔で彼女は口にした。

真意を聞こうと思ったが、その表情は一瞬でいつものアルカイックスマイルの中に消えてしまった。

倭文代自身も一瞬覗かせた感情に気づいたのか、恥ずかしそうに頬をうっすら赧らめると、

「それじゃあ、ごきげんよう。桑島君」

と先へ進もうとする。

「ありがとうございます」

すれ違いざま再び礼を述べると、倭文代は振り返り、

「ううん。私のほうが、いろいろ教えられたわ。ありがとう」

柔らかな笑みと共に副会長はグラウンドのほうへと消えていった。羽衣を纏《まと》っていないだけで、まるで天女のような後ろ姿だった。

どうせ召使いなら、まりあなんかより倭文代みたいなお嬢様がよかった……。そう思わなくもない。もっとも彼女の傍には優れた人材がたくさんいて、自分などお呼びじゃないだろうが。

となると自分にはまりあ程度がお似合いということなのだろうか？　あまり考えたくはないが、それが自然の摂理なのだろう。今西《いまにし》理論というやつか。

無人の部室でパイプ椅子に座ると、彰は背もたれに大きく背を反らせ天井を仰いだ。起きたことが多すぎる。考えることが多すぎる。

「なに難しい顔をして悩んでいるのよ。パキケファロサウルスに頭突きでもくらったの？」

いきなりまりあに非難された。ぼんやりしすぎて、彼女が入ってきたのにも気づかなかったのだ。あまりにびっくりしたので、思わずパイプ椅子ごと後ろに倒れそうになった。

「脅かさないでください。頭突きをくらったら、悩むより痛がるんじゃないですか、普通。というか、別に悩んでません」

先ほど天女を目にしたばかりなので、まりあが籠《かご》売りされているブロッコリーにしか見えない。

「ホント？」

「本当です」

さながら告解室で神父に誓うように、彰はまりあを直視して答えた。もちろん嘘だ。

「なら、いいわ。じゃあ、ちょっとついてきてくれる」

「ついてって、どこに」

「屋上よ」

京都の四季のような切り替えの早さで、まりあは強引に彰の腕を掴む。

「屋上って鍵が掛かってるんじゃ。それにどうして屋上に」

「鍵は職員室で借りてきたわ」

いつも以上に行動が早い。まりあがこんな手際がいいときといったら……。

「まさか、また性懲りもなく探偵ごっこをしようというんじゃないでしょうね」

「御名答。でも、嵐電部が犯人でないかもと云い出したのは彰でしょ。濡《ぬ》れ衣《ぎぬ》じゃないかって。だから誰が犯人か考えたのよ」

まるで彰のせいだと云わんばかり。責任転嫁も甚だしいが、たしかに自分も少し悪いと彰は反省した。どんなベクトルにせよ、まりあを焚《た》き付けるようなことを口にするべきではなかった。

「……また生徒会の誰かが犯人だと云うんじゃないでしょうね、赤点先輩」

「なによ赤点先輩って。黒点《くろてん》もあるわよ」

彰の腕を引っ張る力が強くなる。

「黒点とか云ってるから、いつまでたっても赤点なんですよ。あれはコクテンと読むんです。それに意味は全く違いますからね」

「黒点くらい知ってるわよ。ホクロのことでしょ」

「違います。先輩は理科と国語を小学校一年生からやり直してください」

「絶対に厭よ。集団登校なんて二度としたくないわ」

そうこうしているうちに、いつの間にか四階まで来ていた。人前で口論して痴話喧嘩や兄弟喧嘩と勘違いされるのも癪なので、

「解りました。とりあえず屋上まではつき合いますよ」

もし叡電部を覗きたいとか騒ぎ出したら、すぐさま家に戻る覚悟だった。しかしまりあはいけしゃあしゃあと、

「それでいいわよ。もう犯人は解ってるから。あとは確認するだけ」

鍵を差し込み、屋上に出るドアを開ける。幸い今日も雨が降っていないので屋上は乾いていた。ただ風は強く、何時《いつ》降っても訝《おか》しくないほどに、黒雲が溢れている。

「え、俺の聞き違いじゃないですよね。今から探偵ごっこを始めるんじゃなくて、もう犯人が解っているんですか？」

「だって今回は簡単だったから」

「何を云ってるんですか。いつも間違ってばかりじゃないですか」

「そんなことないわよ。多分。だってこの前も……」

「人前では云わないってあのとき約束しましたよね。先輩」

「解ったわ。それは云わないわ。私は過去を振り返らない女だから」未練たらたらの悔しそうな顔でまりあは頷く。「でも現在進行形のこの事件は別よ」

「いいでしょう。その代わり誰もいないここで話してくださいよ」

彰の要求がきちんと耳に届いているのかどうか、まりあは「その前に」と北端に行き、手摺から身を乗り出した。真下には叡電部の部室があり、その遥か下の地面にはレールがめり込んだ痕《あと》がまだ生々しく残っている。

「何とかなりそうね」

突風が吹けば落ちそうなくらいの危ういバランスで、まりあは真下を眺めていたが、

「これで私の推理が間違いなかったことが証明されたわ」

茶髪を風になびかせ、ピンと人差し指を立てる。まるでドラマの名探偵きどりだ。

「どういうことです?」

「屋上の鍵は、職員室のとは別に生徒会がスペアを持っているの。で、先生に確認したけどここ半月は屋上の鍵は誰も借りていないということだったわ」

「つまり、もし屋上で犯罪が行われていたならば、生徒会の誰かが犯人になるというわけですか」

「そういうこと」

手を脇腹に当て胸を反らし、得意気にまりあは首肯した。

「しかし、その屋上で犯行が行われたという赤点先輩の憶測には、なんの根拠もない気がします。生徒会の人間が犯人ならば、現場がここでなければ絞り込めない、というふうに手順が逆転してませんか。まさか八瀬を屋上で殺して下まで運んでいったとか云うわけですか?」

「そんな面倒なことしなくてもいいわよ。頭を突き出した八瀬君に、屋上からレールを投げ落とすだけでいいんだから。鎖骨はその時の衝撃で胸を窓のレールにぶつけて骨折してしまったのよ。八瀬君はその反動で部室の内側に倒れたわけ。あといい加減、赤点先輩は止めてよ。せめて青点先輩にして」

不可解な妥協案だ。

「青ならいいんですか。青点て何点なんですか。それはともかく、どうしてそんな突飛な考えに至ったんですか？」

「そもそも、あの現場が訝しかったからよ。金槌を持参しているのに、わざわざ八瀬君の頭をレールで殴ったり、その金槌は手にして持ち去っているのに、レールはわざわざ窓の外に投げ捨てたり」

「まあたしかに訝しなところもありますけど。もし先輩の憶測どおりなら、犯人は屋上で八瀬が窓から首を出すのをずっと待っていたということですよね。ちょっと考えられませんね。その上犯人は部室に行ってわざわざ叡電の模型を壊しているんですよ。ならそのとき八瀬を殺せばいいんじゃないですか。ただの二度手間ですよ」

殺すや殴るなどの言葉を添えて友人の名前を出すたびに、なぜだか少しずつ苛つきが溜まってくる。心が鉋《かんな》で削られるように痛いのだ。

「だからこう考えればいいのよ。犯人は部室には行かなかったと」

「どういうことです。じゃあ、あの嵐電男は誰なんですか？」

「八瀬君よ」

まりあが口にした途端、北風が勢いよく吹き抜け、スカートの裾を舞いあげた。

「もう、なによ、これ」

慌ててまりあがスカートを押さえる。とはいえ下に作業用のダサいもんぺのようなスパッツをはいているので、色気は皆無。

「八瀬が？」

「そう。おそらく八瀬君は模型作りの終盤で何かをミスしてしまったのよ。素人目には解りにくいが、オタクだとすぐに解ってしまうような決定的なミスをね。で、焦ってしまった。このままでは文化祭で嵐電に負けてしまうと。八瀬君の取る道は三つあった。一つは諦めること。二つ目は相手の展示品を破壊すること。だけど、これをすれば叡電部が疑われるのは必定《ひつじょう》で、しかも叡電部の模型には瑕疵《かし》があるわけだから、動機も明々白々になってしまうでしょ。だから発想を逆転させて最後の選択肢を選んだの。嵐電部の仕業に見せかけて模型を壊してしまうと。これなら失敗したことを知られずに済むし、動機は嵐電部にしかないから一石二鳥なのよ」

まりあは前屈《まえかが》みでスカートを押さえながら話し続ける。その滑稽《こっけい》なポーズのせいで、説得力は皆無だった。

「……そして生徒会の誰かに話を持ちかけた。恐らくその人に協力してもらって狂言をする予定だったのよ。パワスポ部とエアホッケー部が連日作業しているのは知っていたから、最初から目撃者にするつもりだった。逆にトリックの邪魔になる部長と副部長には理由をつけ写真を撮りに外へ行かせた」

「しかし焦っていたとはいえ、あの八瀬が狂言を謀るなんて」

趣味は偏っているが、温厚で人畜無害な人物だ。にわかには信じがたい。

「それだけ叡電や叡電部を愛してたのよ。私もよく解るわ」まりあは勝手に理解して、うんうんとひとり頷いている。「方法としては、まず顔をさらして八瀬君として隣のパワスポ部に見せつける。そして室内で着替えて嵐電男として金槌片手に一階まで降りるのよ。その前に金槌で模型を壊さなければいけないわね。そして金槌をゴミ箱に捨てたあと南側の階段を使って四階まで上がってくる。そしてパワスポ部の女子に今度は嵐電男として姿を見せる」

「でも嵐電の制服はどうするんです。警察は当然部室も調べたでしょう」

するとまりあは待ってましたとばかりに、アーモンド形の瞳を大きく見開き、

「そこで屋上の犯人の出番よ。部室の真上から籠を垂らしてもらい、そこに変装道具一式を入れて持ち上げてもらうのよ。そして八瀬君が制服やマスクに帽子を籠に詰め終えた際に、犯人はレールを落とした。手袋は叡電のものなので八瀬君は最初から入れるつもりはなかったんだけれど、犯人は知らなかったのね。だからあんな奇妙な服装になっていたのよ。嵐電男から叡電部に変わる移行化石だったの」

「つまりパワスポ部が見た嵐電男と、エアホッケー部が見た嵐電男は時系列が逆と云うんですね」

三十秒ほどかけて頭の中で整理したあと、彰が確認する。

「そうよ。思い出さない。目撃証言の前後を入れ替える。五月にも似たようなトリックが使われたでしょ。シーラカンス男の。これはあれの変形よ」

「トリックというか、まりあ先輩の妄想ですけどね。で、先輩の憶測だと今回もまた中島さんなわけですか。あの人がこの前と似たトリックを使ったと」

　途中引き込まれるところもあったが、シーラカンス男を持ちだしてきたところで、彰の興味は急速に薄れていた。失敗した推理をもとにして何を加えても、失敗にしかならない。

「違うわよ、たぶん。八瀬君がシーラカンス男のトリックに気づいたんじゃないかな。そして犯人までは解らないにしても生徒会が怪しいと。それで生徒会の誰かに持ちかけた。切羽詰まっていた八瀬君に脅迫者としての意識は薄かったかもしれないけど、犯人は生徒会を守るために、協力するふりをしながら八瀬君の口封じをした」

　まりあの中ではペルム学園の生徒会は、そこいらの指定暴力団よりも遥かに粗野で極悪な組織になっているようだ。

「でもそれは中島さんじゃないわ。トリックを使い回ししたら、以前の犯罪までばれやすくなることくらい理解しているでしょうから。それに今回のケースは、シーラカンス男の時と違って、アリバイ作りや不可能犯罪には向いていないでしょ。だから犯人はそれらで自分の潔白を証明するつもりはなかったはずよ」

「じゃあ、犯人は何をもって潔白を証明するつもりだったんですか？」

「決まっているじゃない、八瀬君よ。八瀬君に嵐電男の役をさせることによって、自分を容疑の圏外に置いたのよ。最初は八瀬君のアイデアだったとしても、たとえ狂言にせよ犯人は何らかの担保を要求したはずよ。そうでないと、嵐電男＝犯人と直接名指しされたらトリックの意味がなくなるでしょ。いや、あれは実は八瀬君でとか云い出したらますます泥縄だし。それに実際犯人は屋上で待機していてアリバイが証明できないの。つまり犯人は嵐電男に絶対になれない人物であるべきで。おそらくそれが犯人がかけた保険のはずよ」

〝はず〟とか〝べき〟とか曖昧《あいまい》な言葉が増えてきた。危険な兆候だ。

「女というわけですか」

副会長と会計の顔が浮かぶ。だがまりあはゆっくりと首を振ると、

「帽子とマスクがあれば女でもなんとか変装は可能よ。絶対無理くらいにならないと、ここまで危険を冒す意味がないでしょ。自分のアリバイを犠牲にしてるんだから」

「じゃあ……」

「一人いるじゃない。どう足掻《あが》いても変装できない巨漢が」

「風紀の笹島さんが？」

「そうよ。八瀬君より背が低かったり痩せていたりしても、底上げ靴を履いたりして変装はなんとか出来るわ。でも太っていたり背丈が大きかったりしたら、絶対に成り代われな

いのよ。足を切ったり、肉を削《そ》いだりすることは無理だから。つまり嵐電男が犯人と目されている間は、確実に容疑の圏外にいられるの。だから笹島君が犯人なのよ」

「何が〝だから〟ですか」

あまりの強引さに彰は憤慨した。被害者の八瀬が首謀者と云ったり滅茶苦茶だ。

「結論が飛びすぎてます。千歩譲って、八瀬はまりあ先輩の憶測どおりに殺されたとしましょう。でも、〝だから〟笹島さんというのは飛びすぎです」

「私の推理のどこに不備があるのよ」

彰の頑強な抵抗に、まりあはふくれっ面を見せた。だが風でなびく天然パーマが顔を覆い、肝心のふくれっ面が彰には届かない。

「不備だらけで、不備が不備してますよ。先輩はシーラカンス男の時に云いましたよね。生徒会長は顔が知られていて警官に変装しても絶対にばれるから犯人じゃないって。じゃあ今回はその逆で、絶対にばれるから犯人だとも云えますよね。背の高さに関係なく。また野跡副会長も長髪でばれるから安全圏に居ると考えたかもしれませんよ。それにそもそも、肝心の生徒会の人たちのアリバイを調べたんですか？　もし笹島さんに鉄壁のアリバイがあったらどうするんです？　もし今の憶測を、笹島さんの目の前で一言でも口にしたりしたら、命の保証はしかねます。笹島さんは会長と違ってちょっと短気なところがあるらしいから、一本背負いで屋上から一気に地面まで叩きつけられるかもしれませんね。そのとき俺は見て見ぬふりをします。そうなったら先輩はもう、大好きな赤点を取ることすら出来なくなるんですよ」

「別に赤点なんか好きじゃないわよ。侮辱する気？」

　赤点先輩が顔を真っ赤にするが、彰は断定するように強く、

「違いますね。まりあ先輩は本当は赤点が好きなんです。嫌いなふりをしているだけで。そうでなきゃあんなにほいほいと赤点を取れるはずないじゃないですか。先輩は赤点にツンデレなんですよ。だから赤点のためにも人前で今の憶測を絶対に話さないでくださいよ。推理なんてのは賢い人がするものなんです。解りましたか。赤点ツンデレ先輩」

「何よ赤点ツンデレって。私は黒点にツンデレなの。というか、そもそもツンデレなんか嫌いだし。私は、私よ」

　だんだんまりあも訳が解らなくなってきたらしい。推理していたときと比べて、呂律《ろれつ》が不鮮明になっている。まりあの脳みそはマンジュウガニ以上にすべすべなので、強引ながらも彰の誘導は成功したと云える。

　そもそも誰のために骨を折っているのだか。彰は苛立っていた。テキトーな推理で他人を殺人犯だと名指ししまくっていたら、いつか自分に跳ね返ってくるのが目に見えている。しかも相手はみな、御曹司《おんぞうし》やお嬢様ばかりなのだ。今は良くても大学、社会人とこの先がある。まりあも一応は彼らと同じカテゴリーに属し続けるはずのお嬢様だからだ。

今は奇人変人だけで済んでいるが、これ以上変なレッテル――たとえば狼《おおかみ》少年的な――を貼られたら、本人はもとより家族にも累が及びかねない。

「人前で云わないと約束してくれたら、赤点ツンデレ先輩という渾名《あだな》は撤回します」

「……解ったわよ。黙っていればいいいんでしょ」

「当たり前です」

ほんと気苦労が絶えない。幼なじみってこんなんだっけ？　やっぱり従僕か。

雲が厚くなり始め風が強くなった空を見上げながら彰は溜息をついた。ぽつぽつと小さい雨水が頬を打ち始めた。

隣ではまりあが納得いかない様子で不貞腐《ふてくさ》れている。

梅雨はまだ上がりそうにない。次の晴れた日に、また叡電に乗ってみようと、彰は思った。

第四章　自動車墓場

1

「どうして、あなたたちがいるのよ！」

神舞まりあは世にも素《す》っ頓狂《とんきょう》な声を上げた。

無理もない。

二泊三日の化石掘りの旅のため山奥にまで足を延ばし、電車とバスを乗り継ぎやっとこ宿に着いたところ、どういうわけか玄関ホールでいきなり制服姿の生徒会の面々と鉢合わせするハメになってしまったからだ。

これが教室やクラブ棟ならば苦虫を噛《か》み潰《つぶ》した顔を見せるだけで、こうも驚きはしなかっただろう。だが、時期は学生が学業から解放される燦々《さんさん》夏休み。しかも場所が、我が私立ペルム学園がある京都から遠く離れた、石川県の白山《はくさん》の麓《ふもと》なのだ。苦虫ならぬ芋虫を噛み潰した顔になり、声が出てしまうのも当然だろう。

「明日からはディイクトドンのように掘って掘って掘りまくるわよ！　覚悟しなさいよ、彰」

日頃の鬱憤《うっぷん》を晴らすかのように、行きの電車でまりあは意気軒昂《けんこう》と宣言していた。まるでゴールドラッシュで西海岸に向かう金鉱掘りのよう。

炎天下に山中を連れ回される彰としては、到底テンションが上がる筈《はず》もないが、まりあのためとなれば仕方がないところ。

彰はまりあ〝お嬢様〟のお守《も》り役。箱入り娘が心配なら女友達を宛《あ》てがえばいいと思うのだが、性格故《ゆえ》か、はたまた別の欠陥があるのか、今まで女友達はひとりも出来なかった。そのため幼なじみで弟分だった彰に白羽の矢が立ったらしい。

しかしいくら弟分だとはいえ、世間的には男と女。学内ではともかく、二泊三日の二人きりの旅行をよくまりあの親が許可したなと、ひと月前に合宿の話を聞かされたときは驚いた。しかもまりあは化石掘りの趣味は親には隠しているので、温泉旅行だと偽って伝えてある。もちろん彰も口裏を合わせるために親には同じ嘘を吐《つ》くことになった。

まりあも彰も無論その気は微塵《みじん》もないが、親までも気にならないというのは、随分舐《な》められたものだと逆に嘆息した。いや、だからといって、事を起こす気などさらさらない。どういうルートに分岐しようが、今より面倒臭い状況に陥るのは目に見えている。

まあ、その宿が学校が保有する宿泊施設だというのが大きいのかもしれない。普通の温泉旅館だったなら、さすがにスムーズに運ばなかっただろう。

ペルム学園は全国に数ヶ所宿泊施設を持っており、ここもそのひとつなのだ。宿泊施設はどれも、主にクラブの合宿に使われている。もちろんまりあも、古生物部の合宿として宿泊を申請していた。そのため、宿へ着くなり生徒会の面々と鉢合わせするのは、わずかな確率ながらも存在する。

これが一般の温泉宿で起こったなら、まりあも即座に我田引水な陰謀論をぶち上げただろう。だがそういう理由なので、叫声とともにストレスを吐きだして少し落ち着きを取り戻したまりあは、彰が宥《なだ》めるまでもなく、超絶に運が悪いと悟ったようだった。「なんてことよ……」と、塩《しお》を塗り込んだ青梗菜《チンゲンサイ》のように萎れていく。

「おや、古生物部も合宿か。奇遇だな。我々生徒会も今日からここで合宿に入るんだよ」

一方、生徒会長の荒子はなんら驚くふうでもなく、いつものテンションで返事をする。本当に驚いていないのか、表情を顔に出さない修練を積んでいるのか、彰にも判らない。

「その格好は、化石を掘りに来たのか？　この近くで化石が採れるなんて初耳だな」

「初耳って、そもそも興味がないから知らないだけでしょ。この近く、手取《てどり》川の上流は昔から穴場で有名な所よ」

まりあは胸を張り、ふんと反論する。灰色のツナギに黒の登山靴、背中には無骨なリュックサックといった作業に徹した格好。

親の目を欺くため京都駅までは、馬子にも衣装と、お嬢様然とした手触りが柔らかそうなブラウスとスカートを纏《まと》っていた。だが荷物になるからと、京都駅でさっさとツナギに着替えてコインロッカーに押し込めてきたのだ。つまり、そうだ京都、行こう。とやってきた観光客で賑《にぎ》わう京都駅や、夏休みの行楽客がシートを反転させてボックス席にするサンダーバードの車内では、既にこの作業着姿で闊歩《かっぽ》していたわけで……。

色気などとうの昔に断捨離《だんしゃり》したような出で立ちだが、そのくせ「ゴッドハンドの彼氏が欲しい！」と発情した猫のように口走っていることも日頃あるので、やっぱり頭の回路が何ヶ所かショートしているとしか思えなかった。コンデンサとダイオードをつけ間違えてしまったような。

彰のほうはそこまで割り切れるはずもなく、Tシャツにジーンズと至って普通の格好をしている。もちろん背中のリュックの中にはツナギが眠っているが、京都駅で着替える度胸はなかった。

とはいえ、まりあのせいで凸凹《でこぼこ》コンビになってしまった以上、京都駅では外国人に、列車中では家族連れに好奇の目でじろじろ見られ、あまつさえまりあからは「何、恥ずかしがってるのよ。コレは化石掘りの歴《れっき》とした正装なのよ」と白い目で詰《なじ》られるという、常識人の理不尽な悲哀をまざまざと感じさせられた往路だった。

「それは済まなかったな。なにぶん化石に関しては素人《しろうと》なのでね」荒子会長はあっさりと謝罪すると、「で、その穴場に鼻息荒く、部員を連れてきたわけかい」

口調から、会長にもデートなどとは微塵も思われていないようだ。まりあの格好も多分に影響しているだろうが、彼女の親の件も含め、もしかすると彰自身が気づいていないだけで、自ら主従関係を肯定する露骨なオーラを発散しているのかもしれない。奴隷根性のような卑屈なオーラを。

その可能性を考え、彰は強くショックを受けた。

今はまりあのお守りをしているが、別に父のようにまりあの親の会社に入ると決めているわけではない。まして神舞家の従僕になるつもりなど一切ない。

特にしたいことがあるわけではないが、まだ高一なのだ。これから将来を見つけるつもり。多くの高校生がそうなように。

ただペルム学園に関しては、社長や老舗《しにせ》の跡継ぎ、医者や弁護士などの子息がわんさかいるため、将来が決まっているやつのほうが多かったりする。

既に大型台風が来ても脱線しなさそうな頑強なレールが敷かれているわけだが、当人にとっても悪いレールでないところがミソ。もちろん、学園には次男三男で今は気ままにという連中もいるが、そういうやつらは太い保険があるためか概して夢見がちだ。

ともかく、今から選択肢を見つける段階なのに、半年も経《た》たないうちからこんな下っ端根性が染みついてしまっていたなら、卒業する頃にはどうなっているのか。知らず、選択肢が狭まることにもなりかねない。

会長の言葉に人知れず戦《おのの》いていると、

「日本の古生物史に残る化石を掘り当てて、部を存続させてみせるわ」

負けん気が強いまりあは、溌剌《はつらつ》とした声を上げる。

「それはいいことだ」と、会長が鷹揚《おうよう》に返す。「部の名誉は学園の名誉に繋《つな》がるからね」

ペルム学園では殺人事件が立て続けに起こったため、過疎部問題は一時棚上げされているる。本来なら夏休み前に廃部のクラブが決まるはずだった。ただそれも秋を迎えれば再燃するだろう。それまでになんとか実績を……というのが今回のまりあの目論見《もくろみ》だった。

もちろん、そんな邪《よこしま》な動機だけでなく、普段は行けない遠くの採取場へ泊まり込みで行きたいという純粋な部分もあるだろうが。

「でも、部員は相変わらず二人のようだな」

書記の中島が冷ややかに口を挟む。東大の模試もA判定の頭脳の持ち主だが、回転の速さが全て厭味《いやみ》に費やされている感がある。そのため彰はあまり好きになれなかった。竹を割ったように見える会長のほうが、遥《はる》かに尊敬できる。

「うるさいわね。厭味しか云えないの、あなた」

二年のまりあにとって中島は上級生に当たる。タメ口を利いていい相手ではない。失礼な口ぶりに中島は目を怒らせ一歩前に踏み出そうとしたが、会長が遮るように先に口を開いた。

「元気がいいのは構わないが、実績と部員数、少なくともどちらかは満たしてもらわないとな。まだ二人なら、リリヤン部のようによほどの実績がないと存続は難しいな」

「そんなこと解ってるわよ。テンタクルズイヤーってやつ。もう、新入生勧誘係長の彰がちゃんと活動しないから」

なぜか矛先が彰に向かう。不条理だ。誰か連れてこいと催促はされたが、新入生勧誘係長に正式に任命された覚えはない。そもそもテンタクルズイヤーってなんだ?

実は七月の半ばに、やっとこさ隣のクラスから一人見つけて部室に連れてきたことがある。ただ、そいつは古生物に興味はなく、変人で有名なまりあを観察しに来た変人だった。同じ変人故か、まりあはそいつの目論見を直《す》ぐに見抜き、「興味がない人を入部させても意味がないから」とあっさり叩き出した。

「いい、彰。幽霊部員がいくらいても、部のためにならないでしょ」

闇市《やみいち》で食料を買わなかった判事のような高潔さで説教する姿に好感は持てたが、それではその判事同様廃部の憂き目に遭うのがオチだ。

「それはそうですけど、それじゃあ、いつまでたっても部員が増えませんよ。帰宅部以外は、みんな既に好きな部に入ってるんですから」

「きちんと魅力をアピールすれば現れるわよ。伊達《だて》に二十年も続いている部じゃないんだから」

そんなやりとりがあったのがほんの十日前。それで新入生勧誘係長の彰が怠慢だからと詰られても納得がいかなかった。

そもそも彰にしても、好きで古生物部に入っているわけではない。

軽く怒りがこみ上げ、彰が顔を背けると、

「神舞さん、たった一人の一年生なのに、上級生が大事にしないとだめですよ」

副会長の野跡倭文代《しずよ》がしとやかな声で口添えする。隣では会計の稲永渚がクスクス笑いを堪《こら》えている。

「もし今回廃部を免れても、二年後あなたが卒業したらこの桑島君が矢面《やおもて》に立つことになるんですよ。これからも永く部を存続させたいのなら、ただ先輩風を吹かすだけでなく、もっと部員を大切にしてあなたが指導してあげないと」

雅《みやび》でおっとりとした風情《ふぜい》だが、三年生ということもあり、まりあにも少しばかりお姉さん口調で諭《さと》している。なんとなく伝統の継承を意識させるような内容なのは、公家《くげ》の出だからだろうか。

やがて他の生徒会の面々がその場を去りかけたのに気づいたのか、

「それじゃあ、古生物部のみなさま、ごきげんよう」

倭文代は長い黒髪を揺らして軽く一礼して踵《きびす》を返していった。渚も倣《なら》うように背を向ける。二人しかいない相手に、みなさんとは厭味にとれなくもないが、おそらく彼女に裏はない。巨漢の笹島に丸坊主の小本という体育会二人が、殿《しんがり》を務めるように彼女たちの後に続いていく。

彰はしばらく、二人の間から垣間見《かいまみ》える倭文代の品のいい後ろ姿を見送っていたが、

「何じっと見てるのよ。厭らしいわね。彰もああゆう女が好みなの？」

〝も〟という言葉に引っかかりを覚えたが、藪蛇《やぶへび》になるだけなので、余計な詮索《せんさく》はしなかった。

「まあ、ツナギを着てはしゃいでいる人よりは、人目を惹《ひ》くんじゃないですか」

「彰、化石掘りを馬鹿にしてるでしょ。私のどこが人目を惹かないって？　金沢駅でも注目の的だったじゃない。いったい何を見てたのよ」

みんなそのあと目を逸《そ》らせてたでしょ……。人差し指を突きつけ教えてやりたかったが、なんとか言葉を呑み込んだ。折角宿まで辿《たど》り着いたのに、玄関で喧嘩《けんか》している場合ではない。電車だけならまだしも、山道をバスで二時間近くも揺られてきたのだ。いい加減部屋で横になりたかった。

＊

彰とまりあに宛てがわれたのは、隣同士の、それぞれが十二畳以上はある大部屋だった。基本、合宿用に作られているので小部屋はない。

どのクラブでも男子と女子が同室というのはあり得ないので、当然別々になる。結果、男女各一名しか部員がいないわが古生物部は、それぞれが大部屋を一人で借り切る事態になっていた。

狭い部屋で鮨詰《すしづ》めになるよりはましだが、だだっ広い大部屋にたった一人というのは、修学旅行で寝過ごして旅館に取り残されたようで、淋しくもある。

旅の疲れをとるため一階の温泉に入ったあと、夕涼みがてら外に出る。夕暮れの高原は、沈み行く太陽が大地を金色に染め、極楽浄土で如来《にょらい》が群れを成して押し寄せてきそうな幻想的な光景を描き出している。温泉ものんびり出来たが、京都ではなかなか目に出来ない壮大な景色に、ようやく旅行に来たという気分に彰は浸った。

この前の事件で生じた空虚な想いも、少しは紛れる。

ベンチに座りぼんやりとしていると、

「桑島君。君独りかい」

気がつくと夏服姿の会長が背後に立っていた。全く気配を感じなかったが、武人ならそういうものなのかもしれない。

まりあと違い彰は会長を嫌っているわけではないが、それでも緊張する。権力者に対しては、こちらがどう思っているかではなく、向こうにどう思われているかが重要だ。

「はあ」と頷くと「それで神舞君の機嫌は直ったのか?」と尋ねかけてきた。答えに困る質問だ。彰が迷っていると、

「しかし、本当に偶然だったようだね」

気さくな口調で、会長が隣に腰を降ろす。

「どういうことです？」

「いや、偶《たま》にいるんだ。生徒会の機嫌をとって廃部候補から外して貰《もら》おうとする、不埒《ふらち》な輩《やから》がね」

「つまり……まりあ先輩が生徒会に接触しようとして、わざわざここまで来たと考えたわけですか」

「玄関で出逢った瞬間だけはね。合宿にはまだ早い時期だし、運動部は来週くらいからが本番だからな。まあ我々も、他の部とバッティングして邪魔にならないよう、早めに合宿をしたんだが」

「なるほど」

「ただ、次の瞬間の神舞君の害虫でも目にしたような顔を見て、単なる偶然だと理解したんだよ」

会長は自嘲《じちょう》気味に笑う。

「ありがとうございます。理解して戴《いただ》けて。まりあ先輩はああいうがさつでどうしようもない人ですけど、そんな卑怯《ひきょう》な真似だけはしません。本当に古生物、とりわけ化石が好きなんですよ」

なぜだか、思わず説明に力が入る。その間、会長は口を挟むことなく静かに聞いていたが、

「それはたしかなようだな。ただ、過疎部問題で廃部対象になっているクラブの多くはみな同じだ。情熱は持っているが、人も力も足りない。そして部室も部費も無限ではない。それは理解してもらいたいね。それと」

会長は釘《くぎ》を刺すように、

「恐らく神舞君は自分が前会長に近い人間だから廃部の対象にされていると信じているようだが、それはむしろ逆で、今まで俎上《そじょう》に載らなかったのは、恩恵に与《あずか》っていただけで、これが古生物部が置かれた正しい状況なんだよ」

「それは承知しています。まりあ先輩も実際は気づいていると思います。認めたくないだけで」

「まあ、構わないがね。為政者は何をしても逆恨みされる宿命にある」

悟ったような物云いだ。

「会長は将来は政治家になるんですか？」

「それはない。私には継ぐべき家がある。為政者という表現が誤解を招いたかもしれないが、組織の長という程度の意味合いだと考えてくれればいい」

ペルム学園の会長職も帝王学の一環といったところか。逆に云うと、高校の長にもなれない人間が、生徒の人望も得られない人間が、企業や社会の長になれるのか……。それでみな選挙に必死になるのだ。

「会長はお優しいですね」

含むところがあったわけではない。何となく口を衝《つ》いて出ただけだ。

「私は人が好きなんだよ。様々な人と接するのがね。こう云うと、みなに驚かれるんだが、……ほら、君も驚いた顔をしている、自分とは違う思想やポリシーを持った人間と会話するのは面白いからね。自分になかった視点や感性というものが得られる。もちろん桑島君もそうだ」

「俺には思想とかはあまりないですよ。でも、やっぱりまりあ先輩のような変わった考えの人は、見ていて楽しいんですか？」

「ああ、飽きないね。もちろん根底に善良さが潜んでいるからだが。悪意を持つ人間をも愉《たの》しむのは、私にはまだまだ荷が重い」

公平で厳格な会長のイメージからは想像できない、人懐っこい笑顔を彼は浮かべると、

「まあ、こういう表現は確実に神舞君の反発を招くだろうが」

「ですね。黙っておきます」

つられて彰も笑った。

＊

「ちょっと彰。さっき生徒会長となに話してたのよ」

部屋に戻ってしばらく休んでいると、どかどかと鼻息荒くまりあが押しかけてきた。温泉に入っていたのか、天燃パーマの髪はしっとりと濡《ぬ》れ、ほんのり硫黄《いおう》の香りがする。濡れた髪のせいか、いつもより色気を発散している気がする。といっても初期値が弁天《べんてん》山並みに低いので、ゲームボーイの画像がゲームボーイポケットになった程度だが。

しかし、こういうところだけは目聡《めざと》いというか。

「まさか、私を裏切る気じゃないでしょうね」

目を尖《とが》らせて睨《ね》めつけるまりあ。

「まりあ先輩……」

そこまで信用されていないのかと、哀しくなる。

これがもし後輩なら、いや同級生でも、正座させくどくど説教をしただろう。だが、相手は先輩で、そもそもまともな思考回路を持っていない。

彰は感情を抑えながら、

「一体裏切るって、何をどう裏切るんですか？」

「そうね。例えば」と、まりあはしばらく思案したあと、「古生物部が秘蔵しているパラサウロロフスのデンタルバッテリーの化石を生徒会に横流しするとか」

「そんな化石があるなんて俺は知りませんよ。それになんですか、デンタルバッテリーって？　歯医者の最新器具ですか？」

「古生物部員がデンタルバッテリーも知らないの？　一部の草食恐竜に備わってる歯の仕組みよ。人間と違って新しい歯が永久に生え替わるんだけど、歯の下に次の歯、次の次の歯が、既に何重も出来上がっていて、今使っている歯がすり減ったとき、すぐに同じ所に新しい歯がにょきにょき現れるの」

「ロケット鉛筆みたいなもんですか」

古生物の話になるとすぐに脇道に逸《そ》れるまりあだが、今はありがたい。彰も乗っかるように尋ねると、

「そんなものね。歯列の分だけあるから、ミツバチの巣みたいになってるけど。草食恐竜は堅い葉や木の実を磨《す》り潰《つぶ》すように食べていたから、歯の消耗も激しかったのよ」

「歯がなければ、餌《えさ》が食べられませんからね」

「例えば人の歯はメンテナンスをしないと三十年ほどで使えなくなるらしいわよ。つまり生物としての人類の寿命は本来三十年くらいだったということね」

「じゃあ、先輩はもう半分を折り返したわけですか？」

「そうよ。だからつまらない外圧で化石調査の邪魔をされたくないわけ。残り少ない生物としての寿命を有意義に生きるためにね。それなのに彰は！」

しまった。せっかく脱線した話が、ちょっとした弾みで、元のレーンに戻ってしまった。

「そもそもデンタルなんとかなんて、生徒会は欲しがりませんよ。化石にそこまで着目していたなら、廃部なんて話は持ち上がってないでしょ」

「じゃあ古生物部を廃部にする情報を入手するために」

「先輩！」

「なによ」

少し声を荒らげてしまったので、びくっとまりあが怯《ひる》む。

「スパイなんかしなくても、このままだと古生物部は廃部一直線です。そもそも俺は先輩に頼まれて古生物部に入ったんです。潰す気なら最初から入らなければ済むことです。部員が一人だけのクラブなんて絶対に廃部になりますから。それを理解してるんですか」

口にしたあと、彰は後悔した。

苛立《いらだ》ってしたのは、自分の押し売り。入部してやったという恩の押し売り。それは本意ではない。

幸いまりあは気づいていないようで、更に斜め上の発想で、

「そんなに怒鳴るなら、もっと連れてきなさいよ。彰一人だけじゃどのみち危ないんだから。……まあ、いいわ。私も云いすぎたし」

さすがに悪いと悟ったのか、殊勝に謝罪する。だが食い溜めしたリスのように頰《ほお》を膨らませ、まだどこかプリプリしている。

「温泉に何か不満があったんですか？」

探りを入れてみると、餌が少ない釣り堀のようにあっさりとまりあは釣れてきた。

「温泉はすごく良かったのよ。硫黄の臭いが古生代みたいで。でもそこで稲永さんと会ってね」

「稲永さんに厭味でも云われたんですか？」

いつも明るくはきはきしていて、とても厭味や当てこすりを口にしそうに見えないが、まあ女同士だと態度も変わるのかもしれない。停電の時の部室でもピリピリしてたし。

「私が温泉でのびのび泳いでいると、湯が跳ねるからやめろと難癖つけてきて」

「……それ、難癖じゃなくて、明らかに先輩に非があるじゃないですか」

女同士の諍《いさか》いが勃発《ぼっぱつ》したのかと思えば、レヴェルが違っていたようだ。彰は少し安心した。

「それだけじゃないわ。私の身体を見てふっと笑ったのよ。チビのくせに」

渚は百四十五センチほどの小柄な女子で、見た目のせいもあり、生徒会のマスコット的な存在になっている。

「……被害者意識が強すぎます。それにチビのほうが言葉として酷《ひど》いですよ」

「それだけじゃないのよ！　日焼けして肌に染みが出来てるわよって云いがかりまでつけてきたのよ。もちろんただの黒子《ほくろ》よと云い返してやったわ」

「まあ、向こうは舞台に立つ身、スタイルも肌のケアも重要でしょうからね。親切心でしょ」

「そうかしら？　ただ単に性格が悪いだけじゃないの。いつもは猫を被《かぶ》っているだけで。きっと夏の日差しにやられて、つい本性が出てしまったのよ」

「それはまりあ先輩の方でしょ。湯船で泳いでいるような人間には、誰でも厭味のひとつくらいは云ってやりたくなりますよ。先輩のことだから、どうせ鼻歌を歌いながら平泳ぎでもしてたんでしょ」

「私のドルフィンキックをバカにする気？」

「してませんよ。というか温泉をバタフライで泳いでたんですか」

「悪い？」と、まりあは濡れた天パーを振り乱しながら顔を真っ赤にすると、「ともかく、あのチビの肩を持つなんて、やっぱり彰はあの娘《こ》の色香に惑わされているんでしょう。前々から彼女を見る目がおっさん臭かったわよ。そうか、あの牝犬《めすいぬ》に誑《たぶら》かされて古生物部を裏切る気なのね」

「いい加減にしてください！」

話がループになりそうなので、ぴしゃりと打ち切った。少し図星を指されたせいもある。彰は内心を糊塗《こと》するように、宥める口調でまりあを諭した。

「せっかく温泉に入ったのに、そんなにかりかりしてどうするんです。明日の化石掘りに影響したら、それこそ生徒会の思う壺《つぼ》ですよ」

「そ、そうね。明日が本番なんだし」

落ち着いてきたところで、気分転換にTVをつける。画面では、キャスターが緊迫した声でニュースを読み上げている。

三日前に京都市内で起こったR大生リンチ殺人事件の主犯格とされている青年が、事情聴取を受ける際、警官二人を轢《ひ》いてそのまま逃走したらしい。警官は二人とも重傷。映画は無理でもTVドラマにならなら採用されそうなていどの大立ち回りを演じたようだ。現場となった伏見《ふしみ》区の大通りの惨状——といってもポリバケツの中身が汚く散乱しているだけだが——が、しつこく映されていた。

やがて富井《とみい》譲治《じょうじ》、二十歳、土木作業員という紹介とともに、殺人犯の顔写真がアップになる。

夜の木屋《きや》町でゴロを巻いてそうな悪い顔だ。実際巻いていたのかもしれない。こういう写真はなるべく印象が悪いものが選ばれるらしいが、それにしても頬がそげ目つきが異様に攻撃的で、まるで薬物常習者のようだ。

逃走劇があったのが、つい二時間ほど前の夕方の四時。未《いま》だ犯人の行方は摑《つか》めていないらしい。

「京都に戻っても、何だかごたごたしてそうね」

彰の脇でまりあが溜息を吐いている。とはいえ伏見区の話なので、生活圏が被らないまりあには縁がない、隣町の感覚だろう。どこか他人事《ひとごと》だ。

なににせよ、まりあの注意がよそに逸れたのはありがたいことだった。

＊

食堂での夕食。松花堂風の器には堅豆腐のステーキや〝かっちり〟というジャガイモの甘煮が盛られている。

生徒会の面々とは時間をずらしているようで、長テーブルが数脚並び、百人近くが収容できそうな食堂に、まりあと二人きりだった。

考えてみれば、まりあと膝《ひざ》を突き合わせて夕食を共にするのは初めてのことだ。文化祭の前などは部室でファストフードをぱくついたこともあったが、あくまで栄養補給で、正式な食事という感じではない。

もちろん、家族や他の友人を入れてなら何度もある。

まあ食事中だろうが、その他の時間だろうが、まりあはひたすら化石の話ばかりしているので、新鮮さは皆無だったが。

とにかくまりあの明日への意気込みは凄《すご》く、本当に世界的発見をすると信じ込んでいるようでもある。

少々耳が疲れた彰は食後、再び温泉へと浸《つ》かった。露天ではないが、広い窓の外に白山の雄渾《ゆうこん》な山並みが見えるので、かなりの開放感がある。まりあが泳ぎたくなる気持ちも理解できなくはない。

三十分ほどして出てテラスのベンチに座ると、満天の星が目に入った。格好の夕涼みだ。特に自然が好きなわけでもなく、街の暮らしと田舎暮らしのどちらかを選べと迫られたら躊躇《ちゅうちょ》なく街を選ぶような自分でも、思わず心を動かされてしまう。

たまに見るのも乙でいい。室生《むろう》はふるさとについて述べたが、大自然は遠きにありて思ふものだ。

我ながら上手《うま》いと自賛していると、

「見かけによらず、詩人なんだね」

クスクス笑いながら声をかけられた。

聞き覚えのある声だったのですぐさま振り返る。予想どおり発言の主は稲永渚だった。

彼女も湯上がりなのか、堅苦しい制服ではなく、簡素なジャージ姿だ。頬は赤く上気し、髪はしとどに潤っている。

「はあ」新鮮な姿にどぎまぎした。そして思わず「すみません」と謝ってしまう。

「どうして謝るの？」

くりっとした瞳を間近に近づけてくる。湯気のせいか、彼女の熱が彰の顔にまで伝わってくる。無意識な仕草だろうが、息が止まりそうになる。

「いや、なんでもないです」

思わず彰は身を反らせて離れた。それを拒絶のシグナルととったのか、渚は不満げな表情をちらと見せると、

「これでも褒めてあげたのよ。部室でいつも携帯ゲームばかりしてる、ドライな子かなと思っていたから」

「……まあ、ドライと云えばドライかもしれません」

「嘘でしょ」

にっこり笑う。

「これでも人を見る目はあるのよ」

渚とまともに話したことなど初めてなので、彼女の言葉が本当か嘘かも判らない。どう返して良いか迷っていると、

「明日、化石を掘りに行くの？」

白い歯を零《こぼ》しながら、そう尋ねてきた。

「はあ。そうみたいです」

彼女も化石に興味があるのだろうか？　一瞬そう思ったが、

「薄々は気づいていたけど、本当にあなた自身は古生物興味ないのね。……お守りも大変ね」

「ええ！　お守りって。いったい誰がそんなことを？」

事実だが、公言したことなどない。

「一年の間では有名よ。あの神舞さんのお守りが入学してきたって。知らないかもしれないけど、従僕クンっていう渾名《あだな》までつけられてるわよ」

無邪気に笑う。罪作りな笑顔だ。

「……従僕クンですか。身も蓋《ふた》もないですね。まあ、そうじゃなきゃ、俺なんかが入学できるはずないですけどね」

「卑下するのはだめよ。入った限りはみな同じペルム生なんだから。ね、従僕クン」

「どっちなんですか！」

「いいじゃない。どっちでも」

こうして話してみると、あさみとは全くタイプが違うが、気さくな話しやすい女性だということが判った。大きな収穫だが、学園に戻れば生徒会と過疎部部員。きっとこれが最初で最後の機会だろう。

「稲永さんは、まりあ先輩に恨みはないんですか」

「別にないわよ。家の争いなんか興味ないし、生徒会に入ったのも野跡さんに誘われたからだし。まあ、さっきは因縁つけられたけど」

「すみません」

「君が謝ることはないわよ。彼女が子供なだけで」

子供……か。たしかにまりあの特性を表すのにぴったりの言葉だ。彰が感心していると、

「でも、今は少し羨《うらや》ましいと思ってるのよ」

渚は意外なことを口にした。彼女がまりあに劣っているところなど見当たらなかったからだ。渚の実家のことは知らないが、家格に関してだろうか？　でもさっき家は関係ないと。

「もしかして身長ですか？」

「バカにしてる？」

「すみません」

軽く睨《にら》まれたため、即座に謝る。

「私、女ばかりの三人姉妹なのよ。しかも末っ子で、姉たちから子供扱いされてばかり。私も君のような従僕、いや弟が欲しかったわ」

なんだそっちのことか、と半分がっかりしながら、彰が曖昧《あいまい》な笑顔を浮かべていると、

「私の弟にならない？」

「弟ですか」

「弟じゃ不満？」

もしかして、気づかれている？

きっとそうだろう。荒子会長のような不動のポーカーフェイスを、彰は持ち合わせていない。なにせ赤点のまりあにすら心を読まれたりもするのだ。

しかも相手は演劇部の女優。ガラスだろうがラテックスだろうが、どんな仮面でもかぶり放題だ。逆に云うと、彰が被る仮面など彼女にかかればクレラップなみに透けていることだろう。数回会っただけで、今までまともに話したこともないが、視線や表情から全てお見通しの可能性がある。

今、目の前に存在している仕草や言動の全てが、演出という名の嘘だとしたら。

疑心暗鬼が闇を呼び、途端に恥ずかしくなってきた。

「ねえ、どう？」

あどけない表情で数十センチ近寄られると、つい同じだけ身を反らす。

「……考えておきます」

渚の携帯に電話がかかってきたのを幸いに、彰は逃げ出すようにその場を去った。きっ

と顔は湯上がりの時以上に真っ赤になっていたに違いない。

自分の部屋まで戻ると、麦茶をがぶ飲みして何とかクールダウンしようとした。

胸がドキドキする。

幸い、まりあが怒鳴り込んでくることはなかったので、今回は目撃されなかったようだ。

2

翌朝。

天気予報は快晴。だが、TVは山中の移り気な天気まではフォローしてくれないようで、遠方に怪しげな黒雲が見え隠れしている。とはいうものの、それは遥か遠くの気配に過ぎず、頭上には夏の天まで抜けるような青空が広がっていた。

「少しばかり曇ってくれたほうがいいのに」

灼熱《しゃくねつ》の太陽を尻目に彰はぼやいた。同じ灰色のツナギに黒の登山靴。厚手の作業用の手袋、首には無地の手拭《てぬぐ》いを巻いている。まりあと同じ格好だ。

別にまりあと合わせたわけではなく、この前の化石掘りの前にまりあに、とても女子高生が出入りするとは思えない〝行きつけの店〟で、作業服一式を見立ててもらったのだ。

「ほら、文句云わずに行くわよ。山の天気はいつ崩れるか判らないから。この前は彰が初めてだったから我慢したけど、今日は手加減は一切なしよ」

玄関でまりあが尻を叩く。時刻は午前十時すぎ。採掘場まで一時間はかかるらしい。予定どおり五時に帰るとしても五時間はみっちり化石掘りしなければならない。

炎天下でやたら血気に逸《はや》る鬼部長相手に五時間か……。

登山靴の紐《ひも》を結び上げながら、彰はげんなりした。前回は加減したというが、それでもかなり厳しいものだった。やれタガネの使い方が甘いだの、やれもっと注意深く岩の目を見ないと、何も見てないことと同じだの。そのくせひとたび自分が化石——ありふれた、そう大したものでなくても——を見つけると、彰のことなどほったらかしで、無心に岩にハンマーを打ちつけ始めるのだ。

それを化石愛好家の鑑《かがみ》と褒めることも可能だろうが、昨日の副会長の台詞《せりふ》ではないが、ただ一人の上級生としてその身勝手さはどうよ、とも云いたくなる。ましてこちらは一応請われて入部した身なのだ。

とはいえ、十余年のつき合いで、まりあにとやかく云っても釈迦《しゃか》に説法どころか、反発し余計に悪化することは火を見るよりも明らか。無駄に逆らわず唯々《いい》諾々《だくだく》と〝お嬢様〟のお守りをするのが一番だろう。

もしかして、こういう無難な思考回路が既に奴隷根性に染まった結果なのだろうか……。玄関の戸を開け外に出ると、容赦のない熱い日差しとあいまってくらくらっとする。昨夜の渚の笑みが、幻覚のように浮かんできた。

中学時代、二年の途中に靭帯《じんたい》を痛めるまではバスケ部だった。だが一年余りの帰宅部生活で身体だけでなく精神も鈍《なま》ってしまったのかもしれない。

とはいえ、この炎天下でごちゃごちゃ考えても始まらない。先《ま》ず、まりあより先にへたらないこと。とりあえず彰はお守りとしての目標を最低限に設定した。

このあたりは宿の他には建物がなく、周囲には腰の高さほどの低木や雑草が細かに茂っている。地域の特性なのか、背が高い樹木は見られない。細い道を三百メートルほど進むと県道と合流するのだが、分岐点には昨日降りた停留所のポールがぽつねんと立っている。周りには古びた百円の自販機がひとつあるだけ。まるでこの合宿所専用の停留所のようだが、少し先にハイキングコースの入り口があり、そちらの用途もあるようだ。

県道は、更に人気《ひとけ》がなさそうな山頂を目指して延びており、昨日のバスもディーゼルエンジンを唸《うな》らせながら、無人のまま登っていった。その先にどんな桃源郷が待ち構えているのか、彰は知らない。知る気もない。

というのもこれから向かう場所は、県道とはちょうど反対側の、裏の谷へと下っていく小道の先にあるからだ。

未舗装ではあるが、車が通れるほどの幅で、踏み固められた轍《わだち》の跡がはっきりと残っている。地元の人間が使っているのだろう。その意味では安心できた。これが人がやっと通れる程度の獣道なんかだと、まりあ頼みではあっさり遭難しかねない。ヒースのような低い雑草も、見通しの良さという点ではありがたい。

前回も、Y字の枝道で一ヶ所危ういところがあって、もし彰が朽《く》ちかけの標識を見逃していたら、麓ではなく尾根伝いに山奥へと強行するところだった。

「しかし、本当に暑いわね」

道すがらまりあが不満を垂れる。首筋を伝う汗を手拭いで拭っている。

下りなので足腰に疲労はまだない。体力はもっぱら太陽のせいで消耗している。高い樹木がないということは陽を遮る木陰もないということだ。いわば終始野晒《のざら》し。

ふと来た道を見上げると遥か頭上に宿の天辺《てっぺん》が見えている。宿を出てから十分。結構歩いたつもりが、直線距離だとそれほどでもないということだろうか。げんなりしてますます倦怠感《けんたいかん》が増す。谷に向かっているはずだが肝心の川すら見えず、ひたすら同じ光景なのが輪を掛けている。ちょうど山の斜面を這うように大きく蛇行しながら降りていっている。

今はまだ下りだからましだが、帰りの上りは果たして耐えられるのか。彰は不安になった。山登りというのはよくできていて、体力に任せて山頂まで登ったとしても、帰りは下りなのでまだ下山する気になれる。もちろん上りより下りのほうが危険と登山家は云うが、これが逆で、ひととおり愉しんだ後に登山しなければならない下山家は、聳《そび》える山道を前に帰る気力すら失ってしまうだろう。

穴場と力説していたわりに、まりあもここは初めてだという。帰りの上り坂にまりあの体力が保《も》つか、保たなかったらどういうことになるのか、本当は考えなければならないことだが、彰は考えたくなかった。救いはといえば、目的が化石掘りなので、一日中歩き回るわけではないということだ。

「大声で喋《しゃべ》ると余計に疲れますよ」

そう云うに留《とど》め、彰は黙々と歩き始めた。車が通れるほどの道なので、まだ適度に均《なら》され傾斜も緩い。だが昨日の口ぶりだと、この先に険しい山道が待ち構えているはずだ。

それからまた十分ほど下っただろうか。少しばかり開けた場所に出た。土地が道の脇にこぶのように突き出ている。一種の踊り場だ。とはいえ一面腰高の雑草に覆われているので、アルプスの少女よろしく駆けだしていってど真ん中で寝っ転がるという技は使えそうにない。ベンチの一つでもあれば休めるのにと思ったが、よく見ると踊り場の中央には白いセダンがこちらを向いて停まっていた。車種には疎《うと》いのでよく判らないが、埃《ほこり》っぽい感じだった。

放置されてるのか？　山道ではよく道端に洗濯機や冷蔵庫が捨てられている。バスで来るときも、プチ夢の島というべき不法投棄の現場を目にした。車はなかったが、さびたバイクが捨てられていた。

車内には人はいないようだ。車窓の下辺りまで草が茂っているので、ナンバープレート

があるかどうかは判らない。何となく近づこうとしたとき、

「彰は車が運転できるの？」

暑さで脳髄《のうずい》が溶けだしたのか、まりあが明後日《あさって》な言葉を掛けてきた。

「えっ」と振り返る彰に、

「だって、あの車を運転しようと思ったんでしょう？」

「何、ほざいてるんですか。日本脳炎にかかったんですか？」

とはいうものの、振り返ってみれば、なぜ車に近寄ろうとしたか、目的が自分でもはっきりしない。本当にまりあの言葉どおり、あまりの暑さに運転しようという気持ちが心の片隅に生じたのかもしれない。もちろん、彰に運転免許証はない。

「しかし車が通れる道があるなら、途中まで宿のおじさんに送ってもらえば良かったかな。惜しいことをしたわ」

車を見て車が恋しくなったらしい。宿には管理人のおじさんがいるが、そこまでのサーヴィスは望めないだろう。

「無理ですよ。強引に頼み込んで生徒会長にでも見つかったら、益々《ますます》マイナスイメージですよ」

「ほんと、生徒会の連中にはむかつくわね。やっぱり私たちに合わせてきたんじゃないのかしら」

向こうも同じように感じていたと教えればどういう顔をするだろうか。もちろん、地獄の釜《かま》でさらに湯を沸かす面倒は増やしたくないので、注進する気はさらさらないが。

それから十五分ほどで谷底についた。山の中腹だというのに川幅はまだまだ広く、目の前でカーブを描き大きな淵《ふち》を作っている。淵の崖《がけ》を見上げると、三十メートルほど上で手前に出っ張り、上が平らになっていた。ちょうど先ほどのこぶに当たる場所だ。能天気に転がっていったら、いまごろ淵にダイヴしていたかもしれないな、と少し肝を冷やす。そういえば、管理人の話だと、過去に幾度か人ならぬ車がダイヴしているらしい。死人も出たとか。中には落ちたことすら知られず、沈んだままになっている車もあるかもしれない。まさに自動車墓場。

そこからは川の上流へ、今度は上りに転じる。轍の跡は川下に沿って降りていき、川上へは細い登山道しかない。だが川沿いは覚悟していたよりもなだらかで、また植生も高い樹が多くなりそれにつれ日陰も広がっていったので、上りといえどもかなり楽だった。

これなら帰り道もさほど心配することもないかな。

喉元《のどもと》過ぎればの諺《ことわざ》を地でいくように彰がほっと一安心したとき、ポツッと頬に冷たいものが当たった。

水滴だった。

見上げると空が真っ黒な分厚い雲に覆われている。木陰だと思って油断していたのだが、いつの間にか陽自体が翳《かげ》っていたようだ。

まりあはと見ると、調子に乗って先をずんずん進んでいる。雨粒には気づいていないようだ。

「先輩、まりあ先輩！」

彰が呼びかけると、ようやくまりあが振り返った。太陽に脳みそをこんがりローストされたせいか、反応が鈍い。

「空の様子がおかしいです」

人差し指を天に掲げる。だが、彰が教えるまでもなく、ポツポツとした雨粒は次第に勢いを増し、あれよあれよという間にスコールに変わってしまった。

「いったいどういうことよ。ジュラ紀じゃないんだから。何でこんなに急に」

身体がクールダウンして元気が出たのか、まりあは甲高い声をスプリンクラーのようにばらまく。ジュラ紀の気候など彰は知らないが、きっと熱帯性なのだろう。

「もう、服が濡れるじゃない。どうしてくれるのよ」

とてもアウトドア派とは思えないウブな反応で、まりあは身を縮こまらせしゃがみ込む。

自分のリュックから半透明のレインコートを取りだしながら、彰はまりあにも呼びかけた。

「レインコートを早く」

そもそも服装を始めリュックの中のレインコート等の携帯品も全てまりあの指示によ

るものだ。

「あ、ああ、そうね」

初めて気づいたように、彼女は自分のリュックを開けた。

だが、次の瞬間、

「あ、忘れた」

信じられない声が雨音の隙間《すきま》から聞こえてきた。

「本当ですか」

「私の言葉が信じられないの!」

逆ギレされても困る。

「京都駅よ。着替えているときに間違ってコインロッカーに入れちゃったのよ。弘法《こうぼう》の川流れ、上手の手から水が漏れるとはこのことだわ。小さな袋に入れてたから、おしゃれポーチと勘違いしたのよ」

弘法の川流れ、それにおしゃれポーチって何だ? 兎《と》に角《かく》、忘れたのは確かなようだ。

彰は駆け足でまりあに近寄ると、自分のレインコートを脱ぎ、まりあに着せようとした。

「忘れたのは自分のミスよ。だからこの苦境を甘んじて受けるわよ。他人の情けを受けるわけにはいかないわ」

まりあにしては殊勝な言葉を宣《のたま》う。これ幸いにと受け取りそうなものだが、どこかに彼女の矜持《きょうじ》のスイッチが潜んでいたのだろう。

「訳の解らない意地を張ってないで」

無理矢理レインコートを着せると、彰は周囲を見渡した。雨雲のせいで、まだ午前中だというのに薄暗くなっている。やがて山肌を抉《えぐ》って立てた小さな祠《ほこら》が目に入った。

「あそこへ行きましょう」

むりやり腕を引っ張り、地蔵の横に潜り込む。気休め程度だが、雨がしのげそうだ。

「ありがとう」

耳慣れない言葉が口から洩《も》れた。

「雨に濡れたくらいで、何を気弱になってるんですか。山の天気なんだからどうせ直ぐ止《や》むんだし、しっかりしてくださいよ。採掘場の場所はまりあ先輩しか知らないんですから」

「……そうね」

と小さく頷く。彼女の意外な弱点に彰は目を見張った。昔読んだマンガに水を被ると女になる男が出てきたが、もしかするとまりあも水を被ると奇人変人女子高生から、普通の女子高生に戻るのかもしれない。この十年気づかなかったまりあの弱み。偏差値や性格以外に弱点があったとは、それがこうもあっさり判明するとは……。

「俺の目は節穴か」

彰は自分に毒づいたあと、

「さりとて、使い道がないもんな」

ずっと普通ならともかく、ほんの一時期だけ普通になられても、逆に対処が難しくなるだけだ。今のように。

窮地な今こそ、普段の無駄にあり余った楽天的なエネルギーが必要だというのに、隣のまりあは生まれたばかりのカピバラのようにぷるぷる震えているばかり。

「なに？」

「いや、なんでもないです」

彰は笑顔を浮かべなんとか誤魔化した。

その時、ゴロゴロと雷鳴の音が聞こえてきた。雨だけでなく雷もか。彰は心配して隣のまりあを見ると、案の定棒立ちになって虚《うつ》ろな瞳で天を見上げていた。

＊

二時間後。雨に打たれ萎《しお》れていた野花が陽を浴び再び天に向かい咲くように、霹靂《へきれき》が去り空に虹《にじ》が出る頃には、まりあの性格も元の変人、いや気丈な女子高生に戻っていた。

「ホント、厭がらせのためだけに降ったような雨ね。これも生徒会の差し金かしら」

まあ、このほうがまりあらしくていい。

暖かくも柔らかい日差しが、窪《くぼ》みの彰たちのところまで差し込んでくる。とはいうものの、今までの雨で身体も少し冷えてきている。

彰は思わずくしゃみをした。

「とりあえず引き返しましょう」

まりあが宣言する。驚いてまりあの顔を見ると、

「別に取りやめるつもりはないわ。折角来たんだし。宿に戻ってレインコートを借りるだけよ。それに私が忘れたせいで彰が風邪をひいたとなれば、あなたのご両親に説明がつかないわ。私にも部長として預かった責任というものがあるし。せめて温泉で冷えた身体を温めることくらいはしないと」

まあ年齢的には、まりあが保護者に相当するのだろうが。釈然としない。

ただそう云い切るまりあの姿に、先ほどの狼狽《うろた》えぶりは毫《ごう》もなく、むしろ、場慣れしているせいか、希《まれ》に見る的確な判断に思えた。

「時間が勿体《もったい》ないですね」

宿に帰り再びここへ戻るだけでも、二時間弱は掛かるだろう。身体を温めていたりすればなおさらだ。しかも時刻はもうすぐ一時。現地での発掘時間は二時間とれるかどうか。

明日には帰らなければいけない。さすがに宿泊の延長は難しい。つき添いの彰はともかく、まりあはこのひと月、ずっと楽しみにしていたのだ。心中察するに余りある。

「仕方ないわ。無理をして怪我人や病人でも出したら、それこそ廃部よ」

未練を断ち切るようにきっぱり口にしたまりあは、すっくと立ち上がると、

「そうと決まればさっさと移動するわよ。ほら、ぐずぐずしない。一分でも無駄に出来ないんだから」

急な照りつけで水蒸気が舞い上がる谷底で、まりあは彰を急《せ》かした。すっかりいつものまりあに戻っている。あれは何だったんだ、と思うくらいに。

ともかく、行きよりも増水した川縁《かわべり》を下り、Y字路まで戻る。ここまでくれば、未舗装といえど道が拓《ひら》けているので歩きやすい。

その代わり、勢いを取り戻した真夏の日差しが、遮るものもなくじりじりと炙《あぶ》りつけ始めた。雨で濡れたツナギも徐々に乾き始めてくる。宿に着く頃には、温泉よりも扇風機のほうが必要になるかもしれない。

「先輩、アレ」

雨ですっかり濡れた手拭いで滴る汗を拭いながら彰は指さした。上り道の途中、先ほどのこぶのようにでっぱった所だ。行きと同じように白い乗用車が停まっている。雨で洗われたせいか、水滴がキラキラと乱反射していた。

「車とかって雷が落ちないのかしら。金属の塊なんだし」

呑気《のんき》に呟《つぶや》くまりあ。

「どうでしょうね。いや、そうじゃなく運転席です」

急かすように彰が指さす。

「誰か居るわね」

正面を向き「こんにちは」とまりあは頭を下げる。

「ほら、彰もきちんと挨拶《あいさつ》するのよ。山では挨拶がマナーなんだから。遭難を未然に防ぐという大事な意味があるのよ」

学校では制服全体がルーズソックス化したようなルーズなまりあだが、こと山の礼儀には煩《うるさ》い。

「違います。ちゃんと見てください。目が腐ってるんですか？」

乗用車はここから二十メートルほどの距離。フロントガラス越しに運転手の様子がはっきり見える。まりあもようやく気づいたようで、

「あれ、怪我してるの？」

行きと違って運転席にはドライバーがおり、しかも身体から血を流して天井を向いていたのだ。生きているのか死んでいるのかは解らない。ただ、生きていても緊急事態なのは確かだ。

「俺が行きます」

まりあを制止し彰が一人で近づく。厭な予感がびしばしとするからだ。

運転席のドアの横まで来て開けようとする。だがドアはロックされていた。ふと見ると、助手席側のドアが軽く浮いている。半ドアのようだ。腰の高さまである雑草をかき分け彰は回り込んだ。

助手席のドアを開け助手席越しにドライバーの様子を見ようとする。子供でも乗せていたのか、四ドアにもかかわらず、助手席のシートはかなり前にスライドされており窮屈だった。彰はシートを後ろにずらし身を乗り入れると、「大丈夫ですか」と耳許《みみもと》で呼びかけてみた。

だが、大丈夫でないのは、医術の心得を持たない彰にも即座に理解できた。なぜなら被害者の脇腹にナイフが突き立っていたからだ。はっと息を呑み被害者の顔を見る。青ざめた顔に息はなく、事切れているのは明らかだ。そして……。

車の主は二十《はたち》過ぎの若者。その顔に見覚えがあった。昨日の夕方にＴＶの大写しで見たばかり。

たしか富井譲治という逃亡犯だ。

3

「彰が殺したの？」

とんでもない言葉でまりあが尋ねかけてくる。真剣な面持ちなのが、いっそう性質《たち》が悪い。きっとパニックになっているためだろう。そう考えるしかない。

「いったいどういう思考回路を経たら、その台詞がアウトプットされるんですか？」

恐る恐る近づいてくるまりあに顔を向けるが、恐怖ゆえか、視界の隅では富井の死体がちらついている。今、この車は死人の墓になっている。そして車内にいる彰も鋼鉄の墓にもぐり込んでいるわけで、口が半開きになり血の気が失《う》せた顔から、完全に視線を外すことができない。

「でも、よく殺人だと判りましたね」

まりあの位置からでは、脇腹のナイフは見えないはずだ。

「だって彰が人を殺したような怖い顔をしてるじゃない。まともな状況じゃないことは誰でも気づくわよ」

なるほど、俺の顔を見てか……確かに自分の顔は自分では確認できない。彰は納得した。

「それで、殺されたのは彰の知り合いなの？」

「それも俺の表情から読みとったんですか？」

「そうよ」とまりあは頷く。自分で考えている以上に顔に出るタイプのようだ。彰は反省した。

「知り合いではありませんが、多分、名前は知ってます」

「どういう意味」

まりあはもうフロントガラスの前まで来ていた。当然被害者の顔も見えているはずだが、ピンときていないらしい。

「昨日、ニュースでやっていたでしょう。京都の逃亡犯」

「あの殺人事件の？　たしかタカラだかツクダだか云う名前だったよね。それがこの人なの？」

「富井ですが、おそらく、そうです。まりあ先輩はぜんぜん覚えてないんですか？　結構特徴的な顔だった気がしますけど」

「人の顔なんてあまりじろじろ見ないし。それにオパビニアを見てたほうが楽しいでしょ」

「その割りに、日頃イケメン好きを標榜《ひょうぼう》してませんでしたか」

「私は板皮類《ばんぴ》のようなイケメンが好きなの」

板皮類の画《え》が全く思い浮かばないが、相手にしている場合ではない。彰は携帯電話を取り出した。

しかし無情にも圏外の表示。

「先輩の携帯はどうですか？」

「ダメね」とまりあも首を振る。

急斜面の遥か上には宿の屋根がちらちらと見えている。宿では携帯が使えていた。ほんの僅かな距離でも直ぐに圏外になるので、山は油断できない。

「とにかく、宿に戻って管理人のおじさんに報せるしかないですね。宿には公衆電話もありましたし」

携帯をポケットにしまい顔を上げたとき、まりあの姿が消えていた。慌てて周囲に目を配ると、彼女はふらふらと車の背後に回っていた。そっちは少し先に崖があり手取川の淵に落ちるので危険だ。だが注意しようとするより早く、「うわ」と、彼女が声を上げた。落ちたわけではない。まだ十メートルほどは距離がある。

「どうしたんです！」

慌ててまりあがいる車の背後に行くと、

「この車、後ろから誰かに追突されたみたい。バンパーがかなり凹《へこ》んでるわよ」

まりあがバンパーを指さす。車は新車ではないが、外装に目立った傷もない。ただ、バンパーの正面だけが一様に窪んでいた。

「逃亡犯らしいですから、派手に逃げた際に接触したかもしれませんね。他の車を押しのけて退路を作ろうとしたとか」

ポリバケツの中身が散乱した映像を思い出しながら彰が答える。その画はまりあも覚えていたようで、

「そうね。でもこんな傷だらけでよくここまで逃げてこられたわね。京都で起きたんでしょ。その間、ずいぶん目立ったと思うけど。そもそも、どうしてこんな所に逃げてきたの」

彰は突然、厭な予感に囚《とら》われた。いきなり山上から吹き降りてきた、湿った突風のせいではない。もっと身体の内側から滲《にじ》み出てくるような不幸の予兆。それはもう、びしばしと。

そして、こういう予感はいつも当たる。

まりあはパッと明るい顔になると、

「解った！　仲間に会いに来たのよ。匿《かくま》ってもらうために。そして今ここにいるのは、私たちと……生徒会の面々」

予想どおりの言葉に彰は頭を抱えた。

「まりあ先輩は、どうしても生徒会の人たちを犯人にしなければ気が済まないんですか？」

「じゃあ、誰なのよ」

管理人のおじさんを忘れてやしませんか。

冷静に考えるなら一番怪しいはずだ。とはいえ口に出すことはしなかった。昨晩も今朝も世話になったが、六十過ぎの優しいおじさんだった。普段は楽隠居だが、三年前に奥さんに先立たれて、子供も独立したことから、夏休みと春休みの時だけ半ばボランティアで管理人を引き受けているらしい。そんな人をまりあの生贄《いけにえ》に捧《ささ》げるのは気が引ける。

「知りませんよ。それに、そもそも県道ではなく、こんな未舗装の裏道に車を停めている時点で、富井っていう男に土地鑑があったと考えた方がいいんじゃないですか。警察の目から逃れて潜むのに好都合だったと」

そうは云うものの、当の彰自身が信じていなかった。それゆえ言葉が微妙に上滑りしている。

土地鑑はなにも被害者本人が持っていなくていい。車の鍵は挿さっていたものの、エンジンは切ってあった。また助手席のドアが半ドア。半ドアのまま走ればすぐに判るので、富井がこの場で誰かと会っていたことは間違いないだろう。

そして管理人はこの土地の人間だ。

京都を逃亡後、夜中に富井がここに訪れ、管理人が人目につきにくいこの場所でしばらく待機するよう指示した。昨日荒子会長が話していたように、合宿の本番は来週以降で、明日、古生物部と生徒会が帰ったあとは、しばらく宿は無人になる。

厭な推理だ。だから探偵の真似事は嫌いなのだ。無辜《むこ》の他人を疑わなければならない。

……そして通報を受けた警察も同じように管理人を疑っているようだった。

「管理人のおじさんは採掘場のことを知っていて、私たちに詳しい行き方を教えてくれたじゃない。つまり朝に私たちがあの道を通ることを知っていたわけで、なのにそんなところに逃亡犯を潜ませるはずがないでしょ」

あまりの正論に、彰は思わずまりあを二度見した。

＊

当然の成り行きだが、結局その後は化石発掘どころではなかった。死体の第一発見者として事情聴取され、今日は宿から出ないよう、強く懇願されたのだ。もちろん懇願とは名ばかりの命令である。

生徒会の面々も一応聴取されたらしい。容疑者というより、怪しい人物、物音を見たり聞いたりしなかったか尋ねられたようだ。名門私立のそれも生徒会メンバーということもあってか、被害者と同じ京都という繋がりがあっても、まりあのように頭から疑いの目で見られるようなことはなかった。

で、そのまりあがどこから聞きつけたのか、管理人のおじさんが疑われていることを知り、憤っていたのだ。最初は「彰が得意気に密告したんじゃないの」と、どしどしと彰の部屋に乗り込み難癖をつけてきたくらい。

ただ、管理人の冤罪《えんざい》に対してというより、「生徒会のほうがもっと怪しいのに」という、倫理も論理もないただの偏見をスパークさせているだけのようだが。

「たしかに昨晩、先輩が道をおじさんに確認してましたね」

彰は相槌《あいづち》を打った。だが内心、警察と似たような疑いを持っていたので、自分があっさりまりあにやりこめられたようで、少し複雑だった。

「でも、富井という被害者はこの地域というか、石川県とは微塵も縁がない人だったらしいけど。じゃあ、どうしてここに来たんです？」

これは荒子会長経由の情報だ。会長経由の情報はもう一つあり、困ったことに凶器のナイフはこの宿の備品だという。厨房《ちゅうぼう》にしまわれていたものなので、外部の人間が忍び込んだ可能性も全くないわけではないが、普通に考えれば怪しいのは宿の関係者になる。

「なんか、おじさんが犯人であってほしい口振りね」まりあは彰を睨みつけたあと、「そんなの決まってるじゃない。生徒会よ」

「また、それですか。石川くんだりまで来ても生徒会。会長はどのクラブも公平に扱うと云ってましたけど、何時《いつ》までも執拗《しつよう》だと、本当に潰されますよ」

「うるさいわね。彰はどっちの味方なのよ」

「古生物部が潰されないよう助言している人間に向かってどっちの味方とは何事ですか？」

さすがに聞き捨てならない。だがその時はまりあの思考は既に別のことに移っていたら

しく、

「……ねえ、彰。死体を発見したとき、助手席のシートを動かしてたわよね」

「まあ。かなり前に来ていたんで、窮屈で様子を見るのに邪魔なんで後ろにずらしたんです」

「どうしてそれを早く云わないのよ！」

突然烈火の如く怒り出すまりあ。

「助手席が前に出ていたということは、助手席にいた人物が小柄だったということじゃない。そしてこの宿で、そんな人間は一人しかいないわ。そう、あのチビよ」

昨日の温泉での厭味をまだ忘れていないようだ。チビ、という部分を強調し憎々しげに吐き捨てた。

「稲永先輩が？　まさか」

たしかに彰やまりあを始め、他の生徒会のメンバーにここの管理人もだいたい平均的かそれ以上の身長で、あのシートに座れるとすれば、百五十センチに満たない渚だけだ。

「でも、運転するわけじゃないんだから、小さな人でもわざわざシートを前に出さないでしょう？」

「出す、出さないじゃないのよ。犯人は助手席から脇腹にナイフを突きつけたんでしょ。つまりどういう理由でシートが前に来ていたにせよ、助手席の狭い空間に座れた人間が犯人なのよ。そしてそれが出来るのはあのチビだけ。私、冴《さ》えてるっ！」

そうして、まりあの猛アタックが開始された。


……とはいえ、神様でもない限り、現実はそうそう思いどおりになるものではない。ありていに云えば、渚には鉄壁のアリバイがあったのだ。

彰たちが宿を出たのが朝の一〇時一〇分頃。それから二十分後の一〇時三〇分に例のこぶで乗用車を目撃している。運転席には人影はなかった。その二十五分後、俄雨《にわかあめ》に祟《たた》られて二時間ほどの雨宿りののち、現場に戻ってきたのが一時三〇分。ここで車内の富井の死体を発見した。雨は同様に宿の近辺でも降っていて、およそ一一時前から一時頃まで降り続いていた。

また犯行現場は車内で、その場所は車が発見されたこぶのところだろうと考えられている。

理由は大きく二つあり、一つは、被害者は助手席側から脇腹を二ヶ所刺された、出血性のショック死が死因だが、死体からシートに流れ出た血の痕《あと》から、被害者が刺されたあとに席を立たなかったことが判明したこと。つまり別の場所で殺害したあと運転席に座らせたり、犯人が運転してあの場所まで来たあと被害者を運転席に座らせた可能性がなくなったからだ。自動車が通れる幅の道とはいえ、転落の危険もある未舗装の隘路《あいろ》で、助手席や後部座席からハンドルを握り車を運転することは常識的に考えられない。

もう一つは豪雨にもかかわらず、車の下の中央部分は土が綺麗《きれい》に乾いていたこと。つまり雨が降り始めて以降、車がこぶから動かされていないことが判明している。

また助手席に限らず車の周囲のぬかるんだ地面の上には、発見者の彰とまりあのものを除いて足跡が残っていなかったことから、雨が降る前か、少なくとも雨が上がるまでに——それも早いうちに——立ち去ったと考えられた。

そのため犯行時刻は、彰たちが通り過ぎた一〇時三〇分から、雨が上がる一時までの間と推定され、検屍の結果もほぼそのとおりだという。

これらは刑事が厚意で漏らしたものの他に、まりあが執拗に喰い下がるので、荒子会長がしぶしぶ教えてくれた情報も多い。生徒会長はまりあがまさか渚を疑っているとは思わず、事件に怯えるが故に詳細を知りたがった哀れな子羊とでも勘違いしたのだろう。

そして当の渚といえば、正午から十五分ほどしか場を外していない。

本来なら一一時から生徒会のメンバー全員でハイキングに出かける予定だったのが、降雨のため様子見。代わりに談話室で一時間ほどミーティングが行われていた。ミーティングは一二時に終わり、渚は温泉に入りに行ったらしい。もう一人の女性である副会長の倭文代は温泉には行かず、部屋で本を読んでいた。

渚と倭文代は女同士、同部屋だ。その倭文代の証言で、渚は一二時一五分には部屋に戻ってきていたという。そして一時まで二人は部屋におり、一時からはハイキング用に作っていたランチを食堂で広げメンバー全員で食べ始めた。その食事が終わる頃に、まりあたちが事件を報せに息せき切って戻ってきたことになる。

また一一時以前も、九時に起床してからずっと部屋にいたことは、同じく倭文代が証言している。

翻《ひるがえ》って、宿から現場に行くまでは徒歩で二十分、戻りは上り道なので三十分以上は掛かる。もちろん全力で走れば時間は縮まるだろうが、それでも往復で三十分を切るのは不可能だろう。だが先述のように、渚が単独行動をとったのは十五分程度。女子であることを考えれば、往復どころか片道すら危うい。つまり、立派なアリバイが成立しているのだ。もちろんこれは倭文代にも当てはまることである。渚にとっては倭文代が証人になると同様、倭文代にとっては渚が証人となる。

まりあの妄言など微塵も信じていないし、警察が耳にしたとしても同様だろうが、それでも渚に確固たるアリバイが成立することで、彰はほっと胸を撫《な》で下ろした。

因《ちな》みに生徒会の他のメンバーも書記の中島が一二時から三十分弱一人だったのが最長で、他は、席を外しても十分程度だった。中島も、渚同様温泉に入っていたらしい。むろん混浴ではないので、互いに証明できるものではないが。

そして残念なことに、時間的にも管理人だけが犯行が可能だった。彼は彰たちを見送ったあと、宿の雑務をひとりでこなしていたので、アリバイが証明出来なかったのだ。

「きっと車を使ったのよ。片道五分ほどで行けるだろうから」

碧《あお》くすっかり晴れ渡った空を見上げて、まりあが突拍子もない推理、いや憶測か、を展開する。

宿から出るなといっても、庭を歩く程度は許されている。室内にずっと閉じこもっているのは厭だと、外の空気を吸うために彰は散歩につき合わされていた。

「稲永さんが車を運転したんですか？　それでその車は何処《どこ》から調達して、何処に隠したんですか？　管理人のおじさんの車は無理ですよ。ずっとガレージにあって、雨に濡れていなかったようですから」

「何処だと思う？」

悪戯《いたずら》っぽく問い返すまりあ。あ、これは自分でも答えを用意していない時の顔だな、と彰はすぐに察した。

「何処でも無理ですね。そもそも稲永さんは免許を持ってないですよ」

まあ、免許が無くても車を乗り回している高校生は普通にいるだろうが、名家ばかりの私立ペルム学園の生徒となれば話は別だ。

「バイクならどう？　十六歳で免許が取れるし、小さいから何とか隠せるでしょ」

「わが校では特別な場合を除いて運転免許の取得は禁止されてますよ。それにまりあ先輩は一番肝心なことを忘れていますが、被害者の逃走劇があったのは昨日の夕方のことです。その頃には生徒会のメンバーもみなこの宿にいたんですよ。慌ててバイクを持ちこもうにも間に合いませんよ」

「じゃあ自転車は？　自転車なら学生が使えるようにここにもいくつか常備されているわよ」

どんどんグレードダウンする。そのうちホッピングとか云い出すんじゃないかと、少しうんざりしてきた。

「行きはともかく、帰りは上り道なんですから、徒歩より時間が掛かりますよ」

しかも、この宿にあるのはマウンテンバイクなどではなく、普通のシティサイクルだ。

「何云ってるの。帰りは崖から川に捨てて、自分の足で走ってくればいいじゃない」

大胆な仮説で反論するまりあ。

「それでも、往復十五分では無理ですよ。そもそも未舗装の道をいくら自転車でもそうそう速度は出せません。バイクならなおさらです」

彰の話を聞いているのかいないのか、まりあは「じゃあ」と、きょろきょろと周囲を見回していたが、やがて庭の端の生け垣の裏に駆けていった。

「どこ行くんですか？　あまり離れると警察や生徒会に煩く云われますよ」

慌てて追いかけると、まりあは生け垣の真裏で立ち止まっていた。そこは小さな駐車場になっていた。なんとか車が二台停められるほどの小さなスペースだ。地面にはジャリが敷かれているが、その先は直ぐ斜面になって途切れている。余裕のない場所に無理に作ったらしく、地面もわずかに斜面側に傾斜している。

「ほら、彰。ここからだと、あのこぶまで一直線よ」

何が「ほら」なのか判らず、まりあの背中越しに、駐車場の端から見下ろすと、確かに遥か眼下に見覚えのある現場のこぶが、小さく見える。

「この斜面、木はなくて草だけよね。……そうよ！　グラススキーじゃなくても、ソリか何かで滑り降りたら直ぐなんじゃない。雨で草も水に濡れてちょうど滑りやすくなっているだろうし」

相変わらず発想だけは凄い。

「自転車と同じですよ。戻るときはどうするんですか？　そりゃあ、往路で二、三分短縮できるかもしれませんが、結局全てを十五分で行うのは無理なんですよ」

「帰りもこの斜面を上ればいいのよ。本来の蛇行した道を上るより、かなりショートカットできるでしょ。杭《くい》を打ってロープを垂らしておけば戻るのも早いし」

無邪気にそして得意気に話すまりあ。

「それに温泉に入っていたはずの稲永さんが汗だくで帰ってきたら副会長も怪しく思うんじゃないですか？」

「そんなの服ごと風呂にざぶんと飛び込んで、すぐに着替えたらいいのよ。一分もあれば出来るわ」

「先輩じゃあるまいし。じゃあ、崖登りとあわせて、先輩が自分で試してみればいいんじゃないですか」彰は少し声を荒らげた。「この斜面、かなり急勾配《こうばい》ですよ。しかも雨の中なら簡単に足を滑らせそうだし。まりあ先輩でダメなら稲永さんでも無理でしょう。先輩のほうが、小柄で華奢《きゃしゃ》な稲永さんよりはるかに力強いんだから」

「力強いって何よ。あんなチビに比べれば誰だって逞《たくま》しく見えるわ。それとも彰はああいうチビな娘《こ》が好みなの」

「……そんなこと、今は関係ありません」流れ弾に当たったように彰は一瞬絶句した。だが何とかすぐに立て直すと、「ともかく、先輩の推理は穴だらけなんですから、相手が気に入らないからって何でも犯人にする癖は絶対に直してください。そのうちまともな社会生活が送れなくなりますよ」

「別に私は稲永さんが憎いから云ってるんじゃないわよ。私の灰色の脳細胞がそう訴えているのよ」

真夏の太陽を背に、まりあが口を尖らせる。天パーがふわっと広がり、まるで後光を思わせる。

「何が灰色ですか。赤点だらけで真っ赤っかのくせして。青は藍《あい》より出《い》でて藍より青しと云いますけど、先輩の脳みそは、赤は赤点より出でて赤点より赤しですよ」

「ねえ、赤点より赤い赤ってどんな赤よ！　赤点の恐怖を知らないくせに、偉そうなことを云わないで」

いつもより口調が厳しいのは渚を犯人扱いされたせいだろうか……。いや、学内の殺人ならともかく、外に出てまで首を突っ込ませるわけにはいかない。下手に外部に広まれば、停学、あるいは赤点がドラとなり満貫退学もありうる。ペルム学園はそれほど厳しいのだ。

まりあが退学となったら、お守りの彰が学校にいる意味もなくなってしまう。良家の子女ばかりで堅苦しいところもあるが、ようやく馴《な》れてきたところだ。少ないが友人も出来た。今さら荒れた公立校に入る気にはなれない。

「お願いします。もう推理ごっこは止めてください。稲永さんだけでなく生徒会の人たちには犯行は無理なんですから！」

ともすれば威圧的になりそうなところを必死で制御して、彰は噛んで含めるように諭した。

4

「犯人が解ったわ！」

大声でまりあが叫びながら部屋に猛進してきたのは翌朝のことだった。入る前から、隣の彰の部屋まで届くほどの騒がしさ。最初は寝言か歯ぎしりかとも思ったが、荒々しい足音とともにドアが開けられる。

「またそんなことを」

今度はどんな推理を思いついてしまったのだろう……。

「どうしたんだ。えらく騒がしいが」

困ったことに、荒子会長がやってきたのだ。朝が早いというのに既にオールバックの髪型にセットしている。まるで有事でも整髪料で髪をぴっちり固めていた元首相のようだ。

「犯人が解ったのよ」

彰ではなく会長に顔を向けながら、したり顔でまりあは答える。

「先輩！」

彰が止めようとしたが、時既に遅く、

「ほう」

一足先に会長が興味を示してしまっていた。

「神舞君は、探偵のように推理をするのかい？」

「そうよ」と、さも当然のように頷くまりあ。彰は頭を抱えた。

「聞いて驚かないでね。犯人は稲永渚さんよ」

「稲永君が？」

冷静沈着のイメージが強い生徒会長も、これにはさすがに片眉を上げ反応した。

そして「なるほど」と相槌を打つと、後ろ手で扉を閉め、すり足で中に入ってくる。

「俄には信じられないが、どうしてそういう結論に至ったのか、根拠はあるんだろうね」

表情はおだやかだが、目は真剣だ。眼力だけで軽く二、三人は殺せそうなほどに。

何かにつけ鈍感なまりあだけが、緊迫した空気に気づいていない。彼女は得意気に助手席のシートの話を披露してみせる。

「なるほど。確かに稲永君は小柄だが……しかし昨日、彼女はほとんど席を外していなかったはずだ。たしか車はここから歩いて二十分の場所にあったはずだが」

まさかバイクとか直滑降とか、昨日してみせたたわいもない推理をほじくり返さないだろうな。心配しながら彰が見ると、

「現場はこの宿の駐車場よ。被害者はそこまで車で乗り付けて稲永さんを待っていたの。おそらく被害者と稲永さんは恋人関係にあったんでしょう。身分が違いすぎるので周囲には秘密にして。で、被害者は逃避行に恋人の稲永さんも連れて行こうとした。ロマンチックよね。だから助手席のシートも稲永さんにあわせた位置にしてあったのよ。でも、現実主義者の稲永さんはそれを厭がり、あまつさえ殺人犯と恋人だったのを知られることを恐れ、冷酷にも被害者を刺殺したの。所詮《しょせん》彼女が被っているのはガラスの仮面」

本当に根に持つタイプなんだ……そこまで悪し様《あざま》な表現を使わなくても。彰は改めてまりあの本性を知った。

彰でさえそう感じるのだから、諍《いさか》いの件を知らない荒子会長にはどう映ることだろう。視線を向けると、彼は顔一面に嫌悪感を浮かべていた。最悪だ。そこには一昨日まりあを指して、見ていて面白いと語っていた柔和な表情は微塵もなかった。

「安手のドラマ仕立ては結構だが、警察の話では車の下の地面は乾いていて、雨が降っていた最中はずっとあの場所にあったはずだが。それに稲永君は免許を持っていないし、仮に現場まで運転できたとしても帰ってくるのに三十分は掛かるはずだ」

昨日の彰と同じ反論を会長はしてみせる。結局、まりあはこれに答えを出すことが出来なかった。ところが今朝のまりあは、何を勘違いしているのか自信ありげに胸を張ると、

「車は動いたわ。でも、もちろん稲永さんが運転したわけではないわよ。かといって被害者が運転したわけでもない。勝手に動いたのよ」

「勝手に？」

「おそらく犯行の際にサイドブレーキが外れたんでしょうね。ここの駐車場は場所が狭いせいもあって、すこし斜面側に傾いているから。また車が停めてあったのが斜面のギリギリの場所だった。だから犯行後稲永さんが車から飛び出した際にゆっくりと後ろ向きに斜面を下っていったのよ」

「それで偶々《たまたま》あのこぶの場所で停まったというのか。先ほども云ったが、現場の車の下は乾いていたんだよ。稲永君が温泉に行っていたはずの十二時といえば、激しい降雨の真っ最中だ。もし車が現場から動いていたなら、車の下も雨で濡れているはずだ。君はそれを忘れているんじゃないのか？」

「ちゃんと覚えているわよ。勢いよく斜面を下っていった車がどうしてそのままこぶを通り過ぎ淵に落ちなかったか判りますか？ それに会長は車の後ろのバンパーが一様に凹んでいたことを知ってますか？ そして、もし稲永さんが犯人なら、二人とも土地鑑がないのにどうしてあの場所に車を停められたのか？ それらを全て考えあわせると、一つの答えがでてくるのよ。行きがけに私たちが見た白い車が別の車で、斜面を滑り落ちてきた被害者の車が真っ正面からぶつかって、元々別の車があった位置に停まり、ぶつけられたほうの車は勢いで崖下の淵に落ちてしまった。正に草食恐竜のデンタルバッテリーのシステムね」

「もう一台車があったというのか」

意外そうに荒子会長が声を上げる。この会長にここまで感情の籠《こ》もった声をあげさせる人間なんて、同年代にはそうそういないだろう。

「私たちが朝に見たのは、きっと本当に不法投棄された自動車だったのよ。私も彰も車には疎いから、白いセダンということしか認識せず、まさか別の車だとは思わなかった。そして衝突の音、淵に落ちた音は雷鳴に掻《か》き消されてしまい、雨宿りしていた私たちにも聞こえなかった」

「馬鹿馬鹿しい。君は本気で主張しているのか？」

「そうよ。これなら稲永さんにも犯行が行えるでしょう？　凶器とかが車内に残っていたから、警察も淵の底までは浚《さら》ってないようだし」

あまりにもあまりな説に、会長としても、本気で激怒するべきか、それとも哀れな人間として見過ごすべきか迷っているようだ。

今がチャンスだ。彰は飢えた野良犬を思わせる俊敏さで二人の間に割って入ると、会長に向かい、

「すみませんでした！」

と深く頭を下げた。それこそ両の膝に頭がつくくらいに。

「俺からまりあ先輩にはきつく云っておきますので、この場はそれでなんとか収めてください」

そう云いながらも、立ったままずっと頭を下げ続ける。会長と、そしてその向こうにいるはずの渚に。

土下座に移行しようかとも思ったが、それは逆にやりすぎで、怒りを悪化させてしまうかもしれない。

「ちょっと彰、いったいなにを」

「先輩は黙っていてください」

睨みつけ彼女の口を封じると、彰は再び「すみませんでした！」と謝った。

どうして、まりあのためにここまでしなければならないのか、不条理なものを感じる。

だが身体が勝手に動いていたのだ。

驚いたのはまりあだけでなく、会長もだった。

「桑島君、何も君がそこまでする必要は」

「いえ、俺は先輩の幼なじみですから」

単なる部員ではなく知人であることを強調する。

「ですから、今日のことはどうかこれで許してください」

十秒、二十秒、一体どれくらいの時間が流れただろう。

「……承知した」という声が聞こえてきた。誠意が通じたらしい。会長は以前の温厚な口調に戻ると、「君に免じて、今の話は聞かなかったことにしよう。神舞君も殺人事件で疲れているのだろう。もちろん私がこれで、過疎部問題に不利益を与えることもない。安心したまえ。だから顔を上げたまえ」

「ありがとうございます」

彰はようやく頭を上げた。

いつの間にか泣いていたようだ。哀しさ？　悔しさ？　恐れ？　寂しさ？　自分でも判らなかった。ただただ感情が混乱していた。

「凄い顔だな」荒子会長は口許を綻《ほころ》ばせると、「男が無闇に泣くものじゃない。私はこれからのことを、警察の方に訊《き》きに行くから失礼するよ」

「ありがとうございます」

後ろ姿に再度深々と頭を下げる。

ドアが閉じられると同時に、

「どういうこと、彰」

不満げなまりあの声が聞こえてきた。

「どうして敵に頭を下げるような真似を」

「悪いと思った時は謝るのが正しい方法です」

「私は間違ってないわ。それとも私にも謝れと」

「そんなことは云いません。謝るのは従僕の俺だけで充分です」

すっかり奴隷根性が染みついている。自分でも呆れるくらいに。

「ちょっと顔を洗ってきます。前がよく見えないんです」

「ちょっと待ちなさいよ！　従僕って何よ！」

まりあの声を無視して、彰は荒々しくノブに手を掛けた。

第五章　幽霊クラブ

1

私立ペルム学園の裏手には古びた校舎がある。鉄筋コンクリートの四階建てで、今のクラブ棟より少し小ぶりなサイズだ。かつてはクラブ棟として使われていたらしいが、十数年前に今のクラブ棟が教室棟に併設されたため、屋舎の老朽化と相まってその校舎は完全に廃墟《はいきょ》となった。話では、戦後すぐに建てられた古い学舎らしい。

現在、旧クラブ棟の入り口は南京錠《ナンキン》で閉鎖されているのだが、校舎自体は取り壊されもせずそのまま残っている。まるで経営難で放置された街道沿いのラブホテルみたいで、名家の子女が入学するハイソでセレブな学校にしては珍しい処置だ。

理由は知る由もないが、屋内プールを作る予定が理事の賄賂《わいろ》絡みで立ち消えになり、そのまま放置されることになったとか、現校舎の鬼門に位置しているため新たな建物が決まるまで迂闊《うかつ》に取り壊せないからとか、市の文化財指定を待っているのだが、ボタンの掛け違いでなかなか指定が受けられないなど、いろいろと噂《うわさ》されている。

旧クラブ棟は学外からも見えるので、学校側も体裁が悪いのだろう。いつからか建物の正面、正門から見える側は、工事で使われる厚手のシートで全面を覆われるようになった。シートにはまるで甲子園か花園に出場したかのように、紺色で大きく『私立ペルム学園』と校名が誇らしげに書かれている。

裏手は神社の鎮守の森になっているため隠す必要を感じなかったのか、目立つシートで景観を壊すのを嫌ったのか、そのまま剝《む》き出しになっている。

頭隠して尻隠さず。学内から校舎の裏手に回ると、ガラスこそ割れてはいないが、風雨の影響で外壁が著しく劣化しているのがはっきりと見てとれる。縦横に走る罅《ひび》割れも補修されず放置されたまま。

またクラブ棟が新設されたとき、入居していたクラブ員は引越の際に備品などを根こそぎ新たな部室に運び込んだため、ほとんど全ての部屋が夜逃げしたかのように蛻《もぬけ》の殻になっていた。もちろん今は電気も水道も通っていない。

廃墟マニアにはたまらない心寂《うらさ》ぶ光景だが、昨年、在校生が屋上から転落死したことで、さすがに問題視され、理事会で本年度中に取り壊すことが遅ればせながら決まった。

殺風景なシートに覆われた旧クラブ棟は当然教室や学内からも見え、ようやくの取り壊しに多くの生徒は歓迎していたわけだが、ある一部の生徒たちだけは、青天の霹靂《へきれき》と頭を悩ませていた。

〝幽霊クラブ〟の面々である。

幽霊クラブといっても、オカルト好きが集まっているわけではない。その方面では既に〝あなたの知らない部〟やその対立組織である〝超常現象を殴る会〟などが存在している。

そもそも幽霊クラブとは一つのクラブを指すわけではない。本来存在しないはずなのに、隠れて活動しているクラブの総称なのだ。

名簿上は存在するが実際は活動していない部員のことを幽霊部員といい、書面上だけのペーパーカンパニーのことを幽霊会社ともいうが、その意味では幽霊クラブはちょうど逆になる。

昨今の趣味や娯楽の多様化の波は、ペルム学園にも押し寄せており、クラブの数も年々等比級数的に増大してきた。そのため生じたのが過疎部問題で、桑島彰の在籍する古生物部も現在矢面《やおもて》に立たされているわけだが、既に廃部となったクラブの中には生徒会や学校当局の指示に従わず、密《ひそ》かにクラブ活動を継続しようという輩《やから》が現れた。それが幽霊クラブである。つまり、非合法なモグリの部だ。クラブ界の闇市《やみいち》。その意味で、闇クラブと呼ぶほうが本当は正しいのかもしれない。

基本的にクラブの運営に必要なのは部費と部室。モグリなので当然部費は下りないが、そこは名門の子女たち。毎月がお年玉。自分たちの小遣いで何とかなる。となれば部室だが、さすがに校外に部屋を借りるのは無理で、かといって廃部になっているので、放課後の教室で堂々と活動する訳にはいかない。すぐさま当局や生徒会から解散命令が出るだろう。

というわけで、故郷を持たないボヘミアンな彼らが目をつけたのが、今は使われていない旧クラブ棟だった。

電気も水道も止められているとはいえ、かつてクラブ棟として使われていたのだから、使い心地は充分。備品やライトを持ちこみ、安住の地を得たかのように、アングラクラブとして根付き始めた。一つのクラブが移住に成功すれば、当然他の部もそれに倣《なら》う。

今では一世代（三年）が過ぎ、廃部状態のまま生徒が全員入れ替わっても細々と存続しているクラブすらあるらしい。いわばクラブの難民キャンプといった状況で、現在五十近いクラブが幽霊クラブとして旧クラブ棟に巣くっていると云われている。中には一度も承認されたことがない、幽霊ではなく水子と呼ぶべきクラブもあるとか。

もちろん生徒の安全の面から、学校側も何度か旧クラブ棟にガサ入れを行っている。ただし抜き打ちではなく、一週間前から掲示板にガサ入れの告知をするため、当日は煙のように消え失《う》せ何の成果も上げられていない。それゆえ公式には、旧クラブ棟で非合法活動に従事しているクラブは一つも存在しないということになっている。

おそらくクラブ活動を重要な教育指針として掲げる学校当局も、そして廃部にするクラブの選別に頭を悩ます歴代生徒会も、半ば黙認しているのだろう。ガサ入れ予告に、ほとんどの生徒はそう解釈していた。

そこに降って湧いた旧クラブ棟の取り壊しである。建前では旧クラブ棟はただの廃墟であり、また幽霊クラブの生徒たちも非合法故《ゆえ》に表向き抗議が出来ない。そのため取り壊しまでにまだ半年以上の烏兎《うと》があるとはいえ、八方塞《ふさ》がりの状況にみな頭を悩ませているようだ。

廃部の警告を受けている古生物部も他人事《ひとごと》ではないが、以前彰が部長の神舞まりあに幽霊クラブの話をしたところ、

「まさか諦《あきら》めて幽霊になれって？　どうして伝統ある古生物部がそんな脛《すね》に傷持つようなまねをしなければならないのよ」

と、けんもほろろだった。

武士は喰わねど高楊枝《たかようじ》といったところだろうか。まりあのことなので、実際、廃部になれば意見が変わるかもしれないが。

そのまりあとは、合宿以来話をしていない。盆明けに新潟まで化石掘りに行ったらしいが、思うところがあり同行しなかった。

そして二学期が始まって十日。彰はまだ古生物部に顔を出していなかった。授業が終わればすぐさま帰宅。教室棟の隣に聳《そび》え立つクラブ棟には目もくれない。まるで新婚ほやほやのサラリーマンのような生活。けっしてスキップするような心境ではなかったが。

携帯にはまりあからの着信履歴がいくつも残っているが、全て無視している。さすがに着信拒否まではしていない。

最初、いつ教室に乗り込んでくるかと覚悟していたが、その気配はなかった。合宿所ではかなり強い口調だったので、いくら鈍感なまりあでも少しは思い当たるところがあったのだろう。そうであってほしい。

そして日が過ぎるに従い、着信の数も少なくなっていった。

過疎部問題で古生物部は存続の危機に立たされている。なのにまりあは、部員を勧誘してこいと命じるだけ。それだけならまだしも、探偵ごっこで生徒会の面々を犯人扱いして悦に入り、自らを窮地に追い込もうとしている。そして性質《たち》が悪いことに、自分の行為のヤバさを理解していない。

夏休みにはとうとう荒子会長の面前で、彼の仲間、稲永渚を告発してしまった。もちろん証拠なんかあるわけもなく、全くの妄想だ。温厚な生徒会長もさすがにキレかけたが、彰が頭を下げなんとかその場は収めてもらった。

なぜ興味のない古生物部のことを自分がより考え、神経をすり減らさなければならないのだろうか？　陰で従僕クンと呼ばれながら。

……最悪、従僕でも良いから、使う側はきちんと用法を理解してほしいのだ。歯車もオイルを差さないとすぐにすり減る。


話が逸《そ》れたが、旧クラブ棟解体の件は二学期に入ってすぐの、始業式の時に公表された。

それから一週間後、幽霊クラブに関わるクレームが生徒会に持ちこまれた。

もちろんほとんどの生徒、当の幽霊クラブ員たちも、そのときは何も知らなかった。全ては事件が起こってから伝え聞いたことばかりだ。

そのクレームとは、幽霊クラブと呼ばれる違法なクラブが旧クラブ棟を占拠しているから、正しい学校運営のため、生徒会はその幽霊クラブを排除してほしいというものだった。

それについては以前から学校当局が行っていると会長が説明すると、

「事前告知では何の効果もないのは、未《いま》だに幽霊クラブが存在することからも立証済みである。そもそも旧クラブ棟は老朽化して使用に危険が伴うから閉鎖されているのだ。なのに生徒たちの勝手な使用を黙認すると、また事故が起こるかもしれない。生徒の安全を守るのも生徒会の役目である。学校が取り壊しを決定したのを機に、幽霊クラブを摘発し排除すべきである」

強硬な反論がきたらしい。

問題はそのクレームを行った人物で、浦田信彦《うらだのぶひこ》という三年生なのだが、彼は前生徒会長の下で風紀担当をしていた男だった。

学内の派閥からいえば、前生徒会と現生徒会は敵対関係にあり、おそらく現生徒会のイメージダウンを図っての行為だったのだろう。廃部にされた上に活動場所まで奪われれば、幽霊クラブの部員たちや、そして彼らに共感する者の恨みは、現生徒会に向かう。それは次期選挙にも必然的に影響する。

ただ、幽霊クラブに関しては前生徒会も黙認していたわけで、しかも風紀という役職に鑑《かんが》みれば同じ穴のムジナなわけだが、取り壊しが決定されたという時期と、生徒の安全という正論の前には、さすがに荒子生徒会長も旗色が悪かったようだ。

それから三日後、抜き打ちの幽霊クラブへのガサ入れが生徒会主導で行われた。そしてひょんな事から、彰もガサ入れに参加することになった。

＊

九月十日の午後六時前。

地学の先生に雑用を云いつけられぐだぐだと時間を潰《つぶ》したあと、下駄箱まで下りて来た時、

「あら、従僕クン」

声を掛けてきたのは渚だった。陰ではともかく、表だってそう呼ぶのは彼女しか居ない。もしまりあが知れば、由来に気づかずただ面白がって呼び始めるかもしれないが。

「どうしたんです？　その格好」

驚いて訊《き》き返す。なぜなら渚はいつものブレザーではなく、フランス人形のような派手な赤い衣装をまとっていたからだ。デコルテのドレスにコルセットで堅く締められたウエスト。その下にはフリルを何段も重ねたスカートが鐘状に広がっている。

百四十五センチと女子でも小柄な稲永には、ゴージャスな衣装がますます大きく見えた。

「演劇部の練習を途中で抜けてきたのよ」

「サボリですか？」

「まさか、こんな目立つ格好で」スカートの裾を品良く持ち上げ、渚は悪戯《いたずら》っぽく微笑《ほほえ》んだあと、「これから生徒会のガサ入れなのよ」

「ガサ入れ？」

思わず訊き返す。渚はしまったと掌で口を押さえたが、すぐに仕方がないという表情になり、説明を始めた。当然ながら、彰には初耳のことが多かった。

「マジですか……大事《おおごと》になるんじゃ」

「そうならないように、こんな時間にしたのよ」

声をひそめて渚は悪戯っぽくウインクした。お姉さんがこっそり教えてあげる……そんな仕草だ。

「つまり、人がいなさそうな時間を狙って、トラブルを避けようということですね」

「そういうこと。旧クラブ棟の電気は止められているから、日が暮れるとみんな帰るのよ」

そして渚は素早く彰の腕を摑《つか》むと、

「ここまで話した以上は、従僕クン、君にもつき合ってもらうわよ」

「どうして俺が？」

「口封じよ、口封じ。つべこべ云わないの」

硬質な生地らしく、歩くたびに派手に衣擦《きぬず》れの音をさせながら、渚は強引に引っ張っていく。行き先はもちろん生徒会室。

中には会長をはじめとするいつもの面々が控えていた。当然ながら、みな彰が入ってきたことに驚きを示していた。

「ガサ入れのことを知られてしまったので、口外されないように連れてきました」

渚が自らぺらぺらと明かしたはずだが……。しかし柔道部の笹島の闘争心に満ちた目で睨《にら》まれると、何も反論できない。悪の大幹部たちのホームパーティに迷い込んだ某おやっさんのよう。まさか本当に口封じされることはないだろうが、彰は一瞬で身体中から冷や汗を吹き出していた。

その中に一人見慣れない顔がいる。

「遅い！」

と、その人物は苛立《いらだ》たしげに渚を睨みつけた。

「早くしないと、日が暮れてしまうだろ」

神経質そうな硬質な声。彼がクレームの張本人の浦田だと、彰にもすぐに判った。

浦田は減量中のボクサーのような痩せた顔つきで目だけがぎょろっと剝き出している。

身長は中背だが小顔で手足も細いために、相対的に長身のように見える。

生徒会では書記の中島が青瓢簞《あおびょうたん》だが、中島ほど不健康そうではない。血色は良く、陰気そうな中島と違い浦田の容姿はわりかし整っているので、ガリ専の女にはもてるかもしれない。

「君はたしか、じゅうぼ……」

「桑島です」

遮るように彰は大声で名乗った。一目で当てられたところを見ると、彰の顔は二年だけでなく三年にも知られているらしい。二つ名と込みで。それもこれも全部まりあのせい。

「そもそもガサ入れの時刻が遅すぎる。もうみんな帰っているんじゃないのか？」

浦田は今度は会長に向けて文句を云う。

「今日は幽霊クラブの存在を確認するだけで、生徒たちと争う真似はしない。もちろん各幽霊クラブとの交渉は後日、生徒会が責任をもって行う。それに急な決定だったので、生徒会のメンバーにも、クラブ活動など抜けられない用事があったんだよ」

もちろん幽霊クラブ員との折衝を目の前で行い、浦田が後ろから挑発してみすみす拗《こじ》れさせる訳にはいかないという、会長の思惑だろう。ただ渚は云うに及ばず、役員たちが部活に参加していたのも事実だ。

副会長の倭文代《しずよ》はテニス部が終わったばかりか、長髪を襟首で束ねた紺のジャージ姿だったし、陸上部の小本も半袖短パンの体操服姿だ。風紀の笹島に至っては、一試合終えたばかりかのように分厚い柔道着の前を大きくはだけている。まさか渚のデコルテに対抗したわけでもあるまい。

そんな中、文系の中島ややる気満々の浦田はともかく、同じ体育会系で剣道部の荒子会長はきっちりブレザーに着替え、オールバックの髪の毛一本解《ほつ》れさせずにいたのはさすがだった。

「もう三十分は待たされている」と苛立ちが頂点に達した感のある浦田は全員揃《そろ》ったのを確認して、「日が暮れる前に行かないと。ミイラ取りがミイラになったら意味がないだろ」と旧クラブ棟までの道をドイツの笛吹き男よろしく先導していった。

そして彰もあれよあれよという間に連れて行かれることになった。困ったことに、前生徒会派のまりあの従僕ということで、浦田はむしろ歓迎しており、「桑島君。彼らがきちんと働いているか、ちゃんと観察するんだよ」と、生徒会の面前で余計なアドヴァイスまでしてくる始末。これではまるで彰が望んでついて来たみたいだ。

荒子会長があっさり認めたので誰も反論できなくなったが、そのため道中も中島や小本の訝《いぶか》しげな視線に晒《さら》されることになった。


旧クラブ棟の入り口には頭上に『地獄の門』とおどろおどろしい血文字で直書きされていた。彰は来るのは初めてなので、それがクラブ棟時代からあったのか、幽霊クラブ員が書いたのかは知らない。

「気持ち悪いわね」

怯《おび》えるように渚が腕を摑んでくる。

「確かに趣味は悪いわ。出典が詩とはいえ、もう少し詩的な表現が出来なかったのかしら」

震える渚と対照的に、同じ女でも副会長の方は落ち着いたものだ。そして浦田はといえば、生徒会室での威勢はどこへやら、『地獄の門』という文字を見て、「こんなもの前にはなかった」と、ひどく怯えている。

「私が会長に就任したときには、既に書かれていたな」

荒子会長も詳しくは何時《いつ》書かれたか知らないらしい。とはいえ怯えるはずもなく、学生の悪戯程度と落ち着き払っている。

中島も面白がるように「幽霊クラブに相応《ふさわ》しいネーミングだな。地獄の釜《かま》の蓋《ふた》が開くかも」と、口許《くちもと》を綻《ほころ》ばせている。小本も同様。笹本は表情を変えないのでよく判らない。

彰にしても、この程度でいちいち怖がっていられなかった。なにせ渚が腕を摑んでいるのだ。全神経が腕に向かっている。まりあとはわけが違う。

ただ『地獄の門』の奥、夕暮れ時の廃墟然とした旧クラブ棟は、怪しげな雰囲気に溢《あふ》れていた。生徒会の思惑どおり人気《ひとけ》がないというのも大きな要因だろうが。

「では浦田君はここで待っているかい？」

生徒会長が尋ねると、浦田はムキになって、「もちろん僕も行きますよ。あなたたちだけで行かせたらどんな不正をするか判りませんからね」

空元気なのは彰にも感じとれた。そこまでして生徒会の評判を落としたいのかと、呆《あき》れてしまう。しかも浦田自身は三年なので次の選挙にはもう関係がないのだ。執念なのか、次代を思ってなのか。口調や態度から、彰には前者に見えたが。

旧クラブ棟は建てられてからすぐに増築されており、そのため見た目は一つの校舎だが、建設の経緯《いきさつ》から、東西の往来は一階でしかできない、スラックスのように入り口を抜ければすぐに左右に分かれるニコイチの構造になっている。不便そうだが、教室ではなくクラブ棟として使う分には大して差し障りがなかったのだろう。古生物部も、横の繫《つな》がりなど普段は意識していない。

とはいえ東西の両棟をそれぞれ四階まで往復するのは二度手間で面倒なので、予《あらかじ》め二手に分かれることに決めてあったらしい。

「桑島君は私と一緒に来てもらうよ」

一階の追分《おいわけ》と云うべき地点で荒子会長がてきぱきと指示する。それを合図に、渚は腕から手を離し、倭文代副会長の許へ移動する。

対して彰の側には、中島と小本がやってきた。

西側は会長の荒子、中島、小本。東側は倭文代、笹島、渚、そして浦田という分担だった。四対三なので闖入《ちんにゅう》者の彰は会長のほうに加わることになる。渚とはここでお別れだ。東側は女二人と浦田という危うい面子《メンツ》だが、それを補って余りある柔道エリートの笹島がいるから大丈夫だろう。

こうして生徒会の面々は東西に分かれ、幽霊クラブの探索に出発したわけであるが……。

静まりかえった薄暗い廊下。会長の目論見《もくろみ》どおり、幽霊クラブの部員たちはみな既に帰宅していた。電気が通っていないので長居できないこともあるが、部員数が二、三人と少なければ、イヴェント前でもない限りみなそれなりの時間に帰るのだろう。「帰りにどて焼きでも食いに行かない？」といったところだろうか。名家の子女たちが、どて焼き屋に寄り道するかはともかく。

とはいえ、部の備品はそのまま放置されているので、誰の目にも幽霊クラブの存在は確実だった。鍵がないので簡単に室内を覗《のぞ》けるし、中にはドアを開け放しにしているところさえあった。取られて困るような貴重な備品は、置いてないのだろう。

まりあ曰《いわ》く「貴重品だらけ」の古生物部は、幽霊クラブになれないかもしれないな。彰は溜息を吐《つ》いた。持って帰ろうにも、秘密にしているまりあの家には置いておけない。だとすると、彰の部屋？　普通の六畳間なのに。しかも毎日、持ち帰りさせられるのだろうか？　彰はうんざりした。同時に、まだ古生物部を心配している自分に呆れた。しばらく距離を置こうとしたにも拘《かか》わらず、従僕クンはつい考えてしまう……。

「しかし、思っていた以上にあるんですね」

坊主頭が青々しい小本が、彰の隣から会長に話しかける。

会長を先頭に四人は二列に並んで廊下を歩いていた。会長の隣には中島。そして彰と小本が並ぶ。

「幽霊クラブは一つ見つけたら、五つはあると思え、と代々語り継がれている」二階へ続く階段に足をかけながら、会長は答える。「それに私たちがガサ入れをするときは、みな蛻《もぬけ》の殻だからな。今回はともかく、いずれ実数を把握しないと事故に繋がるかもしれないな」

「そういえば、去年、屋上から転落死した生徒がいたとか」

そう彰が口にした途端、空気が止まった。もしかして地雷を踏んだのか？　掌がじんわり湿ってきた。

「栄《さかえ》さんか……」静寂の中、目の前の中島がデジカメを片手にぽつり呟《つぶや》く。彼は棟内の撮影係だった。「同じクラスだったが……ただ、あの娘《こ》は事故じゃなくて飛び降り自殺だよ」

「飛び降り自殺？　そうだったんですか……」声を潜め、様子を窺《うかが》いながら、「すみませんでした。よく知りもせず余計なことを口にして」

「いや、仕方ないことだ」まるで会長のように、中島は鷹揚《おうよう》に返すと、「自ら死を選んだわけだから」

クラスメイトが学内で飛び降り自殺。彰も六月に友人を失ったばかりだが、遺された者にすれば殺されるより自殺のほうが辛いだろう。ちゃんと気を配っていれば、自殺を防げたのではと考えてしまうからだ。

「遺書はなく、直前に母親の携帯に『ごめんなさい』とだけ、メールが送られていたらしい。ただ自殺する一週間前から、ずっと思い詰めた表情をしていたよ。それまでは明るく聡明《そうめい》な女性だったんだが。もし死んでいなければ、稲永ではなく栄が生徒会に入っていたかもしれないな」

キャラに似合わず、中島はしんみりと語る。会長も歩みを止めただけで、喋《しゃべ》りすぎを咎《とが》めることはない。

「……そうだったんですか」

察するに、栄という女生徒は、生徒会にかなり近い人物だったようだ。だからこその反応か……彰が後悔していると、

「先へ行こう」

強い意志で宣言し、会長は再び階段を上り始めた。

二階、三階の廊下には、一階と同じような光景が広がっていた。部室のセキュリティは甘く、ドアも通路側の窓も開け放し。さすがに外に面した窓は閉められていたが。まるでそうすることが幽霊クラブの暗黙の作法かと思わせるほどだ。はみ出しクラブたちの連帯感。ただ、空き瓶をずらりと並べ甘い臭いが廊下にまで這《は》い出ている〝水溶性乳酸菌飲料研究会〟だけは、産廃場と勘違いしていそうで、さすがの会長もひと言ありそうに顔を顰《しか》めていた。

そんなスラムのような光景だが、四階に上がると一変した。部室に荷物が全くないのだ。整頓《せいとん》されているのではなく、蛻の殻だった。そもそもクラブなど最初から存在しなかったかのように。

四階だけガサ入れの情報が流れたとは考えにくい。四階の連中が荷物をまとめて降りてきたら、下階の連中も気づくだろう。それに廊下も部室も、人から忘れ去られたように埃《ほこり》まみれだった。

彰が首を捻《ひね》っていると、

「厭《いや》な噂が流れてな」

廃墟の黄昏《たそがれ》の中、振り返った中島がぽつりと洩《も》らす。今日の中島はやけに親切だ。

「噂？」

「栄さんが飛び降りたのが、この上の屋上からなんだ。それ以来、天井からすすり泣く声が聞こえるとか、屋上へ向かう階段を上る足音が聞こえるとか、屋上のドアが人知れず開閉する音が聞こえるとか、つまらない風聞がたったんだよ」

「怪談ですか？」

彰は怪談は好きだが信じないタイプなので、聞かされたところで恐怖心はない。それでも隙間《すきま》風が。

「挙げ句に、四階に居を構えていた〝超常現象を殴る会をぶん殴る会〟の連中が栄の幽霊を見たと無責任に騒ぎ始めてな。結局、年度が変わる前には四階のクラブは他の階や棟の空き部屋に逃げ込んだらしい」

幽霊が幽霊を怖がって逃げたのか。上手《うま》いこと云ったつもりだが、彰は口に出すほどKYではない。

「それでここだけ無人なんですね」

無難な返事をしておいた。ともかく中島は、クラスメイトの栄だけでなく、幽霊クラブ

の実情にも詳しいようだ。顔に出たのだろう。中島はにやりと笑うと、

「生徒会の情報処理担当を嘗《な》めてもらっては困るね」

いつもの口調、表情に戻った。虫酸《むしず》が走る顔だが、今は逆に安心できる。

「でも、死んだあとも怪談のネタにされるんじゃ、浮かばれませんね」

「まあな。彼らにしても嘘ではなく、本気で聞こえたりしているのだろうから責めるわけにもいかないが……。そもそも心というのは脳が生み出す電気信号に過ぎない。魂とはただの電気信号の集合体だよ。それでも生きている間は唯一無二の立派な人格だが、死ねば放電してお終《しま》いだ。だから死には何の意味もない。選択する価値もない。何かされたら、生きて必ず報復する。知恵を絞って、十倍返しでいたぶる。それが正しい人の道だ」

彼らしい陰険な座右の銘だ。途中までは良い話をしていたように思えたのだが……。

「さすが中島さんですね。容赦ない」

隣の小本も呆れ気味に称賛する。

「そのくらいでいいだろう。そろそろ戻るとしようか」

ここでようやく会長が中島を窘《たしな》めた。

「私はオカルトは信じないが、それでも栄君は成仏できたと信じているよ」

軽く目を閉じながらそう付け足す。中島は云い過ぎを悟ったように口を強く真横に結んだ。

荒子会長も、そして前に会った水島前会長も、人間的には出来た人物だと思うのだが、それでも派閥としては反目せざるを得ない。まりあは会長を蛇蝎《だかつ》のごとく嫌っているし、今日の浦田にしてもそうだ。この三ヶ月、双方の中枢と接したことで、彰は当人たちだけでは制御できないシステムの大きさ、根の深さを強く感じていた。

帰りは全員が無言だった。コツコツと階段を降りる足音だけが響いている。もしここで五人目の足音――特に後列の彰の後ろから――が聞こえたりしたら事件だ。足音が三つしかないほうがリアルに事件だが、人間増えていると気がつくが、減っていても気がつきにくい。とはいえ、もちろん五つめの足音などというオカルトは存在しない。中島ほどではないが、彰も信じない口だ。

ただ、一階まで戻ったとき、女性の悲鳴が東棟の上の方から聞こえてきたのには、さすがに驚かされた。一瞬だが、根が生えたように足が動かなくなった。もちろん恐怖が原因だ。

やがて血相を変えた笹島がどさどさと、向こうの階段を降りてくる。距離があるため会長たちには気づかなかったらしく、脇目もふらず旧クラブ棟の裏手へと出て行く。しばらくしてフランス人形姿の渚も同様に転げ込むように降りてくると、同じように裏口から外に出て行った。

大事が起こったことは瞭然《りょうぜん》だが、二人のあまりに緊迫した表情のため、あの会長でさえその場で立ち尽くし、呼び止められずにいた。

しばらく間があり疲れたようにふらふらと降りて来たのが倭文代だった。元から色白だった顔が、色指定を忘れたアニメ動画のように真っ白に抜けている。

「野跡君、何が起こったんだ?」

ようやく会長が心配そうに声を掛ける。倭文代はびっくりしてこちらを見たが、声の主が会長だと知り安心したのか、すぐに表情を和らげると、

「浦田さんが……」

と、震える声でつっかえながら訴えた。

「浦田さんが、屋上から転落したんです」

2

『地獄の門』では怖《お》じ気づいていた浦田も、幽霊クラブの証拠が明らかになると途端に勢いを取り戻し、「不法なクラブの存在はこれで証明された。彼らの処遇をどうするんだ」と倭文代に迫っていったらしい。

「とりあえず、いくつクラブがあるのかを確認します。対処はその後、生徒会長の差配を仰ぎますので」

みるからに良家のお嬢様といった見目の倭文代は、気品を漂わせながらも毅然《きぜん》とした口調で浦田にそう答えたという。貫禄《かんろく》の違いを感じたのか、浦田は何も云い返せなかったらしい。

ただ、浦田と同行した三人の話では、最初に幽霊クラブの備品を見つけた時こそ鬼の首を取ったようにテンションが上がっていたようだが、すぐに怯えるように周囲をきょろきょろ警戒し始め、上の階に行くに従い口数もめっきり減っていったという。

そもそも女の倭文代を先頭に立たせ、彼女を盾にするようにその背後に続くありさまで、彼の隣を歩いていた稲永も、呆れを通り越し哀れに思えていたらしい。渚の派手な舞台衣装から時折生じる大きな擦過音にも、いちいち電撃を喰らったように立ち止まりびっくりしていたようだ。そのため西側の彰たちのグループと比べると、進捗《しんちょく》具合がかなり遅れていた。

とにもかくにも、なんとか四階まで来たわけなのだが……。

異変が起こったのは、四階の突き当たり、一番東端の部室に来たときだった。

四階の奥は廊下にまで所狭しと段ボール箱が並べられていた。そのせいで、みな一列になって奥まで進んでいったのだが、その時も浦田は倭文代を先頭に立たせ、自分はその次、ついで渚で殿《しんがり》が笹島だったらしい。

突き当たりの部屋は扉が壊れて斜めになっており、明らかに使われていなかった。ずっと開かずの部屋状態らしく、段ボール箱はドアの前まで並べられている。しかたなく一行は回れ右をしてもと来た通路を引き返したのだが、その途中に倭文代が屋上への階段を見つけ、「階段があるわ」と云うなり上っていった。

倭文代の話では、階段を目にして五階があるのかもと思い、念のため上がってみたという。東側の旧クラブ棟も四階建てで四階の上は屋上なのだが、倭文代は東側に来たのは初めてだったようだ。現生徒会による過去二回のガサ入れは、全て西側の棟だったらしい。すぐさま浦田が続き、倭文代の声で気づいた渚が後に続き、殿の笹島も慌てて踵《きびす》を返し渚の後を追っていったという。

屋上への階段は、半ばにある小さな踊り場で折り返して屋上に向かうのだが、踊り場につくや否や、それまでビビっていた浦田は無言のまま急に階段を駆け上がったらしいのだ。浦田の後ろにいた渚の証言では、踊り場を目前にして浦田は突然両手で頭を抱えると、坂道発進のようにカクッとギアを入れ駆け上がっていったという。

その時、先頭の倭文代は既に踊り場を過ぎていたが、当然背後の異常を察知できるわけもなく、荒い足音とともにいきなり背後から突き飛ばされ、階段の側壁に身体をぶつけ尻《しり》餅《もち》つく羽目になった。その際上げた短い悲鳴は、渚と笹島も耳にしている。浦田が駆け上がった時、二人はびっくりしてその場で立ち止まっていたが、倭文代の悲鳴で慌てて階段を上ったという。

浦田はずっと怯えていたので、何か枯れ尾花でも見てパニクったのだろう、もう面倒だからこのまま置いて帰りましょうか、と三人で半ば呆れながらも、仕方なく屋上まで辿《たど》り着いたのだが……。

旧クラブ棟の屋上は、当然ながら東西で分離しており、高さも違っている。東側の方が一メートルほど低い。また出口以外には障害物はないため、多少薄暗くとも簡単に全体が見回せ、人が潜んでいればすぐに判る。

にも拘わらず、浦田の姿はどこにもなかった。

狐《きつね》に抓《つま》まれた一行だが、やがて腰の高さほどの手摺《てすり》から下を覗いていた倭文代が再び悲鳴を上げた。

大人びた落ち着きを持つ副会長の意外な悲鳴にみなが振り返ると、ちょうど教室棟とは反対側、学校の裏手に当たる部分の地上を彼女が指さしている。そこには、夕闇に紛れ、黒い人影らしきものが横たわっていた。

「まさか！」

「落ちたの？」

「早く行きましょう！」

それぞれに叫びながら、地上を目指す。柔道部の笹島が巨体を揺らし真っ先に駆けつけ、旧クラブ棟の脇で頭から墜落した浦田を発見した。しばらくしてフランス人形姿でスカートの裾を摘まみ上げながら駆けてきた渚が現れ、階段で突き飛ばされて足を痛めた倭文代が一番遅れる形で現場に到着する。その背後には会長や彰たちの姿もあった。

会長の指示で救急車を呼んだが、救急隊員が到着したときには、浦田はすでに事切れていた。

＊

翌朝の教室は浦田の投身の話題で持ちきりだった。

自殺か、事故か、殺人か？

しかも今回は、少々オカルティックな側面も持っていたのだ。理由の一つは、旧クラブ棟の取り壊しの引金となったのが栄嘉乃《よしの》の墜落死だったからだ。

二年連続して同じ旧クラブ棟から墜落死があり、しかも今回の被害者はいきなり駆け出して屋上から身を投げたという、自殺にしてもいささか常軌を逸した方法であるため、因縁や霊的な影響のためではという荒唐無稽《こうとうむけい》な噂もなされた。

ただし、合致しているのはそこまでで、女生徒が死んだのは昨年の十一月で、転落した場所も正反対。浦田は東棟の東端で墜落死したが、嘉乃は西棟の西端から墜落死していた。

また、浦田には目撃者がいるが、嘉乃の死体は翌朝まで誰にも発見されなかった。そのため他殺説もわずかに流れたらしいが、母親へのメールの件から自殺に落ち着いた。友人の話では、男関係で悩んでいたらしい。

これらのことは昨年の出来事であり、一年生が事件の詳細を知るはずもないのだが、先輩や兄姉から聞いたという早耳の生徒が、朝っぱらから聞こえよがしに話題を振りまいていたのだ。

彰は当事者ということもありクラスの喧噪《けんそう》には無関心を貫いていたが、夏休みのリゾート旅行（しかも軒並み海外！）の話題が一段落ついた時期であり、教室は事件一色に染まっていた。その様は八瀬の時と同様だった。いやそれ以上か。

一学期に校内で三つも殺人事件が起こり、大々的に全校生徒のカウンセリングまで行われたというのに、夏休みを挟んだせいで喉元《のどもと》過ぎれば状態にリセットされたのか、男女問わず呆れるくらい囂《かまびす》しく事件の噂を交わしている。やがて話題は先のオカルト色が支配的になってきて、

「去年自殺した先輩の彼氏というのがさ、死んだ浦田さんらしいんだよ」

「浦田さんが二股《ふたまた》を掛けていて、結局彼女をポイ捨てしたらしいわよ。そのせいで自殺したんだって」

「自殺した栄さんて、妊娠していたらしいわよ。死んだ栄さんと赤ちゃんの二人の霊が、浦田さんを屋上まで引っ張っていってとり殺したのよ」

「もしかしたら栄さんが地縛霊になっていて」

昼休みにはそんな荒唐無稽な噂が、真顔で飛び出すまでになっていた。嘉乃や浦田とは全く所縁がない彰のクラスですらそうなのだから、同学年である三年や、当時を知る二年の教室では噂が更にヒートアップしているのは想像に難くない。なにより何も知らない一年生たちに妄想逞《たくま》しい情報を提供しているのが彼らなのだから。

実際、二人は二年の時同じクラスだったらしい。接点は一応ある。それゆえ尾鰭《おひれ》に相応の信憑性《しんぴょう》がつきまとってしまったのだろう。

幸いあの場に彰がいたことはまだ知られていないらしく、ずっとクラスの狂躁とは一線を画せていた。ばれたら二重三重に取り囲まれ、スキャンダルの渦中のタレントのように質問攻めにされるのは目に見えている。シャミセンガイのように地面に潜って殻だけ表に出しているのが正解だ。

「でも二人って、ロメオとジュリエットらしいわよ。ああ、ロメオ様。どうして貴男《あなた》はロメオなの」

だがさすがに放課後、隣の席の頭と育ちは良さそうだが体型も顔立ちもずんぐりむっくりしたクラスメイトがいきなりオペラ調で諳《そら》んじだしたときには、思わず尋ねかけずにはいられなかった。

「いつからこの学校は宝塚音楽学校になったんだ？」

本当はそう訊《き》きたかったが、生来の小市民なため穏当な表現で、

「ロミオとジュリエットってどういうことなんだ?」

おそらく普段会話を交わさない、階層も違う彰に話しかけられるとは思っていなかったのだろう。女生徒はきょとんとした顔で、

「ロメオとジュリエットを知らないの? じゃあ、トリスタンとイゾルデ……もたぶん無理よね。そう、トニーとマリアよ」

「ロミオとジュリエットは知っているよ。せっかく小芝居をうったのに、勘違いして死んでしまう話だろ。むしろ最後のやつが判らない。……いや、そうじゃなくて、どうしてあの二人がロミオとジュリエットなんだ」

二人の交際は既成事実になっているようだが、とりあえず目を瞑《つぶ》る。

「だって、去年の生徒会選挙で互いにライバル陣営だったらしいわよ」

「……それでロミオとジュリエットか」

確かに嘉乃は「死んでいなければ生徒会メンバーだったかも」と中島に云われていた。

「そうよ。桑島君、神舞先輩といつも一緒にいるのにその程度のことも知らないの? 死んだ浦田さんは神舞先輩と同じ派閥だったんでしょ。そんなんじゃ立候補しても落ちるわよ」

いきなり説教された。

「俺が立候補?」

慌てて全力で否定すると、逆に驚かれる始末。

「神舞先輩が生徒会に立候補して、腰ぎんち……いえ、いつも一緒にいるあなたも生徒会入りするって云われているわよ」

「誰に云われてるんだか。それに俺は腰巾着《こしぎんちゃく》じゃない」

従僕クンとどちらがましかは考えたくない。

ともかく、まりあが前生徒会色が強いのは知っていた。そのおかげで部員二人の古生物部が存続できているようなものだったし。ただ、そのまりあが生徒会に立候補するなんて話はどこから出てきたのだろう？

まりあが聞いたら「そんなのにかまけてたら化石を掘る時間がなくなっちゃうでしょ」とか、むくれそうだ。いや、今はまりあはどうでもいい。自分は自分だ。

「でも、桑島君もこういう話題に興味あるんだ。神舞さんのクラブの勧誘ばっかりでこの手のゴシップは知りませんて顔をしていたのに」

「いや、実際に興味ないよ。ただ、朝に耳にしたばかりの事件が、いつの間にかロミオとジュリエットにまで発展しているから驚いただけだよ。みんな好きなんだな、こういう話題」

「あ、今バカにしたでしょ」

彼女は悪戯っぽい目つきで睨んだあと、

「人殺しばっかり続いたからね。この事件も浦田さんは死んじゃってるけど、殺人じゃないし。まだこういう話題のほうが安心できるのよ」

戦場の訓話のように語り出す。ゴシップがある種の安全弁として機能しているということだろうか?

「まあ、いつも神舞先輩とラヴラヴしている桑島君には、他人のゴシップなんて関係ないんでしょうけどね」

「だから……九月になってまだ顔を出してないし」

意味が通じたかどうかは定かではないが、どうでもいい。

彰は指定カバンを荒っぽく手に取ると、「じゃあ」と云ってそのまま教室を出た。

*

今日もそのまま帰ろうとしたとき、下足所で前生徒会長の水島と出くわした。水島は三年生で彰は一年。下足所は学年で場所が異なっているため、偶然ではなく自分を待っていたのだろうと、彰は直感した。

まりあは水島派閥で、彼とも面識がある。いや、ガセネタにしろ次期生徒会長の噂が立つくらい、近い関係にある。

「よお、桑島君」

わざとらしい景気のいい声で、水島が近寄ってきた。前生徒会長で顔が知られている上、百八十五センチの巨漢。水島との間にいた一年生が数人、緊張してささっと道を空ける。

「こんにちは水島さん」

抑揚のない声で、彰は挨拶《あいさつ》を返す。

「久しぶりだな。今日は古生物部には顔を出さないのか？」

さりげなさを装ってはいるが、案の定、いきなり本題に踏み込まれた。「ええ。まあ」と彰が言葉を濁すと、

「三日前、たまたままりあに会ったんだよ。あいつ、元気がなかったぞ。聞けば合宿所で喧嘩《けんか》して以来、携帯にも出てないそうだな」

「いや、別に喧嘩というわけじゃないです」

少なくともまりあは喧嘩と捉《とら》えているのだろう。がっかりした。

「まあ、お前ももうガキじゃないんだから、いつまでもシカトせずに話し合ったほうがいいんじゃないのか」

どうやら彰が悪いということになっているらしい。まあ、まりあだけから事情を聞けばそうなるのも仕方がないが。前とはいえ仮にも生徒会長だった人間にしては配慮がなっていない。説教するにしても、双方の云い分を聞いてからだろう。

「水島さん」彰は大柄な水島を見上げると、「水島さんはいままでも、たぶんこれからも

人の上に立ち続ける人だと思います。だから訊いても詮無いことかもしれませんが、最初から宮仕えすることが決まっているのってどうなんでしょうか」

　水島は一瞬彰の目を覗き込んだが、すぐに、

「なんだ。もう尻に敷かれることを想定しているのか？　まあ、今のままじゃ仕方ないだろうが、我儘《わがまま》を聞いているふりをして操縦してやればいいんじゃないか。なんか男女逆で、九州女みたいな論法になってるがな。細かいことは気にするな。ははは」

　豪快に笑い飛ばす。そこで彰はようやく、水島がただの喧嘩ではなく痴話喧嘩と捉えていることに気づいた。そういえば先ほどのクラスメイトもラヴラヴとか当てこすっていた。

「違いますよ。それにまりあ先輩には水島さんがいるんじゃないんですか？」

「ああ、あれは冗談だ。まりあはいじると面白いからな。それに俺にはもう許嫁《いいなずけ》がいるよ。まだ小学生で、二度しか会ってないけどな。断っておくがロリコンじゃないぞ。結婚するのは彼女が高校を卒業する、十年近く先のことだからな」

「そうなんですか……」

　想像できない世界だ。だが、当のまりあもその想像できない世界の住人だ。会ったこともないフィアンセがいつ現れても訝《おか》しくない。

　それはともかく、こんな勘違いをされていては何の相談も出来ない。かといって色恋沙《ざ》汰《た》は否定すればするほどそれらしく見えてしまうのが世の常。冷静に考えれば、確かに彰

の悩みは、男女の仲にも通じるものがある。

　ここは適当に受け流すのが吉だろう。彰は一礼したあと、

「ところで、亡くなった浦田さんは水島さんの代の役員だったらしいですね。ご愁傷さまです」

　話題逸らしを兼ねて悔やみの言葉を述べると、

「まあ、一応そうだが」

　と意外にも素っ気ない。もう少し人情家だと思っていたのだが、彰の勘違いだったのだろうか？　彰の表情を読みとったのか、水島は釈明するように、

「浦田とは少し派閥が違ってな。今の会長の対抗勢力には違いないんだが。まあ、敵の敵は味方と云うことで、選挙では浦田が属する派閥と連合したんだよ。そのおかげで俺は生徒会長になれたんだが」

「そうなんですか」

　権力争いはどこもいろいろとややこしいらしい。

「で、今期に巻き返されて、あいつも焦ったんだろう。わざわざ幽霊クラブの問題を持ち出してきて、現生徒会のイメージダウンを図ったわけだ。それでさっき、荒子会長に詫《わ》びを入れてきたところだよ。一応、かつての上役だし、俺はあんなセコいやり口は大嫌いだからな」

嫌悪のあまりか、水島は廊下に唾《つば》を吐く仕草を見せた。

「そういや、お前もあの場にいたらしいな」

「はい、口封じとかで……」

軽く事情を説明すると、

「そういうことか。俺はまた、まりあと喧嘩した腹いせに荒子陣営に寝返ったかと思ったよ」

「冗談でも止めてください。まりあ先輩が本気にしたらどうするんですか。彼女はネガティヴな情報に限って信じやすいタイプなんですから」

「たしかに」水島は、ははははと再び大笑いする。「ただでは済まないだろうな。まあ、これ以上ペルム学園で事件が起こっては、俺も困る」

「……それで、浦田さんはやっぱり自殺なんですか。噂ではロミオとジュリエットだとか」

「ロミオ？」

彼は四角い目を丸くしたが、直ぐに理解したらしく、

「ああ、栄とつき合ってたという噂は俺も聞いたな。まあ、トニーとマリアだな。もちろん俺が聞いたのも今日になってで、去年栄が墜落死したときは、結局相手がだれかは判らずじまいだったしな」

「判らずじまいって、じゃあ、やっぱり彼女は失恋が原因で？」

水島は云いすぎたと右手で口を押さえると、

「ちょっと口が滑ったな。当時は俺が会長だったから、きな臭い情報もいろいろと耳にしたよ。というわけで、今のは聞かなかったことにしてくれ。そのかわり、まりあとの仲裁役ならいくらでも引き受けてやるから」

「そうですか」

結局そこに戻るようだ。彰は諦めて靴を履き替えた。

「それでは俺は失礼します。まりあ先輩の件は、もう少し考えてみます」

「おう、考えるがいいさ。青春とは、青臭く考え続ければやがて春が訪れるの略だからな。孔子《こうし》も曰《いわ》くってる、青春とはあとからほのぼの想うものであり、その最中はいつも道に迷っているとな。でもいつまでも迷い続けるなよ。なんたってまりあは俺の可愛い後輩だからな」

下足所を出ようとしたとき、臆面もない台詞《せりふ》を背中に浴びせられた。周囲からのくすくす笑い。振り返るのも恥ずかしいので、そのままそそくさと外に逃げ出す。

そういえばこの先輩、体格は立派だが見かけ倒しのスポーツ音痴で、根っからの文科系だった。引用は出鱈目《でたらめ》だが。まりあの誤用癖は水島の影響なのかもしれない。

なんとなくむしゃくしゃしたので、彰は自転車で出町柳駅まで寄り道し、叡電に乗った。

*

その日の夜、彰が部屋で宿題をしているとノックの音がした。父だった。

「なあ、彰」

父が部屋に来るなんて珍しいこともあるなと思ったが、直ぐに理由に思い当たった。まりあのことだろう。彰の父はまりあの父の会社の社員だった。彰に私立ペルム学園に入学するよう勧めたのも彼だ。

案の定、無骨な口調で、

「最近、まりあさんが元気ないらしいんだが、彰、お前何か知らないか？」

そう尋ねてきた。さすがに詳しい事情は聞いていないようだ。おそらくまりあの家族も理由を知らず、心配しているだけなのだろう。

「そうなんだ？　俺もよく知らないな。今度訊いてみるよ」

とぼけるのが下手なので、父には何らかの察しがついたのだろう。少し強《こわ》ばった顔で俯《うつむ》き加減になる。

彰もつき合うように黙っていた。

中学になってから、父とはほとんどまともに会話をしていない。仕事が忙しいせいもあるが、周りの連中に訊いてもそんなものらしいので、改善することなく放っておいたのだ。

そのためこういう時、どう話せばいいのか知らない。

「……なあ、彰」

しばらくの沈黙の後、再び父が口を開く。

「今の学校が厭なら、転校してもいいんだぞ」

どのような想いで父が口にしたのか、彰には把握できなかった。だが、これは明らかに彰の想定していなかった台詞だった。

「……考えとくよ」

彰は父の顔を見ることなく、素っ気なく答えた。

「ああ」と頷《うなず》き、父はゆっくりと部屋を後にする。

「どういうことだ？」

階段を降りる足音が聞こえなくなってから、彰はベッドに大の字になり小さく呟いた。

楔《くさび》というのは案外それほど強いものではないのかもしれない。自分が思いこんでいるほどには。

とはいえ、父の言葉に甘え転校を考えるほどバカでもない。会社をクビになったりはしないだろうが、立場は悪くなるはずだ。

それに、転校までは彰自身も考えていなかった。まりあは全くの他人ではなく幼なじみだ。ドライに縁を切れる相手ではない。

じゃあどうしたいのか？　と訊かれれば困る。彰にもどうしたいのか、どうしてほしいのかがはっきりと説明できないのだ。ただただ、昨今の情勢に苛立ちを覚えていたのだ。

そこでまず、彰は冷静になって、どうしたいのか、どうしてほしいのか、どうありたいのかを、一晩考えてみることにした。

3

翌日の放課後、彰は二学期になって初めて古生物部のドアを開けた。

まりあはひとりで部室にいた。いつものように化石のクリーニングをするわけでも、クソ丁寧に分類して収納するわけでもなく、ただただパイプ椅子に座りぼうっとしていた。

室内がいつにも増して静かだ。

「あ、あら彰。久しぶりね」

まりあの表情が途端に晴れる。無邪気な笑みだ。だが、それに騙《だま》されてはいけない。

「お久しぶりです」

冷えたパイプ椅子に腰を降ろしたあと、慎重に彰は答えた。

「元気でやってた？」

「まあ」

「よかった」

これではプチ家出から帰ってきた放蕩《ほうとう》息子と母親の会話だ。何処《どこ》か湿っぽいし、自分が悪い立場になっている。すぐさま路線変更しなければ。そう思い、

「ねえ、まりあ先輩」

呼びかけたのだが、その声に被《かぶ》せるように、テンションの高い声で、

「それで、彰は知ってる？」

即座に厭な予感がした。ことまりあに関しては、この手の予感は九十九パーセントの確率で当たる。しかもまりあは超絶空気が読めない女だ。普通の人間なら気不味《きまず》くて云い出せない状況でも、彰が部に顔を出したことで、何もかもがリセットされてしまった可能性がある。

まりあは満面の笑みを浮かべながら、

「浦田さんの体内から麻酔薬が検出されたらしいのよ！」

「麻酔薬？」

「そう、詳しくは判らないけど、クロロホルムみたいなものなんでしょう。彰、訝しくない？」

「何がです」

まりあは興奮を抑えられない様子で、

「自殺にしろ事故にしろ、麻酔薬なんて必要ないでしょ。あるとしたら誰かが浦田さんに嗅がせたわけだから、これは殺人よ」

「まあ、そういう見方も出来ますね」

気乗りしない声で反応したが、まりあの情報が正しければ、殺人の可能性が一気に高まってくる。珍しく彼女の推理は正しい。もちろんそれは前提が誤っていなければだが。

「それで、本当に検出されたのは麻酔薬なんでしょうね」

「それはまだ……」

まりあは自信なさげに身体を揺らせたあと、

「もしかしたら合法ハーブとかの類《たぐい》かもしれないって。それでラリってたのなら、いきなり駆けだしたのも説明がつくから。どう？　彰は合法ハーブとかに詳しいでしょう」

「どうして俺が？」

そんなこと云われたのは初めてだ。煙草にもドラッグにも手を出さず、酒も飲まず、万引きもせず、この十六年間、品行方正に生きてきたつもりだ。

「だって春に、よもぎを買える店を探していたじゃない。よもぎって合法ハーブでしょ」

「語義的にはひとつも間違っていませんけど、今の日本ではその使い方は明らかに間違っています。それにあれは母に頼まれただけです」

脱力しながら彰が説明する。

「彰じゃなく、お母さんが合法ハーブをするの？」

「しません。パンに混ぜるだけです。おいしいんですよ、よもぎパン。あとパスタにもあいますよ。それに今は脱法ドラッグとか危険ドラッグといった方が通じます。まあいいです。話を先に進めてください」

「もし麻酔薬なら殺人なわけじゃない。浦田さんて前生徒会の風紀でしょ。ちょうど今の生徒会とは敵対関係にあるし。その上、現場に居合わせたのが当の生徒会のメンバーだけだし。臭うと思わない？」

「この部屋は土の臭いしかしませんね。まりあ先輩も少しは香水でもつけたらどうです？」

「土じゃなくて化石の臭いよ。全然別物。本当に古生物部員なの？　盆明けに新潟まで掘りに行ったときに、たくさんゲットできたのよ。彰も来ればよかったのに。ただそこは褶《しゅうきょく》曲した地層で……褶曲というのは造山活動で地層が曲がったり斜めになったりしてしまうことね。酷《ひど》いときには反転して年代が逆順になってしまうこともあるのよ。そうなるともう訳がわからなくて、極端に云うと、K－T境界の下からメガテリウムの化石が出てくるようなものよ。メガテリウムというのは体長八メートルのオオナマケモノね。巨体を揺らして地上を歩きまわっていたから、いわゆる怠け者じゃないけど、子孫がナマケモノだったせいで怠け者呼ばわりされる可哀想な動物ね」

いつものオタク特有の脱線だが、もうこのまま古生物の話をし続けていればいいのに。彰はそう願ったが、期待というのは願った途端裏切られる運命にあるようで、

「……まあ良いわ。それで生徒会が怪しいと思ったから、助手が欲しかったところなのよ。ちょうど来て良かったわ」

なるほど、それで自分の顔を見て笑みを浮かべたのか。彰は合点がいくと同時に拍子抜けした。

なぜ彰が部に顔を出さなかったのか、理由までは深く考えていなかったのかもしれない。それで、性懲りもなく憎き生徒会を叩くために探偵の虫が騒ぎ出したというわけか。

止めるべきか。つき合うべきか。

答えは出ない。ただ、確認だけすることにした。きっとまりあには口で云わないと解らない。

「先輩。ひとつ約束してもらっていいですか？」

「何よ。約束って。いくらねだっても大切なティロサウルスの歯列のコレクションはあげないわよ」

年金を手にした独居老人のように、露骨に警戒する顔になる。

「そんなものはいりません。柊《ひいらぎ》でも挿して後生大事に神棚に飾っておいてください。云いたいのは……大幅に譲って探偵の真似事をするのは認めることにしましょう。でも、も

しこの前みたいに珍解答を思いついても、推理を披露するのは俺の前だけにしてください。俺以外には絶対に他言しないでください」

甘すぎるかな……彰は逡巡《しゅんじゅん》した。

彰にとっては最大限の譲歩だ。だが、まりあは違ったようで、

「なに、それ。私の名推理を独り占めする気？」

過剰な自意識で、不満げに唇を尖《とが》らす。

「約束できなければ、俺はもう部を辞めます」

「辞めるってどういうことよ。年下のくせに私を脅迫する気なの」

「はい。これは取引です。俺は部に残ります。探偵の活動も手伝います。でもそのフォーエヴァー赤点の頭脳で思いついた推理は、俺以外の人に話さないでください。本来、推理なんてのは賢い人がするものなんですから」

はっきりと、一言一句、聞き間違いが起こらないよう丁寧に伝えた。あとで云い逃れをされないように。

その気迫にまりあは圧《お》されたようだが、足りない頭でぐるぐると考え続けた結果、

「解ったわ」

不承不承《げんち》ながらも頷く。まだ腹に一物ありそうな反抗的な響きが残っていたが、とりあえず言質《げんち》はとった。

「その代わり今日から働いてもらうわよ」

交渉が成立したところで、早速まりあが助手としてのお勤めを要求してきた。事件現場となった旧クラブ棟を見に行きたいというのだ。しかも生徒会が訪れたのと同じ六時過ぎから。

生徒会御一行様に彰が加わっていたことを、まりあはまだ知らないようだ。水島も律儀《りちぎ》に約束を守ってくれているらしい。それはいいのだが、本心ではもう二度と『地獄の門』をくぐりたくはなかった。最近、できたての死体を目にする機会が激増した彰だが、この前の浦田の墜落死体には、思わず戻しそうになった経緯がある。できるなら思い出したくはない。

とはいえ契約した手前、いきなりまりあの要求を断るわけにもいかない。ただ時間まで合わせる必要があるのか？　それを尋ねると、

「同じ時間に行かないと意味がないでしょ。現場は電気がなく大分暗くなってたというし」

弘法《こうぼう》筆を択《えら》ばずの逆で、凡夫はやたら細かい所にこだわる。ただ、初っぱなから逆らうのも躊躇《ためら》われたので、六時まで彰は意味もなく二時間ほど待つことになった。暇つぶしに携帯ゲームをしたが、イージーミスばかりで全然クリアできない。おまけに隣からずっと呑気《のんき》な鼻歌が聞こえている。まりあはゴキゲンで化石のクリーニングを始めていた。

「もう溜まっちゃって溜まっちゃって。今度彰にもやり方を教えるから手伝ってよ」

まあこれで良かったのかも。己を殺し、彰は無理矢理納得することにした。


まりあが旧クラブ棟に踏み込むのは初めてのようだ。一昨日の彰のように、血文字風に書かれた『地獄の門』に、あからさまに虚を衝《つ》かれていた。自慢の鼻歌がぴたりと止《や》む。

屋上までの道すがら、まりあは静寂を嫌うかのように、聞き込んできた情報（おそらく水島あたりだろう）を彰に説明しながら、浦田たちが辿ったであろう道程を辿っていった。彰も事件の直後に渚たちから少しは状況を聞いたが、さすがにまりあの情報はそれより詳細で整理されていた。ただ、西側のグループについては事件に関係ないためか遺漏があり、幸運なことに彰の存在もその遺漏の一つだった。

二日前と同様、部室には幽霊クラブの備品が山積みされているが、部員の姿は見えない。事件があったばかりなので活動を自粛しているのかもしれない。オカルト絡みの噂は未だに各教室を席捲《せっけん》している。無信心な彰でも、もし自分が幽霊クラブの部員だとしたら、一週間は出入りを控えようかと躊躇う。そして西側同様に東棟の四階も、これから幽霊クラブが逃げ出していくことだろう。

校舎を覆う厚手のシートが廊下の窓を覆っているので、光はあまり入ってこない。夕方でなく、正午でも薄暗そうなほどに。反面、部室がある側にはシートがないので、部室の窓から光が差し込んでくる。この辺は西棟と同じだ。

そうこうしているうちに、四階まできた。一番奥の部室の扉はガタが来て、中に入れないようになっている。隙間から覗くとがらんどうなので、ずっと使われていないようだ。逆に一つ手前の部室は扉が開け放しのまま壊れているらしく、窓の外からの光が廊下まで流れ込んでいた。といっても四階まで来るうちに日は暮れ始め、その上北向きなので、弱々しいものだったが。

その部屋は幽霊クラブの部室になっているらしく、備品が乱雑に並べられていた。中央にテーブルがあり、将棋の盤や駒《こま》らしきものがいくつも置かれている。最初将棋部かと思ったが、将棋部は古生物部と同じ階にあるし、部員も十名以上居たはずだ。それによく見ると普通の将棋盤や駒とは少し違っている。まあ、変わり種の将棋のクラブなのだろう。

その変わり種将棋部の部室の前には、奥の開かずの扉の前まで、廊下の半分を埋めるように段ボールが並べられていた。といっても圧縮陳列しているわけではなく、乱雑に二箱ずつ壁に沿って並んでいる。他のクラブが曲がりなりにも部室に収めていることを考えると、図々しい限りだ。何が入っているのか気にはなったが、他人の持ち物なので詮索《せんさく》はやめておいた。

まりあも突き当たりのドアまでの往復時に「邪魔ねぇ」とぼやいていたが、中を覗くような不作法はしなかった。ただ軽く蹴飛《けと》ばしはしていた。それくらいは仕方がない。背後の彰も見て見ぬふり。

なにせ段ボール箱のせいで、一列縦隊になるのはともかく、行き止まりで入れ替わるスペースすらなかったので、そのまま回れ右をしなければならなかったからだ。突き当たりで誰も通らないという安心感からだろうか。

屋上への階段は、その変な将棋部のドアを過ぎてしばらく進んだところにあった。薄暗かったため、最初知らずに通り過ぎ、「この階段よ」という背後からのまりあの声でやっと気づいた。

まだ将棋部の縄張りなのか、段ボールが壁沿いに並んでいる。それまでの階段は入り口と同じで棟の西側に寄っているので、屋上への階段だけ奥側についていることになる。階段は今までのと比べて狭く、そして採光窓がないため暗かった。階段の廊下を挟んだ反対側は壁と段ボールなので、上からだけでなく下からも光が入ってこない。

「なんか薄気味悪いわね」

意気軒昂《けんこう》としていたまりあは、初めて女子らしい不安げな声を出した。

しかし一瞬のことで、すぐつかつかと先に進んでいく。慌ててあとをついていくが、何段か差が開くと、あっという間にまりあの後ろ姿は闇に溶けかけていた。おまけに浴室でカラオケをしたみたいに音だけがやたら反響する。

もしかしたらこの視覚と音響のせいで、浦田は訝しくなったのかも。なんとなく彰は思った。そうなるとドラッグ説が信憑性を帯びることになるが。

小さな踊り場を折り返し、屋上への出口についたところでまりあの歩みが止まった。よく見ると、窓のないドアは施錠され、丁寧に立入禁止のテープが貼られていた。

「まあ、当然ですね」

まりあのような生徒が興味本位で立ち入って、再び事故でも起こされたら学校としても面目が丸潰れだ。

「何とかならないかな」

あわよくばとテープを引き剝《は》がそうとする。

「まりあ先輩。今までドアとか階段の手摺とかいろいろ触ったでしょ。当然指紋が残っているし、俺たちがここに入るところも誰かに見られているかもしれません。これでテープが剝がされていたら、すぐにまりあ先輩だと特定されますよ。当然、警察や学校からご両親に連絡が行くでしょうね」

「それは拙《まず》いわ」

拙ければ探偵など止めればいいと思うのだが、その選択肢はないようだ。まりあは未練たらたらで諦めると、階段を降り始めた。

「足許に気を付けてくださいよ。負ぶって下まで行くのなんて厭ですから」

　倭文代は軽傷だったので、自力で一階まで降りられたが、万事迂闊なまりあではきっと大事になるに違いない。そして皺寄《しわよ》せは全て彰に向かうはずだ。

「判ってるわよ！」

　声を荒らげながら、それでも少し慎重になった足どりでまりあは四階まで降りていった。

その時だった。

　さっきまで無人だった変な将棋部に人影が見えたのだ。

「誰？」

「そっちこそ誰だよ。生徒会の人？」

　ひょろ長い生徒が一人顔を覗かせる。

「違うわ、失礼ね。探偵よ」

「違います。ただの野次馬です」

　最後まで云わせず彰が訂正する。

「ここの部の人ですか？」

　そう尋ねると、相手は無断占拠に少しは後ろめたさがあるようで、言葉を濁しながら認める。

「変な将棋ですけど、オリジナルの将棋とか？」

　前にゲームソフトで、四人対戦の将棋というのを見たことがある。四つの王が四辺に並んで変な感じだった。

「大局将棋部だよ。一昨年までは正式な部だったんだが……。大局将棋というのはオリジナルじゃなく、かつて実在した将棋の先祖にあたる将棋なんだ。駒が先手後手合わせて八百四枚もある将棋だよ」

「八百四！　煩悩《ぼんのう》の何倍かしら」

まりあが素っ頓狂な声を上げる。

「驚くのは無理もない。あまりの多さ煩雑さに廃《すた》れてしまったんだからな。いわば将棋界のティラノサウルスだな」

まりあが古生物部なのを知ってか知らずか、大局将棋部員は恐竜に喩《たと》える。

「じゃあ、今の将棋が鳥類なわけね」

まりあの喩えは彼にはぴんとこなかったようで、無言で首を捻っている。まりあはそんな様子に構うことなく、

「じゃあ、表に出してある段ボールはその大局将棋の駒なの？　すごい邪魔なんだけど」

「駒じゃなく、棋譜だよ。うちの部は二十年の歴史があるからね。部員数が将棋部なみな時もあったんだ。で、大局将棋部なんて余所《よそ》にはないから、生のデータとして対戦の棋譜をきちんと残してあるんだよ。公式戦すらまともに残してない将棋部よりはるかにしっかりしてるんだ」

貧弱な胸を張る大局将棋部員。

「そうなんだ。あの段ボールがそんなに大切なものだとは……」

彰が呟く。感嘆の声が思わず漏れてしまった。

「でも、そんな大事なものなのにどうして表にほっぽり出してあるのよ」

まりあが非難すると、部員は顔を真っ赤にして首を横に振った。

「僕たちがしたわけじゃない」

「え、どういうこと？」

「棋譜は部の伝統であり存在証明とも云うべきものなんだ。いわば命だ。いくら嵩張《かさば》っているからって、廊下になんか出しておかないさ。久しぶりに来てみれば、誰かが廊下に放り出していたんだ」

訊くと、この部員は夏風邪で始業式に出て以来今日までずっと学校を休んでいたらしい。大局将棋部は二人だけなので、彼が休めば対局相手がいないのでもう一人の部員も部室に来ない。つまり始業式以降誰も部室に来ていなかったのだが、事件のこともあり、昨日久しぶりにもう一人の部員が来たところ、棋譜の段ボール箱が表に並べられているのに気づいたらしい。

「今は例の事故でバタバタしているから、落ち着いたら中に入れようと思ってね。ゴミと間違われて捨てられたら一大事だから、こうやって様子を見に来ているんだよ」

「不思議な悪戯をするひとがいるのね」

口ではそう云うまりあだったが、瞳の片隅は輝いているように見えた。

＊

彰たちはその後一階に戻り、旧クラブ棟の裏手に回った。墜落現場は屋上より一層厳重に囲いがされていた。とはいってもバリケードで覆われているわけではないので、遠目からの見学は可能だった。

地上に剝き出したコンクリートは風雨のせいで、外壁同様に黒ずんでいたが、わずかにそれとは違う、流れ出た血の痕《あと》らしきものも見える。

見上げるとちょうど真上に先ほどの将棋部があり、その上には屋上の手摺がぼんやりと見える。夕闇に溶けこむ手摺はどこか禍々《まがまが》しかった。

「ねえ、彰。さっきの段ボールの話を忘れてないわよね。もしあの段ボールがただの悪戯じゃなくて、事件に関係するとしたら、やっぱり殺人と思わない？」

部室に戻ったまりあは堰《せき》を切ったように喋りだす。日は既に落ちていた。

推理を彰以外には云わない約束を忠実に守っているつもりらしい。湖底からようやく水面に出て息継ぎできたような慌てぶりが、ちょっと微笑ましい。

仕方がないのでつき合うことにする。

「偶然かもしれませんけどね」

もちろん確率の低い偶然なのは彰も承知している。とはいえ、仮に計画的なものだとして、どうしてそんなことをしたのか、事件とどう関係するのか皆目見当がつかなかった。

「計画的ということは事故じゃなく誰かに落とされたってことでしょ。でも、浦田さんが階段を駆け上がっていくのは、稲永さんが見てるわけだし。どういうことなんです？」

するとまりあはぴんと指を立て、

「屋上に誰か待ち伏せしていて、上がってきたところに麻酔薬を嗅がせ意識を奪ったあとに突き落とした。どう？」

「どうと云われても」

彰は困ったようにまりあの純真な瞳を見つめ返した。

「先《ま》ず、犯人は浦田さんを突き落としたあと何処に消えたんです？　屋上は狭くて隠れる場所がなかったらしいじゃないですか。生徒会の人たちは浦田さんを捜していたけど、他の人が隠れていても気づいたと思いますよ。それこそ犯人も屋上から飛び降りない限り。まさに密室殺人ですよ」

「そうね……そうだ、浦田さんが落ちたのってちょうど大局将棋部の真下辺りでしょ。じゃあ、犯人は浦田さんを突き落としたあと、上手い具合に一つ階下の大局将棋部の窓から部室の中に逃げ込んだのよ」

「上手い具合にって、せめて自分がチャレンジしてから云ってください。この学園にサーカス団の見習いでもいるんですか？」

「サーカスでなくても、レンジャー部隊なら可能なんじゃないかしら」

「まあ、試合そっちのけで内紛ばかり起こしているサバゲー部はありますから、レンジャー部がこっそりあっても訝しくありませんが。それでも問題が残りますよ。まりあ先輩の説だと浦田さんと犯人が示し合わせたことになりますが、それはどう説明するんです」

「そんなのすぐには判らないわよ」

いつものごとくまりあは口籠《くちご》もる。彰は畳みかけるように、

「そもそも先輩が最初に計画性を感じ取った大局将棋部の移動された段ボールは、何に使われたんですか。今の説だと何の役にも立っていないようですが」

「それも今すぐは無理よ。今晩考えるからちょっと待ってよ」

まりあもムキになる。

「まあ、何日でも何年でも待ちますが、ただ一つ断っておきますが、先輩の推理が正しいのなら、犯人は生徒会にいなくなりますよ。会長のグループも副会長のグループも、みんなずっと一緒だったんでしょ。当然生徒会以外の人間になるわけですね」

「それは困るわ」

いままでサグラダ・ファミリアのごとく我慢強く推理を補修していたまりあが、つい本音を洩らす。

「まりあ先輩」

「なに？」

「何が何でも生徒会のメンバーを犯人にしたいのなら俺は手を引きますからね」

「何よそれ。そんなのさっきの約束になかったじゃない」

目を剝き、甲高い声で抗議するまりあ。

「ありましたよ。俺は探偵の手伝いをすると云ったんです。犯人から推理を逆算するなんて、もはや探偵ではありません。先輩が今まで見たドラマや小説でもそんな探偵いなかったでしょ」

「前例のない新世代の探偵がいてもいいじゃない」

「だからそれはもはや探偵じゃないですから。反論無用です。まりあ先輩も実は解ってるんでしょ」

図星だったらしく、まりあは口惜しそうに唇を嚙《か》んだだけだった。

4

「犯人が解ったわよ」

翌日の放課後、部室に入るなりまりあは瞳を輝かせながら訴えてきた。昨日の今日でこれだ。対照的に頭を抱える彰。

「昨日お風呂の中でずっと考えていたの。そしてようやく思いついたの」

「よく身体がふやけなかったものですね。クラゲならでろでろですよ。で、犯人は誰なんです」

「野跡さんよ。副会長の」

彰は即座に座ったパイプ椅子から腰を浮かせた。テーブルに放り投げたカバンを手に取ろうとする。

「待ってよ。今から彼女がどうやって浦田さんを殺したのか説明するから」

「またインチキ赤点推理じゃないでしょうね。先輩はテストで赤点を取りすぎて世界が赤く見えているみたいですからね」

「何よ失礼ね。この前の生物の期末テストはちゃんと五十点もとったわよ」

「得意なはずの生物でもそれですか。まあ、いいです。とりあえず俺が聞いてから判断します」

　ここで自分が去って、別の人間に倭文代が犯人だと触れ回られては更に厄介になる。王様の耳はロバの耳。彰が井戸になるしかないのか。

「で、どうやって野跡さんは殺すことが出来たんですか？　彼女は先頭を歩いていたんですよ。それとも生徒会の他の面々が口裏を合わせているとか」

　彰は脱力しながら尋ねた。

「それも考えたけど……」

　考えたんだ。呆れた。

「それならもっとましな嘘をつくと思うのよね。それに三人がかりで殺すなら、わざわざ麻酔薬を使わなくても墜落させられたと思うの。だから彼らの証言は本当のはず。殿の笹島さんも背後にいた稲永さんもね」

「だったらどうやったんですか？　浦田さんは階段でいきなり駆けだしたんでしょ。そして屋上から落ちた。野跡さんはその際突き飛ばされて階段に倒れていたんでしょ。仮に副会長が浦田さんと示し合わせていて突き飛ばされたのが演技だとしても、すぐに稲永さんたちがやってきたわけだから、屋上で浦田さんを突き落とす時間的余裕は全くないですよ！」

　彰としては、ぐうの音も出ないようにやり込めたつもりだった。ところが意に反してま

りあは強い眼差しで彰を見つめると、

「それが間違いなの。稲永さんの目の前で駆けだしたのは浦田さんじゃなくて野跡さんなのよ。当時階段はかなり暗かったでしょ。野跡さんは長い髪を襟首で束ねていたし、その上から男子のブレザーを羽織れば後ろ姿は誤魔化せたはずよ。浦田さんは男にしては華奢《きゃしゃ》なほうだから。それに稲永さんはチビだから上り階段では、背中に邪魔されてその前にいるはずの野跡さんの姿は見えなくても不思議に思わないでしょう？　最後尾の笹島君は距離があって闇に紛れるから、同様に野跡さんが見えなくても気にならない。それにあそこ変に足音が谺響《こだま》するから、足音が少なくてもすぐには解らないと思うわ。人間増えているとすぐ気がつくけど、減っていても気がつかないものなのよ」

どこかで聞いた台詞だ。

「すると浦田さんに変装した野跡さんが、踊り場の手前で発狂したふりをして駆けだして、すぐさまブレザーを脱ぎ悲鳴を上げてぶつかられたように見せかけたわけですか。まあ、脱いだブレザーはその辺に隠せるとしてもスラックスはどうするんです？　ブレザーのように直ぐには脱げないですよ」

「スラックスなんてわざわざ穿《は》かなくてもいいわよ。彼女はテニス部帰りの紺のジャージ姿だったの。彰が穿いているスラックスも紺でしょ。暗闇の中では見分けはつかないわよ」

「なるほど考えましたね」

　彰は少し見直した。

「じゃあ、浦田さんはどうしたんです？　屋上への階段を上る時点で既にいなかったとすればどうやって屋上から墜落死したんです？　それこそ野跡さんのみならず生徒会の誰にも無理だったんじゃないんですか？　もし先頭の野跡さんが浦田さんに何かしようとしたら、すぐ後ろにいた稲永さんや長身の笹島さんが気づいたんじゃないですか？　屋上への階段以外は、そこまで暗くなかったですからね」

「そこよ。そこで段ボール箱の出番なのよ」

　意を得たりと云わんばかりに、まりあは一段と声を大きくした。

「夏に新潟に行った時、褶曲した地層を見たって話したでしょ。今回その褶曲が起こったのよ。一行はずっと同じ順番で一列縦隊を組んで各部室を巡っていったわけだけど、おそらく一度だけ逆になったときがあるのよ。それがあの段ボール箱なのよ」

「どういうことです？」

「四階の開かずの部室の突き当たりの廊下は、大局将棋部の段ボール箱のせいで非常に狭くなっていたでしょ。その上、ドアが壊れていたため突き当たりでそのまま引き返さざるを得なかった。そんなときわざわざ窮屈な思いをして行き違って野跡さんを先頭にして戻ると思う？　少なくとも段ボールが途切れるところまでは、そのまま回れ右して順序を逆転させて進むのが自然よ。私たちがそうしたようにね。そして屋上への階段は段ボールが途切れるまでの所にあった。つまりその瞬間までは笹島さんを先頭に、稲永さん、浦田さん、野跡さんという順番だったのよ」

「じゃあ……引き返す最中に、浦田さんの背後にいた野跡さんが後ろから麻酔薬を嗅がせたと」

意を得たように、まりあは大きく頷く。

「恐らく背後から麻酔薬を嗅がせて、意識を失ったところを、開きっぱなしの大局将棋部の部室に放り込んでおいたのよ。そして予め潜ませてあったブレザーを羽織り、階段を上ろうと発言した。ただ、残りの二人がその声に振り返ったときには、既に野跡さんは階段に飛び込んだ後で、その後をついていくブレザー男子の後ろ姿だけが見えたでしょうね。もちろん誰もそれが浦田さんでないとは疑わないわ」

「随分な綱渡りですね」

彰は苦笑いしながら、

「それで、浦田さんはどうやって墜落させられたんです？　大局将棋部の部室に放り込むのはともかく、窓から投げ捨てるほどの時間的な余裕はさすがにないでしょう」

「もちろん落としたのはその後よ。みんなが慌てて一階まで降りていったとき、野跡さんは遅れてきたでしょ。足を痛めたとか云ってたけど。でも実際は自作自演で突き飛ばされていないわけだから、足を痛めるはずもないわ。となると、遅れたのは大局将棋部の部室から被害者を転落死させるためよ」

「ちょっと待ってください、順序が逆になってますよ。じゃあ、彼らが屋上から見た死体は何なんですか」

「誰も死体なんか見ていないわよ。夕闇の中、地上に横たわる人影がぼんやりと見えただけ。コンクリートの上に水で人影っぽく湿らせておけば見間違えても訝しくはないでしょ。それに実際、屋上から人影を見た位置と、地上で死体を発見した位置が一致する必要はないわけだし、死体より少しずれた場所に黒い染みがついていても誰も気にしないわよ。風雨でこれだけ黒ずんでる校舎なんだから、大きな染みもあって当たり前だし」

「それで動機は何なんです？」

「それはあくまでも推測になるけど……」

まるで今までが推測でなかったかのようにまりあは不安げな表情を見せると、

「浦田さんは怖がっていた癖に女二人の組のままで、生徒会長たちと行動を共にしなかった。最初は浦田さんが東側の屋上で示し合わせていたせいだと考えたんだけど、そうでない以上、別の理由が必要になるわ。そこで出てくるのが、去年栄さんが西棟の屋上から投身自殺したことよ。たぶん今校内で流れている、浦田さんと栄さんの噂は本当なのよ。妊娠まではどうか知らないけど、栄さんは浦田さんに振られ屋上から身を投げた。二人はロミオとジュリエットだから、栄さんと野跡さんは同学年の同陣営で、繋がりはあったはずよ。だから彼女の復讐《ふくしゅう》のために、野跡さんは浦田さんを殺害したのかもしれないわね。もしかすると、恋人のことを聞いていたのかも。そしてその恋人が、彼女の死を悼むどころか、その死を利用するかのように旧クラブ棟のクレームをつけてきて、殺意を固めたのかもしれないわ。浦田さんが入り口の『地獄の門』という文字に過剰に反応したのも、忘れかけていた栄さんの自殺を思い出したからで、だから反対の東棟といえども上の階に行くほど口数が少なくなっていったのよ。おそらく今回の二手に分かれての探索もその際の面子も、そして時刻も、野跡さんが発案したんじゃないかしら。犯行計画も旧クラブ棟の下見をしたときに思いついたのかもしれないわ。そして浦田さんを巧みに仕掛けた罠《わな》に誘導していった」

最後は恐山《おそれざん》のイタコのような迫真の口調だった。彰はまりあの思わぬ才能を発見したと思いながらも、

「まりあ先輩。素晴らしい推理です。俺には何も云うことはありません。でも、約束しましたよね。このことは一切他言無用です」

「どうして？　一刻も早く警察に報せなきゃ。国民の義務を果たさなきゃ」

今にも携帯を取り出し一一〇番しそうな気配。彰は慌てて制止した。

「日本の警察は優秀です。もし先輩の言葉どおりに犯行が行われたなら、きっと警察も犯

人を突き止めますよ。逆に云えば、今までの事件も先輩が邪推した生徒会の歴々が捕まっていない時点で、先輩の推理は外れまくっているというわけです」

そして彰は改めてまりあの顔を見つめると、

「特に今回の場合だと、もし麻酔薬の効きが悪くて少しでも抵抗されたら、前の二人にあっさりばれてしまうんじゃないですか？」

「その時はその時よ。どうせみな生徒会の仲間だし、動機も生徒会共通のはず。ばれたらそれこそ口裏を合わせてもらうとか、そこまで考えていたんじゃないかしら」

「なら最初からそうすればいいんじゃ」

「仲間を殺人に巻き込むのは最後の手段と思ったんでしょうね。副会長は責任感が強い人らしいから。……私にはただの腹黒にしか見えないけど」

あまりの強引さに、彰はこれ見よがしに大きな溜息を吐くと、

「根回しもなく、いきなり現場で人殺しの共犯になってくれと頼まれても、普通おいそれとは引き受けられないでしょう。先輩は友達がいないから、他人の気持ちを斟酌《しんしゃく》できないんですよ」

「なによ、友達なら地中にたくさんいるわよ。それにピッケルも友達だし」

自分でも気にしているのか、途端に狼狽《うろた》えはじめる。それを好機と彰は諭《さと》すように、

「いいですか、先輩。これは二人だけの秘密ですからね。約束しましたよね。その代わり、

先輩の赤点推理は、ずっと俺が聞いてあげますから」

卒業するまでにつまらない秘密がいったいどれだけ増えることだろう。うんざりしながら彰は執拗《しつよう》に念押しする。昨日のことがあるせいか、まりあは大人しく頷いた。

まりあの卒業まであと一年と半年。

それまでの辛抱だ……彰はそう自分に云い聞かせた。

第六章　赤と黒

1

九月も終わりに近づく頃、学内は十月の初めにある中間テストの話題で占められるようになる。夏休みが明けてたったひと月、休みボケと京都特有の蒸し蒸しした気候がようやく和らぎ、秋の気配が感じられ始めた頃だ。頭を切り替えてテスト勉強に集中するには少々早い。

周囲の高校は十月半ばに中間テストを行うところが多く、ペルム学園は一、二週間早いのだが、それには理由があった。テストが終われば体育祭、そして体育祭が終わればすぐにペルム学園の一大イヴェントである生徒会選挙が控えているのだ。選挙自体は十一月だが、それまでおよそ二週間をかけて熾烈《しれつ》な選挙運動が展開される。この生徒会選挙のために、中間テストが十月早々に前倒しされているのである。

「テストなんか止《や》めて、このまま選挙になればいいのに」

憎き現生徒会が引退すれば廃部問題も消えるだろうと皮算用しているのか、まりあは淡い希望を抱いた声で何度も呟《つぶや》くようになった。とはいえ荒子派の候補者が勝利すれば、状況は何も変わらないのだが。しかも悪いことに水島派には有力な人材がいないらしい。なにせこのまりあに立候補しないかと持ちかけるくらいなのだから。もちろんまりあは即座に断った。

「生徒会長なんかになったら化石掘りに行けなくなる」という理由で。

出馬すれば勝てると思っているのもすごいが、荒子派が勝てば肝心の古生物部が廃部になることにまで頭が回っていない。

彰はつき合いで入部しただけなので、古生物部には何の思い入れもない。廃部になっても困らないのだが、まりあを野に放ち暴れ回られるのは厄介だ。とはいえ、学内で奇人変人のレッテルを千社札のようにペタペタ貼られているまりあが部長を務める古生物部の門を、二学期にもなってあえて叩こうとする酔狂者はさすがにいない。

従僕としてどうしたものかと、授業やテスト勉強の合間に頭を悩ませていた、そんなある日のこと。

彰が部室に入ると、室内にはまりあの他に男子生徒がひとり座っていた。

突然のことに部屋を間違えたのかと思ったほどだ。思わず詫《わ》びを口にして去りかけたが、彼の背後に聳《そび》え立つエディアカラの模型を見て、ここが古生物部で間違いないことに気づいた。

＊

男子生徒の背は百七十センチの彰とだいたい同じくらいだった。ただ肩幅は広いので体重は上のようだ。肉づきもよく、デブとまではいかないがぽっちゃりで、つつくと弾力がありそうな体型だ。

そんな鈍重な体軀《たいく》のわりに、目の前の生徒には爽《さわ》やかな印象があった。ひとえに相貌のせいだろう。目がクリッとした愛嬌《あいきょう》のある童顔で、顔だけならデビューしたてのアイドルぽくもある。逆に云うと、ボディさえシェイプアップすれば、今すぐファンクラブができそうなほど。

ともかくいったい何者だろうか？　借金の督促？　しかし古生物部に借金はないはずである。まりあが最新式の化石の洗浄器具を衝動買いでもしない限り……。

先週まりあが化石雑誌の広告ページを見ながら、「これいいわね」と数万円もする洗浄器具にうっとりしていたことを思い出す。

ところが男子生徒の隣に座っていたまりあは、彰に気づき振り返ると、意外な台詞《せりふ》を口にした。

「彰。ちょうど良いわ。紹介するね。彼は二年三組の馬場広道《ばばひろみち》君。今日から古生物部に入ってもらうことになったの」

「古生物部に？」

彰は思わず訊《き》き返した。てっきり幻聴だと思ったからだ。だが再びまりあの口から洩《も》れた言葉は先ほどと同じものだった。

「初めまして。馬場です」

彼は椅子から立ち上がると、彰に向かい握手を求める。

「あ、初めまして。一年の桑島彰です」

求められるまま、彰は右手を出した。見た目どおりの柔らかい掌だった。

「今日から、古生物部に入ることになったんで、よろしくお願いするよ。学年は僕の方が上だけど、この部では君のほうが先輩だね」

伸びやかな声で爽やかに話しかけてくる。彰はどう反応していいものか困惑していた。古生物部に入部者が現れるなど、にわかに信じがたかったからだ。しかも右も左も知らないうぶな一年坊主と違って、まりあと同じ二年。

「馬場先輩はどうしてこんなところに」

思わず本音が出てしまった。

「こんなところって何よ！」

案の定、目尻を吊り上げ、まりあがいきり立つ。

「あ、すみません。そういう意味じゃないんです。……でもどうして、古生物部に？」

「変かい？　それに堅苦しいから先輩はいらないよ」

穏やかな笑顔を崩さず、馬場は口にした。

「元から興味はあったんだけど、ずっと入る契機《きっかけ》がなくてね。それを先週、神舞さんにスカウトされたんだよ」

「まりあ先輩に？　まさか力尽くで引きずり込まれたり、何か脅迫されて」

「まさか」馬場が苦笑するのと、まりあが「誰が場末の客引きよ！」と怒鳴るのが同時だった。

だがまりあはすぐに嬉しげな顔つきに戻ると、

「それでね。馬場君、すごいのよ。化石掘りはしたことないんだけど、古生物の知識は一通り持っているのよ。なにせ一学期の期末テストでは学年二位の成績だったんだから」

まりあがここまで他人を褒めそやすのも珍しい。

「二位ですか！」

さすがに彰も驚く。普段まりあのことを赤点赤点と馬鹿にして、学力に関しては自負もある彰だったが、学年二位なんて順位はさすがにとったことがない。いや一桁《ひとけた》すらまだ未知の領域だ。一学期の順位は十七位でクラスでは三位。クラス内でさえ馬場の順位に負けている。

因《ちな》みにまりあは下から三番目だった。ペルム学園では成績上位者だけでなく全生徒の成績がきっちり張り出される。噂《うわさ》では風邪で最終日にテストを受けられなかった生徒にも負けたとか……。ただ名家のお坊ちゃん嬢ちゃんが集《つど》うはずのペルム学園で、赤点女王のまりあより悪い成績の生徒がまだ二人もいるというのも驚きだったが。きっと全てのテストで名前を書き忘れたか、解答欄を一つずれて書いてしまったに違いない。

「二位ですか……」

知らず彰は繰り返していた。

ペルム学園は名門進学校でもあり、有名私学はもとより東大や京大にも毎年二桁近くの生徒を送り込んでいる。つまり二位ということは、全ての大学、学科を見下ろしにできる成績だということだ。そんな素晴らしい人材が、こんなうらぶれた古生物部に入るなんてますます信じがたかった。

まりあは彰の口調の変化には気づかない様子で、

「そうなのよ。今はまだ知識だけだけど、これから実践を積めば古生物部のハイパーエリートになれるわよ。とくに彰が全くやる気のない役立たずだから、ほんとトリケラトプスとプロトケラトプスくらいの差があるわね」

頬《ほお》を紅潮させ浮かれまくっている。心なしか出張った尻も小刻みに揺れている。もしかして色仕掛けで？　いや、確かにまりあは黙って座っていれば美人ではあるが、いったん動き、しゃべり始めると途端に馬脚を現す。いわばスチール写真だけの二次元美人なのだ。しかし蓼《たで》食う虫も好き好きというから……。

様々な可能性を思い巡らせながら彰は馬場に視線を移す。馬場はずっと笑顔を浮かべているだけで、今ひとつ表情は読み取れなかった。ただ恋愛感情で動いているようでもなかった。

なぜかほっとしたものの、謎はなおさら増すばかりだ。

「まあ俺の負担が軽くなって助かりますよ。これで勉強を馬場さんに見てもらえれば、赤点蟻《あり》地獄からも脱出できますしね」

「何云ってるのよ。部の存続のためにも、期待のホープにはガンガン実践を積んでもらわないと。赤点のために馬場君の貴重な時間を使うなんてできないわ。なにせ今日も……」

まりあがそこまで云ったところで、隣の馬場が左手の腕時計に目をやった。そして朗らかな声で、

「申し訳ないけど、今日はこれで失礼させてもらうよ。家に家庭教師が来るから」

「馬場君、月曜から水曜までは家庭教師に教わっているらしいの。だから実質クラブに来られるのは木曜と金曜だけだけど。あと日曜はあいてるから化石採取にも参加してくれるらしいわ」

まるでお見合いで理想の結婚相手でも見つけたかのように、まりあは上機嫌で訊かれてもないことまでぺらぺらとしゃべりまくる。

「ということで、悪いけど僕はここで。今日は挨拶《あいさつ》に来ただけだから。また木曜までに古生物の勉強をしておくよ」

カバンを手に取ると、片手を軽く振りながら古生物部をあとにする。まりあは出航する船を見送る船長夫人のように、閉じられた扉をしばらく見つめていた。

「先輩、馬場さんに惚《ほ》れたんですか？」

カマをかけてみると、まりあはまんざらでもない口調で、

「惚れたわよ、学年二位の彼の才能に」

と返してきた。どこまで本気なのか彰には判らない。ともかく下から三番目のまりあからすれば、二位というのは雲の上どころか、銀河の遥《はる》か彼方から燦然《さんぜん》と輝くポラリスみたいなものだろう。

＊

「いったいどこであんな特級の優等生を見繕ってきたんですか」

特大新人が颯爽《さっそう》と部屋をあとにして十分。馬場効果が切れ、キムコをぶちまけたような室内が再び従来のけだるい雰囲気に戻ってきた頃、彰は改めてまりあに尋ねた。

「知りたい？」

にやにやしながらまりあが問いかけてくる。

「まあ知りたいですね。前からの知り合いだったんですか？」

素直に答えると、

「それはそうよね。この半年一人の部員も勧誘できなかった彰としては、恵比寿《えびす》様のようにみごとに鯛《たい》の一本釣りを決めた私のテクニックに興味津々《しんしん》よね」

誰のせいで皆が入部に尻込みしたと思っているのだろうか。それにまりあは今までの一年半、一人も入部させられなかったのだ。とはいえ口答えしてもへそを曲げるだけなので、相槌《あいづち》で先を促すと、ＴＶで成功体験を語るやり手社長のような顔つきでまりあは説明し始めた。

「職員室の前の壁を知っている？」

「壁？」

いきなり話が飛んだので彰が戸惑うと、

「職員室の前の壁は大理石でできているんだけど、その大理石には古生代の化石が紛れ込んでいるのよ。まあ、それ自体はよくあることなんだけど」

まりあの話では、金曜日の夕方、化石洗浄に集中しすぎて日が暮れ始めた六時過ぎまで古生物部にいたらしいが、帰り際、日直の日誌を返し忘れていたことに気づき慌てて職員室に走って行ったらしい。下校時間をとうに過ぎていたために、まりあが飛び込んだときには扉こそ開いていたが、中に教師はひとりもいなかった。しかたなく担任の机の上に日誌を置いて職員室を出たとき、薄暗い職員室の前の廊下で、独り壁を見つめている生徒に気づいた。それが馬場だった。

「私に気づかなかったくらいに、あまりにじっと壁を見つめているから、もしかして化石に興味があるの？　って尋ねたらドンピシャだったのよ」

世紀の大発見をしたかのように、まりあは声をうわずらせる。

「なら是非とも古生物部に入らないって誘ったら考えてみるって。それで今日来てくれたのよ。事前に彰に話さなかったのは、サプライズにしようと思ってね。ほら彰は誕生日が近いでしょ。だから誕生日プレゼント代わりにね」

「ありがたいですが、俺の誕生日は六月です。誰かと間違ってませんか？」

「あれ九月の末じゃなかったっけ。6と9をひっくり返して覚えてたのかな。まあいいわ。なら三ヶ月遅れの誕生日プレゼントよ」

そもそも部員が増えて得をするのは、まりあのほうだ。とはいえ今更この程度で目くじらを立ててても仕方がない。

「でも、やっぱり私の睨《にら》んだとおり、隠れ古生物好きはいるのね。希望がわいてきたわよ。一人いればあと十人くらい潜んでいる可能性も高いわけだし」

そのフレーズ、つい最近聞いたことがある。

「でも、古生物好きならもっと早くに入ってもよさそうだったのに。古生物部じゃなくても恐竜部とかもあるわけだし。どうして今までフリーだったんですか」

「ずっと勉強に専念してたからなんですって。家が厳しいらしく、学年で一位をとらなきゃならないって。ただ、古生物への想いは断ち切りがたく、よく職員室の壁にアンモナイトを見に来るって話してくれたわ」

あまりに話が美味《うま》すぎて新手の詐欺かと勘ぐってしまう。念のため、

「先輩。口座にいくらか振り込むよう云われたとかないですよね」

尋ねてみたが、

「何を訳のわからないこと云ってるの？　頭大丈夫？」

と、赤点保持者にバカにされただけ。割りに合わない。

「でもこれで先輩もいい後継者を得られましたね」

肩の荷を下ろすように彰が呟くと、

「なに云ってるの？　後継者は彰でしょ。馬場君は私と同じ二年なんだから再来年にはいないのよ。まあ彼には副部長になってもらってもいいけど」

入部一日目にして馬場は副部長の椅子が確約されているらしい。もちろんそこに嫉妬《しっと》はなく、あるのは同情だけだったが。かく云う彰も入部する前から再来年の部長の椅子が確

定していたようなものだ。

「ただ、さっきも話したけど、学年二位は大きいわよ。何せ二位だから。これで部員はまだ三人だけど、学年二位なら三人分の扱いになって廃部を免れるかもしれないでしょ」

学年二位のオーラを浴び過ぎたせいか、まりあはいきなり夢物語を語り始める。

「そうだといいですね。なら古生物部もしばらくは安泰ですね」

「そうよ！　彰」

またよからぬことを思いついたらしく、まりあはただでさえ高い声のトーンを一段と上げた。

「あなた、いつも私のことを赤点美少女ってバカにするんだから、頑張ってあなたが一位をとりなさいよ。そうすれば彰が卒業するまでは安泰だし、学年トップがいるクラブなんだから、入部者も殺到するわよ」

「無茶苦茶云わないでください。それに俺は赤点〝美〟少女なんて口にしたこと、一度もないですから」

一学期の中間テストと期末テストでかろうじて十位台をキープしているものの、学年トップとは総合で五十点以上の差がある。どこをどうすればあと五十点上積みできるのか想像すらつかないくらいだ。その意味では、学年こそ違え、二位の馬場もとんでもないのだが。

ともかくまりあは馬場の入部に何の疑問も抱いていないようだった。もちろん、彰も彼を疑っているわけではない。なんでいまさらそんなエリートがと、釈然としないだけだ。

とはいえこれ以上、せっかく浮かれ気分に浸っているまりあに水を差しても仕方が無い。防塵具《ぼうじん》を着け鼻歌を歌いながら化石のクリーニングを始めたまりあを見ながら、彰はいつものように携帯ゲーム機を取り出した。だが思い直してカバンに戻すと、背後の書架にある図鑑を引っ張りだし、ぱらぱらとめくった。

自分も少しは古生物について知っておいた方がいいのかもしれない。

2

なぜ馬場が、いまさら古生物部に入部したのか？

彰も引っかかるところはあったが、あまり深くは考えなかった。馬場の動機を額面どおりには受け取らないにしても、学年二位のエリートの気まぐれくらいに考えていたのだ。

実際、馬場は、シルル紀やジュラ紀といった各時代のみならず、その下位の細かい地質年代――期というらしい――やその期の代表的な古生物について、参考書を丸暗記したかのように詳しかったし、人生未体験の化石掘りについても積極的に参加する意欲を見せていた。

優秀な部員が一人増えたことで、お守《も》りとしての彰の負担もだいぶ減る。

その考えを彰が改めたのが、来週から中間テストが始まるという九月最後の木曜日、生徒会長と書記がどういう風向きでか古生物部にやってきたときのことだった。

「どういう風の吹き回し？」

敵愾心《てきがい》むき出しで開口一番尋ねかけるまりあに向かって、剣道の有段者である荒子会長は武道家らしいぴしっと背筋を伸ばした姿勢のまま彼女と彰を見下ろすと、

「当然、過疎部問題の話だよ。いろいろあって審議が遅れに遅れたが、次の選挙までに決めることにした。次の生徒会に尻ぬぐいさせるわけにはいかないからな」

今の生徒会できっちり片をつけるということだろう。となると猶予は半月もない。

「同じ過疎部の漏刻《ろうこく》研究会が部員を五人集めたらしいよ」

背後にいた書記の中島が揶揄《からか》うように付け足す。野沢菜《のざわな》漬けがガラス窓に張り付いたような、陰気な笑みだ。幽霊クラブの時は少し見直したのだが、やっぱり中島は中島だった。

その浦田の件は、危険ドラッグの類《たぐい》による転落死と一応の決着をみている。

だがいつもと違い、まりあは中島の厭味《いやみ》に逆上することもなく、「あらそう」と受け流す。余裕の態度に当の中島のみならず、オールバックの会長も意外そうに片眉を上げた。

「忙しくて、生徒会に提出するのを忘れていたけれど、古生物部にも新人の部員が入ったから。それも二位の逸材が」

いきなり二位の逸材と云われても、普通は理解できない。案の定会長たちは怪訝《けげん》そうな

顔を見せていた。

「なんだ、二位って。化石グランプリでもあったのか？　魚拓みたいに順位付けして」

長い前歯を見せながら、茶化すように中島が尋ねると、

「ちがうわよ。二位というのはね。この学校で……」

まりあが全てを説明し終える前に、「遅れて申し訳ない」という声と共に部室のドアが開き、馬場が飛び込んできた。「ちょっと大事な用事があったもので……」

だがその馬場の言葉も、室内の会長たちに気づいたとたん途切れる。

「荒子さん！」

瞬間、馬場は身体を反転させ、逃げだそうとした。だが、生徒会長に、

「広道、どうしたんだ？」

と声を掛けられ足が止まる。おそるおそるといった感じで顔を上げると、「いや」と口ごもった。

「彼は馬場君。先週、古生物部に入部した学年二位の逸材よ。どう、二位よ。三人分よ」

二人の微妙な空気など気づかないようで、まりあは意気揚々と胸を張り説明した。

「いや、広道とは古いつき合いだが」

荒子会長はいつもより低いヘルデンテノールでまりあに説明したあと、再び馬場に向き直り、

「広道。古生物部に入ったのか？」

「はい」と観念したように馬場は頷《うなず》く。その目は何かを訴えるかのように、会長を見ていた。古いつき合いという会長の言葉に偽りはなさそうだった。

「しかし次代のホープがどうしてこんなところに。ここは水島派のクラブなのに。まさか、知らなかったのか？」

中島もびっくりして質問を投げかける。詰《なじ》るような口調でもあった。だが意外すぎて口が滑ってしまったらしく、すぐさま会長に、

「中島！」

と窘《たしな》められた。中島もミスに気づいたのか、慌てて口を閉じた。

「まあいい。話はあとで聞く」

会長も完全にはハプニングに対応できないようすで、何とか威厳だけは保たせながら部室をあとにした。そのすぐあとを中島が追いかけるようについていく。

「いったい、何なの？」

全く状況を理解できないまりあは天井に向かってそう吐き捨てたあと、まだ口を震わせている馬場に向かって、

「馬場君て生徒会長の幼なじみだったの？」

「……はい。弟同然に可愛がってもらっていました」

小さく馬場は頷いた。

「もしかして馬場君は会長のスパイなの？」

「そんな！　僕はそんなつもりでここに入ったんじゃありません。信じてください」

今にも泣き出さんばかりの学年二位。

目を真っ赤にして、会長に対するのと同じくらいの怯《おび》えた目つきでまりあに訴えている。

それほどに古生物部が好きなのかと、彰でさえ一瞬思ったほどに。

当然まりあはまるまる信じたらしく、

「会長の幼なじみだったら三人分どころか百人力じゃない」

と舌なめずりする始末。能天気というか、何というか。

馬場はというとほっとした表情を見せていたが、やがて彰の存在を思い出したかのようにこちらを向いた。心の内を探り出そうとする目つきだ。彰はとっさに疑惑のまなざしを覆い隠すと、まりあにならって頭が空っぽの笑顔を顔の表面に張り付かせた。

馬場が彰の本心をどれほど感じ取ったのかは判らない。ともかく一安心したように大きく息を吐くと、

「すみません、騒がせてしまって。これから荒子さんのほうにも説明しに行きますから今日はこれで失礼します」

そそくさと部屋を出ようとする。

「仕方ないわね。部のためにがんばって説得するのよ。私たちはいつでも馬場君を大歓迎してるから」

黄色いハンカチをひらひら振りかねない勢いで、まりあは馬場の背中にエールを送り続けている。

その様を見て彰は、自分の中に芽生えた猜疑《さいぎ》心をまりあに伝えても意味が無いことを悟った。

自分で尻尾《しっぽ》を摑《つか》まないと。

*

馬場に対する疑惑は、原因ははっきりしないままでありながら、彰の胸に積もりゆく一方だった。

部室で中島が口を滑らせた言葉。次代のホープ。そして何より会長の幼なじみで弟同然の扱い。広道と名前で呼ぶ事実。

彰は詳しくは知らないが、馬場家の家柄も相応にいいのだろう。そして学年二位の学力に、爽やかな笑顔。

「たぶん次の会長候補だな」

そう結論づけるのに特別な才能はいらない。誰でも思いつくことだ。まりあを除いては。

問題は次だ。どうして馬場がこんな場末のクラブに入部したのか。しかもひと月後に生徒会選挙を控えた大事な時期に。

そちらはいくら考えても答えが出なかった。

ひところ水島が冗談半分でまりあに出馬を要請したことがあるので、それを真に受けたのかもしれない。しかし、それならなおさらだ。敵の大将がわざわざ乗り込んでくる必要は無いのだ。彼らには顎《あご》で使える学友がたくさんいるだろう。それを草として忍ばせておけばいい。

それにあの様子では、荒子会長は馬場の入部を知らなかったし、馬場も古生物部やまりあについて詳しく知っているふうではなかった。

あるいはまりあのように言葉どおり受け取るという方法もあるが、彼女のお守りとして入学している以上、まりあのように能天気に構えているわけにはいかない。

「とにかく様子を見るか……」

彰は日に三度はこの問題を考えていたが、いつもそんなごくごく当たり前の結論しか出てこなかった。

そんな折だった。渚と出くわしたのは。

「従僕クン、どうしたの？」

いつもの軽いノリ。このまま呼称が定着してしまいそうだ。

「稲永先輩こそ、どうしてこんなところに？」

演劇部は一階に部室があるので、二階には縁がないはず。

「ちょっとコスプレ研究部に衣装のことで用があってね。それはともかく、稲永先輩ていう呼び方、堅いわね。渚先輩の方がいいかな。それだと神舞さんに叱られる？」

意地悪い視線で下から覗《のぞ》き込まれる。

「解りました。今度からは渚先輩と呼ばせてもらいます」

「ありがとう」渚は軽くウインクしたあと、「そういえば、馬場君が古生物部に入ったそうね」

「はい。生徒会でも話題になってますか」

「まあ、生徒会長は態度には出さないけど、気にしているふうではあるわね」

「もしかして、馬場さんは会長候補ですか？」

ずばり訊いてみた。だが渚は躱《かわ》すように、

「どうなんだろう？　小本君もいるし」

そういえば庶務の小本がいたな、と思い出す。陸上部の二年で、坊主頭のスポーツマンだ。

「じゃあ、二人で後継を争っているんですか」

「どうかしら……もしかすると私が立候補するかもよ。その時は私に投票してね。桑島君を何かしらの役員にしてあげるから。役員のいる部はさすがにつぶせないから古生物部にもいい話でしょ」

「真顔でそういうことが云えるから、演劇部は嫌いです」

「あら、演劇部の全員がポーカーフェイスが上手《うま》いわけじゃないのよ。私なんかヘタな方だし」

嘘なんか吐《つ》いたことがない、といった純真さ溢《あふ》れる顔つきでアピールしてくる。一点の曇りもない表情に思わず怯《ひる》んでしまう。ともかく、もう真面目に騙《だま》す気すらないようだ。

やがて渚はニコッと邪悪な笑みを浮かべると、

「実際のところ、私も知らないわ。クラスも違うし、会長の弟分ということしか。私は、どちらかというと同僚の小本君に頑張ってほしいんだけど、ちょっと女の子にだらしないのがね。会長はそういうの嫌うから」

「いろいろ複雑なんですね」

「そうよ。演劇部も主役争いでどろどろしていると思われてるけど、生徒会に比べれば理解しやすいと思うわよ。少なくとも部の中でパワーバランスが完結しているから。ただ荒子会長は私情を挟まない人だから規律が保たれている気はするけど。小本君にしても馬場君にしても、そこまでキチンと出来るとは思えないし」

予想外の言葉に、

「じゃあ、もう生徒会には？」

「そうね。野跡さんに頼まれたら考えるけど、最後の一年は演劇に集中したいかな。大学でやれるかどうか判らないし」

「演劇学校や劇団はともかく、サークルとかには入らないんですか？」

「どうだろう。芝居は好きだけど、親が許してくれるか」

いろいろ事情がありそうだ。いつもは明るい渚の顔に暗い影が差す。

「まあ、去年に比べたら理解は得られている方かな。演劇部に入った頃は辞めろ辞めろと煩《うるさ》くて、ちょっと荒れたくらいだから」

「先輩がですか？」

「渚先輩でしょ。そうよ、びっくりした？」

「ええ、まあ」と彰は素直に頷いた。

「これでも抗議のプチ家出とかしたのよ。あまりいいことはなかったけど」

「そうなんですか」

特に生徒会は、よりぬきのお坊ちゃんお嬢ちゃんの集団とばかり思っていたので、かなり意外だった。渚は少し喋《しゃべ》りすぎたと感じたのか、話を打ち切るように、

「じゃあ、私はコスプレ部に用があるから。それとあまり馬場君のことは気にしないほうがいいわよ。生徒会のスパイとかそういうのは絶対にないから。これだけは保証するわ」

「バイバイ」と手を振りながら、彼女は三つ先の部室へと入っていった。

＊

当の馬場は翌金曜日に気まずそうに現れたが、翌週からは部室に姿を見せなかった。それは当然で、中間テストが始まったからだ。

テスト期間中は原則としてクラブ活動は禁止されている。ただそれはあくまでクラブ単位で考えた場合で、個人が自発的に参加することまで禁止していない。そのため期間中、ほとんどの運動部が休止になるのに対し、文化部の連中は代わり映えなくクラブ棟にたむろっていたりする。ただ料理部や有機化学部などは、特別教室の貸出が出来なくなるので運動部同様休止になることが多い。

そして我らがまりあは「テストなどいまさら勉強しても焼け石に水」とばかりにこの三日間化石洗浄に精を出している。むしろいつもよりも熱心かもしれない。グラウンドや向かいの体育館から運動部の声が聞こえてこない上に、文化部の連中も部室で静かに勉強していたりするので、騒音が少なく集中力が増すらしい。

その日も、京都と兵庫の境から採取したてという、ワッペンサイズの蜘蛛《くも》ヒトデの化石を磨いていた。

彰はその脇で英単語の復習をしていた。まりあのように恥も外聞もなく全てを捨てられればどれだけ楽しいかとも思う。まあ馬場が顔を見せないので余計な神経を使わずに済むのが救いだった。

とはいえ単語を暗記していると、クリーナーのモーター音が気になる。一学期に文句を云ったら、部室は部活のためにあって勉強する場所じゃない、と正論ぽく却下されたので、それ以来堪え忍んでいる。そのくせ、彰が図書館で勉強しようとすると、部員なんだからちゃんと部室にいなさい、と理不尽な命令を押しつけてくるのだ。

モーターとブラシの音に邪魔されながらも、とりあえず試験範囲の英単語を再確認したとき、もう六時近くになっていた。日が暮れ始めている。既に秋分を過ぎたので、これから日は短くなる一方だ。

「俺はそろそろ帰ります」

「さようなら。私も一区切りついたら帰るわ」

「あんまり遅くならないようにしてくださいよ」

近所なので本来なら男の彰が一緒に家まで送っていくところだろうが、まりあには立派な送迎車があるのでなんの心配もない。まりあは六月から自動車通学、彰は自転車通学のままだった。

「そういや、馬場さんは二番だったな。いったいどこまで勉強すればそこまでなれるんだ。才能なのか?」

そして家柄にも学力にも恵まれたそんな馬場が、どうして古生物部に入部してきたのか。階段を降りクラブ棟を出た彰は、はあ、と溜息を吐《つ》きながら体育館の壁をぼんやりと見上げた。

「どうしたの、彰？　帰ったんじゃなかったの？」

時刻は六時二〇分過ぎ。クリーニングも終盤にさしかかったまりあが意外そうに尋ねてきた。彼女の掌の上では、キモカワイイ蜘蛛ヒトデがレリーフのように浮かび上がっている。

「いや、途中で忘れ物に気づいてUターンして来たんです」

彰はテーブルに堆《うずたか》く積み上げられた書籍の中から一冊のノートを取り出すと、カバンの中に押し込んだ。

「これがないと、ろくに復習できないですから。もう終わるんだったら一緒に帰りますか？　校門まで送りますよ」

彰が声を掛けるとまりあは「それが……」と云い出す。

「さっき馬場君がやってきたのよ。何かと思えば、体育用具室の壁に奇妙な化石が埋まっているのを見たんだって。それで私に確認してくれないかって」

体育用具室は体育館の中にあり、体操マットやバレーのネットなど、主に体育館で使われる備品が置かれている。それとは別に、体育倉庫室という屋外用の物置が、グラウンド脇にある。

「それは体育館のほうなんですか？」

二つは紛らわしいため、彰が確認すると、

「そうよ。体育館のって云ってたから」

「ふうん、それで化石を確認しに行くんですか。なら馬場さんとすぐに行けば良かったのに」

「それが馬場君が、私が観察しやすいように先に行って用具室を整頓《せいとん》しておくって。いわば露払いね。気が利くでしょ。彰も少しは見習いなさい」

まりあの話では、六時半に用具室に来てくれということらしい。

「仕方ない。俺も一緒に行きますよ」

「でも彰が行っても、化石のことなど判らないでしょ」

人がナイトを気取ってあげているのにどういう返答なんだよ。彰は心のうちで、舌打ちしながら、

「ついでですよ」

そう口にして、強引にまりあに同行した。

体育用具室は、体育館の一番奥まった、細い廊下を挟んで控え室や照明室などが向かい

に並んでいる場所にある。フロアに接していればマットやボールの出し入れも楽なのだが、すぐ隣にある裏口から道具の搬入搬出をしやすくするために、迷路の突き当たりのような場所に作られたとか。確かに外に出るには一番近い。

「しかし、あんなところに化石なんてありましたっけ。たしかコンクリートの壁が剝《む》き出しのはずだけど。コンクリートにも化石は残るものなんですか？」

「もちろんコンクリートに化石は残らないわよ。粉々に砕いて水に溶かすんだから。あ、体育用具室の壁ってコンクリートなの？」

「そんなところまで大理石を使うようなリッチな体育館なんてあると思います？」

そう云いながら、ペルム学園ならありうるかも、と自分でツッコミを入れていた。ただ、用具室の壁はただのコンクリートだ。はっきり覚えている。

「訝《おか》しいわね？　馬場君の勘違いかしら？」

まりあが歩みを止めた。

「どうなんでしょう？　学年二位がまりあ先輩みたいな勘違いをするとは思えないですけど。ともかく行ってみるしかないですね」

「そうね」と、まりあは上履きのまま体育館の中へと入っていく。

テスト期間で運動部が休止中なので人気《ひとけ》はない。ただ体育館は、夜の七時前に用務員が施錠しに来るまで開放されているので、誰でも入れる。とはいえ暗く静まりかえった体育館は、いつもより広く厳《おごそ》かで、昼間と全く違う印象を受ける。そのときだった。

「おい君たち」

背後からいきなり声を掛けられた。聞き覚えのあるヘルデンテノールに振り返ると、荒子生徒会長だった。その隣には作業着姿の中年男性が立っている。背格好は生徒会長と同じくらいだが、荒れた肌にぼさぼさした髪や眉と、人生に疲れた感じが漂っている。

「荒子会長、どうしたんですか？」

「訊きたいのはこちらだ。そこで倉敷《くらしき》さんと出会ったので体育館の前まで一緒に歩いていたんだよ。すると中から話し声がするから覗いてみただけだ」

倉敷というのは用務員の名前だ。仕事は真面目だが堅苦しくて小言も多いので、避けている生徒も多い。もちろん大抵の非は生徒側にあるのだが。特に、何事にもアバウトなまりあとは水と油で、しょっちゅう説教を喰らっていた。

「体育館に用事があるのですか？　もしなければ、そろそろ施錠しようと思いますので」

疲れた表情に似つかわしいボソボソした口調で倉敷が尋ねてくる。

「いや、それが」会長の前で名前を出していいものか迷っていると、考えなしのまりあが
「馬場君に呼ばれたのよ。体育用具室に化石があるから来てくれって」と暴露してしまった。

「広道が？」

会長は一瞬キリッと締まった眉をひそめたが、

「しかし……コンクリート張りの用具室に化石なんかあるのか？」

彰と同じことを口にする。

「私に訊かれても知らないわよ。馬場君がそう教えてくれたんだから。それとも学年二位を疑うの？」

「順位は関係ないが、本当に広道が云ったんだな」

「そうよ。ねえ、彰」

「俺は知りませんよ。その場に居なかったし」

「なによ彰、私を裏切る気？」

「待ってください。俺はまりあ先輩からそう聞いただけで。ちゃんと思い出してくださいよ」

「……そうだったわね」まりあは荒子のほうに向き直ると「ともかく、馬場君は本当にそう云ったのよ。私を信用してないの？」

「まあ、君の言葉を疑うわけではないが」

会長は思案するように、口許に手を当てていた。

「それでは私は先に他の場所を施錠してきます。その方にはなるべく早く用事を済ませるようお伝えください」

険悪な空気を察したのか、はたまた話が長くなると感じたのか、用務員は丁寧に説明したのち二階の観覧席に通じる階段を足早に上っていった。大窓の施錠の確認なのだろう。

「まあ、いい。とりあえず広道に訊いてみれば済むことだ。私もついていって構わないだろう?」

「いいけど。あなたも化石に興味があるの?」

「まさか」

結局、肩を竦《すく》めた会長が先導する形で、用具室へ向かう。

裸の蛍光灯に照らし出された無人の通路を二つ折れたところに用具室はある。水色に塗られた鉄製の両引きの扉には鍵は掛けられておらず、会長が片側の取っ手を引くと簡単に開いた。ここの鍵も体育館と同様に用務員が最後にかけるのだろう。

用具室は十畳以上の広さがあり、蛍光灯の光が煌々《こうこう》と室内を照らし出していた。高い天井に青く塗られた床、コンクリートが打ちっ放しの壁に四方を囲まれている。床の上にはバレーやバスケのボールを入れたケージやマットの上の跳び箱、得点ボードに壊れかけのパイロン、虹《にじ》色のフラフープや真っ赤な一輪車までが、余裕をもって置かれていた。用具室が広いためそれでも疎《まば》らに見える。両脇にはスチール製の棚が設けられており、かごやネット、取っ手がついた木箱などが置かれていた。正面の壁は目の高さに嵌《は》め殺しの小さな採光窓があるだけで、何の化粧もされていない。

見た感じ人の気配はなく、馬場はいそうにない。

「広道」「馬場君」「馬場さん」

三人がそれぞれの呼称で呼びかけてみるが、返事はない。

「広道」「馬場君」「馬場さん」

もう一度繰り返しても、結果は同じ。

「本当にここに呼ばれたのか?」会長が尤《もっと》もな疑問を投げかける。「見たところ、コンクリートの壁に化石がある感じでもないし」

「どうして私が嘘を吐かなければならないのよ!」まりあは睨み返したあと、「たしかにこんなただの壁に化石があるはずもないわ。カモノハシの蹴爪《けづめ》にやられて幻覚でも見たのかしら?　でも灯《あか》りがついてたんだから」

「……どうかしましたか?」

二階の施錠を終えたのだろう。彰の背後から、用務員が怪訝そうに尋ねかけてきた。

「いや、申し訳ありません。どこか行き違いがあったようです」

生徒会長が代弁する。

「待ち人はおられなかったんですね。では時間なので、もう閉めてよろしいですか?」

会長の返事を待たず、倉敷は用具室の照明を消し、扉を閉じるとガチャリと施錠した。

「何だったんだろう、馬場君?」

狭い通路を戻るときも、まりあは怪訝そうに首を捻《ひね》っている。ある意味無邪気だ。

「体育倉庫室と聞き間違えたんじゃないのか？」

生徒会長が念を押す。

「まさか？　体育館のほうってはっきり云ったのよ。倉庫室はコンクリート製でしょ。化石なんかあるはずないわよ」

「まあ、それはここも同じなんだが。倉敷さん、この体育館で化石が見つかりそうなところがありますか？」

「化石ですか……」倉敷は首を捻りながら、「私、そういうのはあまり詳しくないですからね。ただ、この体育館はよくある鉄筋コンクリート製ですから、そういった特別な場所はないと思いますが」

「特別じゃなくて、大理石とか、そのまま石を使っているところとかは？」

まりあも尋ねるが、「どうでしょう？」と要領を得ない。

「今、施錠のため一通り見回ってきましたが、あなたたち以外は誰もいませんでしたよ」

「そうですか……お騒がせしました」

体育館の入り口まで戻ったところで、会長は代表で詫びを述べる。

「いえいえ、その生徒さんに会えるといいですね」

用務員も頭を下げる。礼儀正しい会長に対しては、彼も礼儀正しい。

「しかし広道のやつ、何をしているんだ」

「聞きたいのは私よ。大事なクリーニングの時間が。やっぱり学年二位ともなれば常人とは違うものなのかも」

奇人に変人扱いされたら世話はない。

「念のため、私は倉庫室のほうを覗いてこよう……何事もなければいいが」

体育館を出ると、会長は若干深刻そうな表情でぽつりと呟いた。この人にしては弱気な言葉だと、彰は思った。

ただ、お気に入りの弟分がいきなり古生物部に入った上に、今の不可解な言動。気にかかるのも無理はない。

既に日はとっぷりと暮れ、校舎やグラウンドには夜の帳《とばり》が深々と降りていた。いつもは賑《にぎ》やかな『真実の壁』も、テスト期間故《ゆえ》か、たった三つのクラブの灯りを照り返していただけだった。

3

馬場の死体が発見されたのは翌朝のことだった。

馬場は体育用具室の中央で、マットの上に蹲《うずくま》って死んでいた。その姿は体育座りになっていたらしい。後頭部に二ヶ所打撲傷があり、敷かれていたマットや隣の跳び箱の側面、奥のむき出しのコンクリートの壁に少量だが血が跳ねていた。

凶器は体育用具室の棚にあった鉄アレイだった。五キロもあるもので頭蓋骨《ずがいこつ》は丸く陥没していた。鉄アレイは、使用後犯人が再び棚に戻したらしい。わずかな血痕と毛髪が付着していたので凶器と断定された。

馬場は頭を殴られそのまま昏倒《こんとう》し、すぐに死亡に至ったらしく、後頭部以外には目立った外傷はなかった。また不意を襲われたのか、一撃で昏倒したためなのか、抵抗した痕も残されていなかった。

死体を発見したのは三人の男子バレー部員だった。バレー部の朝練でネットを張ろうと体育用具室の扉を開けた時のことだ。彼らはみな雑用係の一年生で、そのうち一人はショックのあまり病院に運ばれ、あとの二人は保健室でカウンセラーの同席のもと警察からの事情聴取を受けたという。ペルム学園では過去の殺人事件を機に、養護教諭とは別にカウンセラーが常駐している。

本来テスト期間中は、クラブの朝練は認められていないのだが、バレー部に関してはテストの直後に京都市大会が行われるために、学校側から特別に許可されていた。

死体が発見されたのは早朝の七時四〇分。そのとき既に死後十二時間以上が経過していた。死亡推定時刻は昨夕の五時から七時の間で、この時間からも解るように、馬場は昨日の夜は家に帰っていなかった。馬場は至って真面目で今まで無断外泊などしたことがないらしく、また携帯電話も繋《つな》がらないので馬場の両親は非常に心配したらしい。ただ体面もあり警察には届けなかったという。翌朝、その事実を学校には知らせ、警察にも捜索願を出すかどうか悩んでいたときに、死体発見の報がもたらされた。

馬場家は京都の染色業界の重鎮で、また同じく京都の財界に多大な影響力を持つ荒子家の長男で現生徒会長とも親しい間柄のため、警察の捜査はいつにもまして慎重になっていた。同時に早期解決に向けた警察への圧力も相当なものだったらしい。

ただ馬場の日頃の行動は学内外を問わず優等生そのものであり、殺人に繋がるトラブルを抱えていることもなく、有力な情報は何も得られなかったようだ。

そんなこともあり、最もクローズアップされたのが古生物部になったのもやむを得ないことだろう。なにせ事件のつい一週間ほど前に入部したばかりというのが捜査員たちの気を惹《ひ》いたうえに、家族や友人の証言や被害者の部屋を調べて判明したのだが、つい最近まで化石や古生物に興味を抱いていた形跡が全くなかったのだ。つまり馬場はまりあへの説明とは裏腹に、まりあに勧誘される前後にいきなり古生物に関心を抱き始めたようなのだ。

「いったいどうなってるのよ！」

この情報を耳にしたまりあが、混乱の極みに達したことは云うまでもない。

「馬場君が古生物ファンじゃなかったって。ずっと騙《だま》されてたの？」

部室で被害者ぶって彰に八つ当たりするまりあだったが、まりあは肝心なことに気づいていない。まりあは被害者ではなく加害者としてマークされていることに。彰も本人に教えていいものかどうか迷っていた。

まりあは古生物部の部長として、たった一週間程度にせよ部員だった馬場の敵討《かたきう》ちをしなければと、進んで警察の事情聴取に応えているが、その回数や時間が他の人間より遥《はる》かに多いことには思い至っていないようだ。ざっと同じ部員である彰の倍は呼び出されている。

ただまりあが目をつけられたのは、入部の件だけではなく、事件当夜まりあが被害者に一番最後に会った人物だったからだ。

まりあは彰に対してと同じ説明を警察にもしたのだが、結局、それ以降、彼の姿を目撃したものは誰も現れなかった。またその前は五時に生徒会に顔を出したのが最後で、まりあと会ったのが六時なので、この一時間、どこで何をしていたのかもまだ明らかになっていない。

とはいえ、まりあが殺人犯であると完全に疑われているわけではない。まりあにしても動機がないからだ。むしろ部の存続を考慮すれば、馬場は貴重な人材だった。

そのため、「また生徒会の仕業よ。古生物部を廃部にするためには学年二位の彼が邪魔だったのよ」、いつものように生徒会に罪をなすりつける無責任な言動も相変わらず見られた。

「でも馬場さんは次の選挙で生徒会長の有力候補だったんでしょ。そんな大事なホープを生徒会が殺しますか？　いくら赤点に塗《まみ》れすぎて世の中が血の色に染まって見えるからといって、もう少し考えて発言してください」

彰が睨んだとおり、馬場は生徒会長選に出馬が内定していた。事件後、生徒会長が馬場を追悼したとき正式に公表したのだ。次期生徒会長に最もふさわしい人物だったと。

「裏切り者には死の制裁をというやつよ。生徒会の鉄の掟《おきて》があったのよ。敵方ながら古生物部に入部した心優しい馬場君は、あいつらの残酷な掟の犠牲になったのよ。しかし私を直接狙わずに学年二位を狙うなんて、なんて卑怯《ひきょう》なの」

心優しい馬場君？　ついさっき、裏切られたとわめいていたはずだが。まりあはすっかり忘れてしまったらしい。鶏は三歩歩くと忘れるというが、まりあはその場からまだ一歩も動いていない。これでは鶏より脳の容量が小さいことになる。ひどいものだ。

「ともかく、体育用具室の鍵はどうするんですか？　生徒会にしても用具室に入る手段がないですよ」

暴走を停めようと彰が切り札を口にする。切り札といっても、もう何度となくまりあには説明しているのだが。

「それは……」

そして今までと同様にまりあは押し黙ってしまった。

この切り札は、まりあは気づいていないが、まりあ自身の無実の切り札にもなっていた。あの夜、彰たちが遭遇したように、用務員が体育用具室の鍵を閉めたのだ。そして誰も体育館にいないことを確認して体育館の鍵を閉めた。

職員室は基本的に六時を過ぎると施錠されるので、体育館の鍵と体育用具室の鍵は用務員室の鍵箱に仕舞われることになる。もちろん、その鍵箱にも鍵がついている。

校舎そのものに加え、職員室や校長室など校舎内の鍵は警備員が持っており警備室に置かれているが、体育館や焼却炉関係の鍵は作業の都合上用務員が預かることになっている。そして、用務員室は一部屋で室内に用務員が常駐しているのに対し、警備室は扱う鍵も多く鍵部屋が別室なので、むしろ警備室のほうがセキュリティが甘いのだそうだ。

彰もこの事件が起こってからそれを知ったばかりで、そもそも用務員と警備員の区別すらあまりついていなかった。実は雇用形態も違っていて、用務員は学校が雇っているのに対し、警備員は警備会社へ嘱託しているらしい。

それはともかく、用務員によって鍵が閉められたとき、中に誰もいなかったことはまりあのみならず生徒会長まで確認しており、マットや壁、凶器の血痕から現場は用具室と確定されているため、犯行は少なくとも鍵を掛けた六時三〇分以降と考えられた。そして六時半以降、体育館および体育倉庫の鍵はずっと用務員室で保管されていたのである。用具室の扉は一度閉められると、中からも外からも開かない。

もしまりあ（や生徒会の面々）が犯人なら、用務員室に忍び込んで鍵を盗むか、スペアの鍵を作っておくかしなければならないが、鍵は特注で、また用務員は帰り際、きちんと用務員室の鍵を閉めたと主張している。また体育館や用具室の鍵穴にはピッキング等、無理矢理解錠された形跡も見られなかった。

用務員が次に鍵箱から鍵を取り出したのは、翌朝、朝練のバレー部主将が鍵を借りに来た七時半のこと。そのため、鍵が仕舞われてからの犯行は不可能だと考えられていた。

「そうよね。密室殺人になっちゃうわね」

悔しそうにまりあは首を傾ける。

「そうですよ。密室殺人の謎を解かない限り、生徒会のメンバーは誰も用具室はおろか体育館にも入れはしませんよ」

そしてまりあ先輩もね。心の中で彰はつけ加えた。

「体育館だけなら、窓のクレッセントを一つ開けておくくらいでなんとかなるんじゃない？」

「どうでしょうね。用務員さんが融通の利かないくらいに生真面目《きまじめ》なのは先輩もよく知ってるでしょう。しょっちゅう叱られてるし。そんなケアレスミスはしないと思いますよ」

噂では、前任者がわりかしアバウトな人間で、見落としのせいで不審火を招いたらしい。十五年以上前のことな上にボヤで済んだので、詳細までは伝わっていない。ただその件で前任者は解雇され、反動もあり堅物すぎる今の用務員が雇われたという。

「そうね……じゃあ、どういうことよ。だれが馬場君を殺したというの？」

「それを今、警察が調べてるんじゃないですか」

いつもと違って密室殺人を強調し、どこかしらまりあに探偵行為を唆《そそのか》す方向になっているのは、興味の方向を逸《そ》らし、彼女自身が疑われていることを気づかせない意図からだった。

だが変な話だが、万が一まりあが密室の謎を解けば、まりあ自身が窮地に陥ることになる。だが小さな換気孔こそあるものの、たった一つの採光窓は嵌め殺しになっている用具室に、死体を運び込む手段などあるわけもない。

「こうなったら弔い合戦よ。私も部長として可愛い部員の仇《あだ》をきっちり討たないとね。解った？　彰」

やくざの女親分のような威勢のいい啖呵《たんか》をまりあは切る。

「解りましたけど、くれぐれも暴走しないでくださいよ。今回は大事な弟分を殺されて荒子会長も怒りに燃えてますからね。今までの調子で生徒会の面々を名指ししたりしたら、会長も容赦なく先輩を叩きのめしかねないですよ。それに」

と彰は念のために、水を向けてみた。

「探偵ごっこではなく、馬場さんの遺志を継いで先輩が学年二位になれば、部も安泰だし馬場さんも草葉の陰から喜ぶんじゃないですか」

「……残念ながら人には向き不向きがあるのよ。勉強で私が本気を出すのは受験の時だけ。能あるケツァルコアトルスは爪を隠すよ。学年二位のほうは彰に任せるわ。その代わり私は不惜身命《ふしゃくしんみょう》、密室の謎を暴いてみせるわ」

後輩の諫言《かんげん》などどこ吹く風。まりあは横綱に昇進したかのような神妙な声で、打倒密室に闘志を燃やしていた。

燃やさなくていいのに。

＊

謎解きに専念するまりあに代わり、彰にはパシリの任務が与えられた。まりあの担任教師に、うっかり忘れていた日直当番のノートを渡しに行く重要な仕事だ。彰は学年二位の精進に専念する必要はないらしい。

二年の職員室へ向かうと先生は陸上部の顧問で、部活の最中だという。事件で残りのテストが中止になった代わりに、放課後の部活動が復活しているのだ。当然ながら、まだ体育館は使えないが。

仕方なく校舎を出てグラウンドに向かいノートを渡す。先生は怪訝そうに礼を述べノートを受け取った。本人ではなく見知らぬ一年が持ってきたのだから尤《もっと》もな反応だろう。このままでは教師の間にも召使いなことが広まってしまう。

帰る途中の水場で小本が蛇口の水を頭から被《かぶ》っていた。そういえば小本は陸上部だった。顔を上げたとき目が合ったので、軽く会釈する。生徒会のメンバーの中でも彼とはほとんど会話したことがない。そのためすぐ立ち去ったほうがいいのか迷っていると、

「どうしたんだい、こんなところで?」

あっさり向こうからコミュニケーションの壁を乗り越えてきた。彰が事情を説明すると、

「君も大変だね」と心底同情された。

端境期《はざかい》なのか、坊主頭も少し伸びている。彰の視線に気づいたらしく、

「そろそろバーバーに行こうと思っていた矢先にあの事件が起こったからな。散髪どころじゃなくなったよ」

云わずもがなの説明を始める。七分刈りの頭には濃淡がついているため、今は里芋というより京芋のような外観だ。

「馬場さんとは、次の会長候補の座を争っていたんですか」

「まあね」首に掛けたタオルで頭を拭《ふ》きながら、小本はなんら隠すことなく認めた。

「正々堂々と荒子会長の公認を取り付けたかったんだけどな……あ、これはまだ内緒だぜ。

渚といい、ちょっと蛇口が緩いのではないだろうか。彰は内心呆《あき》れながら、

「俺が一応水島派の末端に属しているのを忘れてませんか？」

「君はぺらぺら喋らないだろ。稲永もそう話してたしな」

スポーツマンらしく爽やかに笑う。

「信用していただいてありがとうございます」

「まあ、向こうもそれくらいの情報は持ってるだろうし」

「そうですね」

礼を述べて損した。

「それに、僕としては誰が会長になってもいいと考えてるからね」

意外な言葉に、聞いた彰のほうがきょろきょろ周囲を気にしていた。

「馬場君は違うようだったけど。僕は末っ子で大人社会の柵《しがらみ》が緩いから、ここでポイントを稼いでおく必要を感じないんだ」

あっけらかんとした口調は、嘘を吐いているようには聞こえない。

「でも、荒子会長は失望するんじゃないですか」

「どうだろう。会長は自分の代のノルマはきちんと果たしたわけだし。そもそも、端《はな》から解って僕を候補にしたと思うよ。実際、自治権が強いペルム学園の生徒会だけど、どの派

閥が権力を握ったところで、やることは似たり寄ったりだからね」

「そうなんですか?」

春に入学してすぐに選挙。まだ荒子生徒会しか見られていない。

「学校当局もバカじゃないからね」爽やかな笑顔がしたり顔に移行する。「ペルム学園の派閥の長は、大人の世界と違って一、二年で禅譲が基本だ。むしろきちんとバトンを渡せるかどうかが、資質を問われる部分だよ。立つ鳥跡を濁さずだ。それゆえ専横はなかなか難しい。学園に一つの圧倒的な派閥しかないならともかく、二大派閥、三大派閥で拮抗《きっこう》している分にはそこまで無茶はできないんだ。やり過ぎると、学生にそっぽを向かれ、数年は冷や飯を食うことになる。この前転落死した浦田さんの派閥が、水島さんの援護に回るほど零落したのも、そのせいだよ」

「つまり、拮抗するように学園側が合格者のバランスをとっていると」

小本はふっと笑ったあと、

「そこまで踏み込んじゃうと消されるかもね」

冗談に決まっているが、冷や汗が出た。笑い飛ばすには、最近死人が多すぎる。

「ま、そういうことだから、実は誰が会長になっても構わないのさ。試しに桑島君が生徒会長に立候補してみるのもいいかもしれないな。神舞さんには喜ばれるだろうし、僕もこっそり君に投票してしまうかもしれないよ」

「冗談は止めてください。俺はひっそり静かに高校生活を送りたいんです」

「廃部寸前の古生物部で三年間をかい。従僕クン」

「……それも稲永先輩に聞いたんですか？」

「聞かなくても二年の間ではみんなそう呼んでいるよ。ガリ勉で世情に疎《うと》い馬場君や、真面目に体育会系している笹島はともかくね」

そうだった。

「……勝手にしてください」

ははは、という小本の笑い声に背を向けて彰は校舎へと戻っていった。もし彼が生徒会長になったら、まりあは今までと同じようにあしらわれ悩まされるだろうな、と実感しながら。

もちろん次の選挙まで古生物部が存続していたらの話だが。

4

まりあの探偵活動の成果が出たのは五日後のことだった。

早々に体育祭は無期延期と発表されている。十一月の生徒会選は動かせないだろうから、近いうちに延期ではなく中止になるのではと囁《ささや》かれていた。

文化祭や生徒会選挙と比べると、学校側と生徒側、どちらからも重要視されていないのもあるが、殺人現場が用具室ということで、体育祭の準備にも支障が出るためだ。

そして本来体育祭の練習に当てられていた授業時間は、全校生徒のカウンセリングに差し替えられていた。普段なら年に一度もないはずが（去年までカウンセラーはいなかった）、まるで月の恒例行事のように行われている。

可哀想なことに、テスト期間中にもかかわらず朝練をしていたバレー部は、女子は棄権、男子は一回戦敗退で市大会を終えた。男子は昨年はベスト四まで進んでいたので、明らかにこの事件の影響だろう。

まりあは不惜身命の言葉どおりとはいかないまでも、放課後のみならずカウンセリングの時間をサボってまでいろいろと調査をしていたらしい。警察や学校、そして生徒会としても、渦中の人物が事件現場近くをうろちょろしているのに神経を尖《とが》らせていたことだろう。

ただ土日を挟んで週が明けると、彰は風向きが変わったことを小耳に挟んだ。警察は密室の謎を諦《あきら》めたらしいのだ。いや、諦めたというと警察に失礼だろう。より合理的な解釈に方向転換したらしい。

その合理的な解釈とは、殺人に鍵が必要ならば鍵を持っていた人間が犯人である、というシンプルな理論だった。つまり体育館と用具室の両方の鍵を手にしていた用務員が疑われているらしい。

用務員の倉敷と馬場の間には何の接点もまだ発見されていない。なので動機などは全く度外視したものであることはたしかだ。だがそれはまりあにもあてはまり、二人のトラブルはもとより、なぜ古生物部に入部したのかすら未《いま》だに判明していない。

あまりの雲を摑む話に、まりあの色気に参ったんじゃないかと、大デュマならぬ大デマをおもしろ半分に垂れ流す輩《やから》さえいるくらいだ。まりあを奇人程度にしか知らない者の中にはそれを信じる連中も現れ、一部、特に一年生の一部で『魔性のヴァンプ』と呼ばれ恐れられているようだ。こんな時でも二重形容の赤点めいた二つ名になるのが、いかにもまりあらしいが。

「犯人が解ったわよ！」

話を戻すと、まりあが意気軒昂《けんこう》と宣言したのは、いつものように古生物部の部室でだった。というか彰がここ以外の場所では話さないように、なんどもなんども口を酸っぱくして注意をした成果が実ったといえる。ようやく猫のトイレ並みの調教に成功したわけだ。

「犯人は用務員さんなんですか」

何となくそう訊き返したが、まりあはくりくりっとした瞳を見開き、きょとんとしている。用務員が疑われていることさえ知らないようだ。この事件の話題に積極的に参加していない彰ですら聞き囓《かじ》っていることなのに。いったいまりあの探偵事典には、地取り聞き取りという言葉が最初からないのかもしれない。

「何をバカなことを云ってるの。犯人は生徒会長よ」

何の躊躇《ためら》いもなくまりあはその名を口にした。

「生徒会長が？」

「そう、生徒会の中で会長だけまだ殺人を犯してないの。だから今回は彼が犯人に違いないわ！」

「会長だけって。全て先輩の赤い妄想で、生徒会の誰も殺人なんかしていませんよ。なにより福井さんのはともかく、他は犯人が捕まったり事故だったりして解決しているじゃないですか」

彰は呆れた声を出しながら睨みつけたが、まりあはよほどの自信があるのか臆することなく、

「冤罪《えんざい》なのよ。日本の警察の悪い癖。現に犯人として捕まったなかで、誰も犯行を認めていないでしょ」

無責任な最大の冤罪製造器が嘯《うそぶ》く。

「それに、今回は荒子会長が最後に残ったから犯人だと云ってるわけじゃないのよ。彼にしかできなかったんだから」

「会長にしか？　まあ推理を聴きましょう」

仕方なく彰は腰を降ろした。あまりにすげなくしすぎて、よそで吹聴《ふいちょう》されたらおしまいだ。弟分が被害者なだけに、最近の会長は怖いくらいに怜悧《れいり》だと噂が立っていた。それまでは硬派な武人的な見た目にかかわらず、温和な人柄だと評判だったからだ。まるで正《まさ》宗《むね》が村正《むらまさ》になったようなものだ。

もし今のシベリア虎のような会長にチワワまりあが嚙《か》みつこうものなら、まりあの身体は赤点の赤ではなく鮮血の赤で染まってしまうだろう。

それならばとりあえず推理を拝聴してやり満足感を与えたあとに、やんわりと理詰めで否定した方が得策だ。なんだかんだ云っても、まりあは事件を解決するのではなく、推理を聴いてもらいたいようなのだから。

「まずどうして私が会長を怪しいと思ったのか。それは、あの場に会長が居合わせたからなの」

上機嫌でまりあは推理を述べ始める。

「あの場？」

「私たちもいた用具室の前よ。私は密室の謎を解いたの。そして犯人はあの場にいなければ意味がないと知ったの」

「密室が解けたんですか」

彰がゴクリを唾《つば》を呑み込む。

「そうよ。まずそれを今から説明するわ」

大きく頷いて、まりあはホワイトボードに用具室のイラストを描き始めた。見取り図ではなく斜めからのイラスト風なのが数学や展開図に弱いまりあらしい。

「用具室には外に向けて四本の換気孔が壁の四隅についていたでしょ。そして中央にはマットがあり、その脇にボールが入ったケージ、反対側には跳び箱、その後ろにはバレーのネットなどが置かれていた。死体が発見されたとき、マットの上に馬場君はちょこんと体育座りしていたようね。それで最初は気づかなかったけど、今日、カウンセリングをサボってここで昼寝をしていたときにはっと思い出したの。あの夜私が用具室の中を見たとき、ケージと跳び箱に挟まれた部屋の中央にマットはなかったのよ」

「マットがですか?」

「そう、青いコンクリートの床が少しひび割れてて中央の突起が数ミリほど突き出ていたから、なんか海底の熱水噴出孔《チムニー》みたいとぼんやり眺めていたから間違いないわ。チューブワームがコロニーを作りそうって」

最後のほうは口調がうっとりしている。

「解りました。とりあえずマットがなくて床が露出していたのは信用することにしましょう。しかしそれにどういう意味があるんです?　他の場所でマットの上で殺害してマットと一緒に用具室に運んできたということですか」

「それなら室内の血痕が説明つかないわ。馬場君はあくまで用具室の中で殺されたのよ」

珍しく理知的にまりあは反論する。

「それで私、もっと思い出したの。あの用具室、壁も天井も、床以外はコンクリが塗装もされず剝き出しだったでしょ。特に天井は、コンクリだけでなく、天井から五十センチほどの高さに何本もの鉄骨が同様に剝き出しで格子状に組まれていたでしょ。そして中央には井桁《いげた》を繋ぐように、一組の細長い蛍光灯が鉄骨と溶接されていた」

「たしかにそうですね」

彰は運動部員ではないが、体育の時間に何度も入っていることもあり、それくらいは覚えている。

「しかしよく覚えてますね。あのとき俺たちが用具室を見たのって十秒もなかったでしょ」

「当たり前よ。彰は光スイッチ説って知ってる？　今まで謎とされていたカンブリア紀の進化の大爆発は、生物が眼を獲得したせいで、攻守に恐ろしい勢いで自然淘汰《とうた》が進んだ結果だという仮説よ。先カンブリア代のまだ眼を獲得する以前の生物は、暗闇を闇雲に動き回るのと同じで食うも食われるも運任せだったけど、視覚というセンサーを得たためにそれぞれ効率的な捕食と防御に特化するようになったの」

「話が逸れてますよ」

「ともかく、視覚は世界の原理を一変させるほどに重要ということよ。彰もぼおっとゲームばかりしてないで、光スイッチ説を肝に銘じて、いつも注意深く周囲を観察しておくことね」

偉そうに説教を垂れるまりあ。だが授業中ろくに黒板を見ず赤点をコレクションしているまりあが宣《のたま》っても、なんの説得力もない。

「それで、どうしてあのときマットがなかったのか考えてみたのよ。で、密室のトリックに思い至ったというわけ」

ようやく肝である密室トリックに辿《たど》り着いたようだ。

「馬場君はあのとき既に殺されていて、マットごと天井に吊り下げられていたのよ」

「マットごと?」

「そう、マットごと。マットの四隅には普通持って引っ張れるように布製の輪っかがついているでしょ。あそこに細いロープを通して、それを天井近くの鉄筋の桁の四辺を通して吊り上げたのよ。昔の蚊帳《かや》のようにね。まあ高くてもちろん天井まで見ないから。馬場君が体育座りをさせられて死んでいたのも、ハンモックの要領でマットで包みやすくするために、マットが触れる面積を減らそうとしたためなのよ」

まりあは自分の推理に自信があるらしく、したり顔で彰を見つめてくる。困ったものだ。

どこから指摘すればいいものか……。

「でも、それなら鍵を閉めたときマットは天井からぶら下がっていたわけですよね。そのあとどうやってマットを下ろしたんですか。やっぱり鍵がないと無理なんじゃ。あと、どうしてそれが生徒会長の仕業になるんですか？」

「私を誰だと思っているの。ちゃんと考えてあるわよ。マットを吊るしたロープは鉄筋に括《くく》られていたわけじゃないのよ。桁を通したあと壁にある換気孔、それも上部の二つね、そこから外に出したのよ」

まりあは赤いマーカーでマットから四本の線を繰り出し、鉄骨を経由させて換気孔の外まで伸ばす。

「つまり体育館の外で引っ張って吊り上げたの。用具室の脇には体育館の裏口があるでしょ。だから細工自体は簡単だったはずよ。実際さっき体育館の裏まで行って確かめてきたけど、裏口はボイラー室と給水設備が両側から飛び出ていて死角になっている上に、ボイラー室のドアの取っ手が鋼鉄製で一時的に紐《ひも》を結わえておくのにお誂《あつら》え向きだったわ。何より、取っ手にも換気孔にも新しい縄目みたいな痕《あと》が残っていたのよ」

全く、そんなところだけは行動的だ。彰が感心していると、矢継ぎ早にまりあは推理を繰り出した。

「それで、鍵を掛けたあと時間をおいて改めて用具室の裏まで戻ってきて、ゆっくりとロープを下ろせば発見時の状況になるというわけよ。密室の完成ね。もちろんロープは回収しておくわよ」

満足そうに付け加えるまりあ。

「それでどうして荒子会長が犯人かというと、なによりあの場にいたからなの」

「どういうことです？」

「このトリックで重要なのは、用務員さんが鍵を閉めるとき中に誰もいないことを確認してもらわなければならないことよ。用務員さんは真面目で評判だけど、たまたま手を抜いて用具室の中まで確認しない可能性もあるわけだし。あるいは外から声だけ掛けて確認するとか」

それに自分が疑われていると知れば、確認しなかったと証言を翻す可能性もある。彰は心の中で付け足した。

「ともかく、用務員さんにははっきりと確認してもらわなければならない。密室だからこそ、容疑のエリアから逃れられるわけだから。そのための一番確実な方法は、施錠の場面に立ち会うことよ」

「なるほど。先輩にしては筋が通ってますね。でもそれだと会長だけでなく、あの場に居合わせた俺や用務員さん、そしてまりあ先輩も犯人の可能性があるんじゃないんですか？」

「怖いこと云うわね。あなた本当に彰なの」

今までさんざん生徒会の役員を人殺し扱いしておきながらこの云い草。彰は右の拳に力を込めた。

「でも、私たちは犯人じゃないわ。まず用務員さん。用務員さんは鍵を持っているからこんな密室トリックを使う必要なんかないもの。密室トリックが使われている以上、用務員さんは犯人ではないの。もし用務員さんが犯人なら、むしろ用具室でわざと死体を発見して容疑者を学内全員に広げるわね。次に私と彰だけど、私たちにはこのトリックは無理なのよ。なぜなら用具室の外からロープでマットを死体ごと引っ張り上げて、またゆっくり落とすっていう芸当は――勢いよくドスンと落としたら、綺麗《きれい》にマットの上に座ってられないでしょ――力があるなし以前に、私はもとより、彰でも持ち上げられないわ。三人の中で馬場君は少し太ってたから、馬場君より体重が重い人間にしか不可能なの。馬場君より重いのは細マッチョで武道家の会長だけ。もちろん用務員さんにも可能だろうけど、さっき云ったようにする必要がないから」

「つまり会長しか残されていないわけですか」

昼に悪い物でも拾い食いしたのか、今日のまりあは冴《さ》えていた。正しいかどうかはともかく、まともな消去法に見える。だからそれだけに否定するのが厄介だった。ここで完膚なきまでにたたきのめしておかないと、会長にどんな報復を食らうかしれたものではないのだから。

「とりあえず、動機は何なんです。どうして荒子会長は弟みたいに可愛がっていた馬場さんを殺したんです？」

「そんなの、馬場君が会長を裏切って古生物部に入部したからよ。もしかすると最初はスパイのつもりだったのかもしれないわね。この部を潰すための。でも古生物の魅力に取り憑《つ》かれ、つまらない人間世界の柵より化石たちの沃土《よくど》を選んだのよ。それくらい馬場君は古生物の知識が豊富だったのよ。付け焼き刃だとしたら、とんでもない情熱がない限りは無理なほどに。彰はアニシアンとラディニアンのどちらが古くていつ頃かなんて、全然知らないでしょ。でも馬場君は年代を全部覚えてたのよ。会長としては後継者に裏切られたのだから、可愛さあまって憎さ一億万倍。プライドもずたずたでしょう？　わざわざ私たちまで呼び出して、あわよくば犯人扱いされればいいと北叟笑《ほくそえ》んでいたに違いないわね。もう、なんて卑劣な人間なの」

まりあの頭の中では悪魔のような会長像が描かれているようだ。

彰は大きく息を吐くと、

「先輩。今回は珍しく筋が通っているようにも見えます。でもやっぱり赤点です」

淡々とした口調で云った。

「どうしてよ。何が間違っているのよ」

「先輩は光スイッチで目は見開いたかもしれませんが、耳は閉じたままなんですよ。俺は疎《うと》いので、目はいいけど耳が聞こえない生物を例に挙げることはできませんが」

「蛇がそうだと云われてるわね」

　ぼそっとまりあが呟いた。

「ああ、そうですか。なら先輩は蛇です。赤点ばかりの赤蛇です。レッド・スネーク・カモンです。俺は一昨日知りましたが、いま旧クラブ棟の取り壊しが行われているでしょ。あそこ、春から新しくクラブ棟になるんですよ」

「クラブ棟？」

「そう、もちろんここのクラブ棟もそのまま残るそうです。つまり過疎部問題はとりあえず解消したんですよ。噂だと、生徒会は既に八月の段階で学校側に意見書を提出していたようです。つまり殺人事件の段階では古生物部には何の障害もなくなっていたんですよ」

「でもこの前も来てさんざん脅してたじゃない」

「ただの厭がらせでしょうね。趣味が悪いといえば悪いですが」

「じゃあ、古生物部は潰れないわけね」

　見ると目にはうっすらと涙が浮かんでいた。

「部員が途絶えない限りは、おそらく」

「そんなことは絶対にさせないわよ。いざとなったら十年でも二十年でも留年して存続させてやるわ」

「止めてください」

そうなったら、彰が父親に殴り殺されてしまう。

「ともかく、生徒会長には動機がなくなったわけです。馬場さんが古生物部に入ろうが入るまいが、古生物部は存続するわけですから」

喜色満面というのはこのことだろう。まりあはサウナで脳みそを沸騰させたようにだらしない顔つきで、下手をすれば口の端からよだれを垂らしかねない勢いで、ぼんやりと天井を見つめていた。化石掘りで日焼けした頬は、真っ赤に上気している。彼女の目にはいま、バラ色の三葉虫の群れが見えているのかもしれない。

会長の動機を否定する彰の言葉が最後まで耳に入っているかは怪しかった。まさにスネーク様態。

まあ、今はそれで充分だろうと、彰は満足していた。まりあは理屈ではなく感情の人間だ。おそらく生徒会への執着がなくなれば、彼らを犯人扱いすることもなくなるだろうから。彼女にとって推理は所詮鬱憤《しょせんうっぷん》晴らしに過ぎない。

あとは部が自分の代で終わらないように、まりあに留年生活を送らせないように、来春、一年生をだまくらかしてでも引き込まなければならない。自分の代で終わらせれば、まりあに何を云われるか。

まりあを説得するよりそちらのほうが難問かもしれなかった。

エピローグ

二日後、部室に入るとまりあが頭を抱えて落ち込んでいた。朗報を聞いて以来、学内のみならず河原町《かわらまち》の商店街ですらへらへらした顔でスキップしていたまりあがである。

「また赤点とったんですか。まさか全滅とか」

そういえば、今日、テストが返された。同時に順位が張り出される。学年ごとに階が違うのでまりあの順位は判らない。彰は二十八位と、一学期より大きく後退したもののなんとか二十位台をキープできた。

「ふざけないで。順位はブービーだったけど、全部赤点なんて誰も達成できるわけがないでしょ」

瞬間的に頬を紅潮させたので、怒っているとも図星を指されて焦っているとも、どちらにも解釈できる。事件の影響で一部の学科が中止になったので、いずれにせよ全科目赤点の偉業は今回は見送りだが。

ともかくブービーと云えば下から二番目だ。いったい誰がまりあに負けたのか、もの凄《すご》く気になる。

「それに赤点なんていつものことだから、どうでもいいのよ」

とてもどうでも良いと思っていない顔つきで嘯《うそぶ》く。

「じゃあ、何なんです?」

「光が見えなかったのよ」

〝光〟をことさら強調してまりあが叫んだ。

「この前話した推理、あれは間違ってたの。蛍光灯は天井の真ん中にあるから、マットを吊り上げると陰になって下まで光が届かなくなるのよ。エディアカラ紀に逆戻りよ。せっかく進化して眼になったと思ったのに。また一から光が届く推理を組み立てないと」

「まだ引きずってるんですか。古生物部は残るんですから生徒会長は関係ないです。それに今朝、用務員さんが重要参考人として拘引されました。もうすぐ事件は解決します。そういえば、最近の研究でブロントサウルスがまた復活するらしいですよ。なんでもアパトサウルスとは違いがありすぎるってことで。『真実の壁』の先輩の推理は、今となっては間違いに端を発していたわけです。つまり砂上の楼閣。解りましたか? 先輩はテストも推理も赤点がレゾンデートルなんですから、絶対によそで余計なことを口走らないでください よ。先輩の推理は俺が必ずここで聴いてあげますから」

「ほんと?」

まりあが顔を上げる。希望の光を見たように眼だけは輝いていた。

「ずっと？」

「ほんとにずっとです。だから絶対ですよ、約束ですからね」

彰は再度念を押した。

＊

週末、彰はひとり石川県の白山に来ていた。夏休みにまりあと化石採取の合宿を行った場所だ。家族やまりあには、鉄道でぶらり旅をすると偽ってきた。とはいえ、目的は化石採取ではない。

駅を降りたあと、バスに二時間弱揺られて合宿所近くのバス停で降りる。だが宿泊予約は取っていない。今日は日帰りの予定だ。

彰がここに来た目的は一つ、自動車を確認するためだ。

合宿所はオフシーズンで無人のはずだが、一応警戒しながら脇の山道を下り、ふた月前に殺人事件があったこぶの場所を通り過ぎる。死体が座っていた鉄の棺桶《かんおけ》は、もちろん今はない。平坦《へいたん》な草地が広がっているだけ。秋風がすり抜け、ざわざわと逸《はや》る心をかき鳴らす。

慣れた足取りで、こぶの真下にある淵《ふち》のたもとまで降りる。崖《がけ》の前には二ヶ月前と同様、澱《よど》んだ水面が広がっていた。静かに波紋が波打っている。人気がないのを確認したのち、彰は服を脱ぎ水着に着替えると、水中眼鏡をかけた。そして「ままよ」と飛び込む。

北陸の秋の水は想像以上に冷たかった。京都とは比較にならない。体力と精神力が根こそぎ持って行かれそうだ。だが確かめなければならない。

気力を振り絞り深く潜っていくと、やがて淵の底から突き出ている物体が見えた。錆《さび》だらけの白のセダン。尻を下に、垂直に突き刺さっている。しかも前のバンパーが追突されたように凹《へこ》んでいる。

間違いない。まりあの推理どおりに自動車が淵に沈んでいるのだ。

すぐさま浮かび上がった彰は、慌てて身体を拭き服を着た。風邪を引かないよう、震える手でシャツのあちこちに使い捨てカイロを貼りまくる。そして停留所まで戻ると、近くの自販機でホットコーヒーを買い、帰りのバスを待った。


まりあは正しかった。

まりあの推理は正しかった。


帰りのサンダーバードの車内で、彰は軽く目を閉じ考えていた。列車は定刻どおり福井駅を過ぎる。

カイロのおかげか、風邪の気配は感じられない。バスの中でホットコーヒーを飲みまくり、駅で買った焼きさば寿司でエネルギーを補充した。それも奏功しているのだろう。むしろ身体は火照《ほて》っていた。

いや、一番火照っているのは身体ではなく脳みそだ。沸騰し続けていると云ってもいい。あの淵に行くまではただのバカげた仮説、いつものまりあの戯言《ざれごと》だった。しかし推理どおりに、自動車は水底の墓場に眠っていた。

もしかするとまりあはずっと正しい推理をし続けていたのではないか？　まりあの推理力は本物なのではないか？　賢くなくても正しい推理が出来るのではないか？

今、仮説は真説だと明らかになった。

富井を殺したのは渚……。

彼女の抜けるようなあどけない笑顔が浮かび上がり、すぐさま涙で霞《かす》んだ。

富井を殺したのは渚……。

そして他の事件も、まりあの推理どおり生徒会の面々が……。中島、小本、笹島に倭文代。

まりあの能力に疑義を挟む契機となったのは、例の馬場の事件だった。彼女の推理したトリックは間違いだが、惜しいところまで迫っていたのだ。

そして光が見えないと嘆いたまりあが、もう少しで正解に届くのが感じられた。あと一押し、ほんの少し背伸びすれば、正解に至るところまできていたのだ。だから彰は懸命にそれを押し留《とど》めた。

マットを吊るのではなく、マットの上に死体を置き、隣の跳び箱を上に被せるのだ。まりあや会長が見たとき、マットは天井ではなく跳び箱の下に敷かれていた。跳び箱とマットはそれぞれロープが通され、跳び箱のは上部の換気孔から、マットのは下部の換気孔から外に出ていた。用務員の施錠後、体育館の裏に回ると、まず跳び箱を吊り上げボイラー室の取っ手にロープを固定する。そしてマットを中央に上手く引き出す。採光窓から中を覗きながら、それらを操作すれば、密室が完成する。馬場が体育座りだったのは、跳び箱に納めるためだった。

このトリックとまりあが最初に思いついたものとの違いは、体重の制限から解放されることだ。犯人が馬場より軽くてもいいことになる。つまりまりあに彰が馬場殺しの犯人であるとばれてしまうことになる。

といっても、あのトリックは彰が考えたのではない。考えたのは馬場自身だ。馬場は五時から六時までの空白の一時間をつかって、密室トリックのための準備をしていたのだ。そして馬場はあのトリックでまりあを殺そうとしていた。

馬場に直接尋ねたわけではないので、ここからは彰の推測だが、おそらく馬場がまりあと出会った日、馬場は職員室で中間試験の試験問題を盗み見ようとしていたのではないだろうか。生徒会長の座を盤石《ばんじゃく》にするのに必要な学年一位の称号を得るためだ。そもそも二位も盗み見の成果なのかもしれない。

六時半という遅い時刻にもかかわらず、無人の職員室の鍵が開いていたのが証拠だろう。鍵はいつもは閉まっているはずだからだ。

馬場は廊下を駆けてくるまりあの足音を聞き、戸口に身を隠した。馬場と違い疚《やま》しいところのないまりあは職員室の照明をつけようとする。それを察した馬場は外の廊下に出た。だがまりあの用事は日誌を置くだけなので、すぐに廊下に出てくる。そこで苦し紛れに壁の模様を見ているふりをしたのだ。まりあが重度の古生物オタクであることも知らず。だから古生物部に勧誘されたとき、馬場は純粋な勧誘ではなく、口止め代わりに脅迫されたと感じたのではないだろうか。確たる証拠がなくとも、テスト前の夜の職員室にいたことが知られただけで、選挙には大きく影響するだろう。少なくとも選挙が終わるまではまりあの機嫌をとって口を噤《つぐ》んでいてもらわなければならない。そのために、必死で古生物の本を読み漁《あさ》ったのかもしれない。

しかし荒子会長が現れ、まりあが水島派の縁者だと知ったとき、罠《わな》に嵌まったと曲解したのだろう。選挙が始まるまでにまりあを、口止めではなく口封じしなければならない。とはいえ、まりあが殺されれば不自然な入部をした馬場が真っ先に疑われてしまう。それで必死で考えたのが、あの用具室のトリックだった。

馬場を疑っていた彰が殺意の全貌を知ったのは、事件当夜だった。あの日、一度クラブ棟を出た彰だったが、たまたま見た体育館の側壁、『真実の壁』に、古生物部に二人の人影が映るのを目にしたのだ。

　まりあの他に誰かいる。

　慌てて部室の前まで戻り聞き耳を立てると、馬場が三十分後に体育用具室に来るよう伝えていた。何の疑いも持たずに頷くまりあ。だがあの壁はコンクリートのはずだ。化石などあるはずない。

　こっそり馬場のあとをつけると、彼は用具室でトリックの最終点検をしていた。同時に殺意に満ちた邪悪な表情で、鉄アレイをスイングしていた。一目でその凶器でまりあを殴り殺すつもりなのが判った。

　彰が用具室に飛び込み詰問すると、馬場は問答無用とばかりに鉄アレイで殴りかかってきた。だが紙一重で彰が躱《かわ》すと、運動は苦手な馬場は鉄アレイの勢いで二、三歩ふらついてマットに尻餅《しりもち》をつく。彰も必死だった。護《まも》るべきまりあの命のみならず、自らの命も今狙われている。彼は棚にある別の鉄アレイを握ると、そのまま馬場に向けて振り下ろした。

　それで全てが終わった。
　二、三分が経《た》ち改めて周囲を見渡すと、馬場がどんな小細工をしようとしていたか、だいたい理解できた。彰は馬場の計画どおり、跳び箱に馬場の身体を隠しただけだった。ロープ等は既に馬場が外へ引っ張り出していたからだ。

彰の目論見《もくろみ》としては、証人はまりあだけでよかった。まりあに無人の用具室を見せたあとに、そのまままりあが迎えの車を呼ぶまで、三十分ほど理由をつけて一緒にいればアリバイが成立するはずだ。

会長まで来たときは驚かされたが、用務員が一緒に現れたときに、なぜ馬場がこの時刻を指定したのかはっきりと判った。同時に彰が推察したトリックの方法が間違っていないことに。

外は既に日が暮れ、特急の車窓からは敦賀《つるが》の町のネオンが右手に見える。ところがしばらく登坂しループトンネルをくぐると、港の灯火はいつのまにか左手に移っている。ちょっとしたマジック。

合宿所からの帰り道、まりあが得意気に披露した豆知識だった。上り列車だけの現象らしい。八瀬も知っていたのだろうか。再びトンネルに入ったとき、彼の顔が一瞬過《よ》ぎった。いくら正当防衛といえども、自らの手を血で汚してしまったわけである。まりあにだけは絶対に知られたくない。気づかれたくない。

コーヒーを飲み干しリクライニングシートを最大に倒すと、彰は本格的に善後策を練った。

このままだと遅かれ早かれまりあは真相に辿り着く。それだけは避けたい。かといって馬場のようにまりあの口を封ずるのは論外だ。

……となると残る手段は一つしかない。

これから先、常にまりあの推理を一人で聞き続け、なおかつ常に間違っていると指摘し続けることだ。

たとえ推理が正しくても、まりあには自分はいつも赤点の推理しかできないと思わせ続けなければならない。一瞬たりとも彼女に、自分に素晴らしい推理力があると気づかせてはならない。いかなる手段を用いてもだ。

そんなことが果たして自分にできるだろうか？　彰は自問した。

だが、答えは明瞭。出来る出来ないではなく、しなければならないのだ。いつまでも。

なんとも腹黒なワトソンだな……。

だが他に有効な選択肢は思い浮かばなかった。それにまりあは化石オタクの女の子で、探偵ではない。探偵はあくまで粋狂だ。推理を否定され続けても、ダメージは少ないだろう。

赤点探偵と腹黒ワトソン。絶対に事件を解決しないという意味で、案外お似合いのコンビなのかもしれない。

「間もなく京都、京都に着きます」

自嘲《じちょう》気味に心を決めたところで、突然車内アナウンスが耳に入ってくる。前のサラリーマンがおもむろに立ち上がり、網棚からボストンバッグを下ろし始める。

窓の外を見ると、サンダーバードはとっくの昔に夜陰に浮かぶ琵琶湖を駆け抜け、京都市内の人工的な街明かりのなかを疾走していた。

解説

千街晶之
（ミステリ評論家）

二〇一七年は、麻耶雄嵩ファンの誰もが驚く年となった。『貴族探偵』（二〇一〇年）とその続篇『貴族探偵対女探偵』（二〇一三年）を原作とする連続ドラマが、フジテレビ系の月曜夜九時枠、通称「月9」枠で放映されたのだ。

所謂《いわゆる》「新本格」の作家の中でも特にマニア好みの印象がある麻耶の作品が、月9という表舞台に華々しく登場するという事態は最初は何かの冗談としか思えなかったのだが、いざドラマ化されてみると、人気アイドルグループ「嵐《あらし》」のメンバー・相葉雅紀《あいばまさき》と若手成長株の武井咲《たけいえみ》の共演というキャッチーな話題性と、本格ミステリとしての原作の美点を充分生かした脚色とが両立しており、原作ファンにとっても大満足の出来となっていた。

かくして、今や広い層に名前を知られるようになった麻耶雄嵩だが、今回文庫化される『化石少女』（二〇一四年十一月、徳間書店から刊行。各章は《読楽》二〇一二年四月号・二〇一二年七月号・二〇一三年三月号・二〇一二年十一月号・二〇一三年七月号・二〇一四年一月号に掲載）は、学園ミステリという、著者の作品の中でも最もキャッチーな体裁の作品と言える。廃部寸前の弱小部活という設定も、文化祭や生徒会選挙が絡んでくるのも、この種の学園ミステリではお馴染《なじ》みだ。

ただし学校という舞台自体は、今までにも著者の作品にしばしば登場してきた。『あいにくの雨で』（一九九六年）がそうだったし、『神様ゲーム』（二〇〇五年）『さよなら神様』（二〇一四年）と続く「神様シリーズ」は小学生の世界が背景だ。特に、本書における生徒会をめぐる権力闘争の要素は『あいにくの雨で』を想起させる。

本書の舞台は、京都にある私立ペルム学園。名家の子女たちが通う名門校だ。主人公は、古生物部の部長で二年生の神舞《かんぶ》まりあと、一年生の桑島彰《くわじまあきら》。古生物部は彼ら二人しか部員がいない零細部活であり、生徒会は部室の不足を理由に廃部の方針を打ち出している。そのため、まりあの生徒会に対する敵視は尋常ではない。

まりあは名家のお嬢様だが成績は悪く、また化石マニアの奇人変人として校内で悪名高い存在である。彰は年下の幼馴染みとしてまりあを昔から知っているが、互いの実家の力関係もあって彼女のお守《も》り役に甘んじている。ペルム学園に入学してからは強引に古生物部の部員に勧誘され、まりあのわがままに振り回されている状態だ。

そんな日常が非日常に変わったのは、彰がシーラカンスのかぶり物で顔を隠した謎の人物を目撃した直後、新聞部の部長が校内で他殺死体となって発見された日からだ。被害者が生徒会の不祥事を探っていたことから、まりあは生徒会に犯人がいると決めつけ、「生徒会の不祥事となれば、クラブ潰《つぶ》しは二の次になるでしょ」と、古生物部存続のため事件解明に意欲を示す。

この事件を皮切りに、学園やその関連施設でそれぞれ独立した六件の殺人事件が立て続けに起きるのだが（名門校なのに）、そのたびにまりあは名探偵然と調査に乗り出し、彰を助手としてこき使う。だが、そこは麻耶雄嵩である。彼らが普通の名探偵とワトソン役であるわけがない。

ファンなら周知の通り、著者は風変わりな探偵役を数多く生み出してきた。例えば「銘探偵」メルカトル鮎《あゆ》は、決して推理を間違えない「不可謬《ふかびゅう》」の探偵役だが、彼の推理と現場の状況とが矛盾を来《きた》す場合もあるため、事件の決着は時に不条理な様相を呈する。「貴族探偵シリーズ」に登場する貴族探偵は、事件発生を聞きつけると好きこのんでやってくるわりに、調査ばかりか推理までも優秀な使用人に一任し、自身は事件関係者の女性と懇《ねんご》ろになることに余念がない。「神様シリーズ」の鈴木太郎《すずきたろう》は見かけは小学生だが全知全能の神様を自称しており、実際、彼の発言は過《あやま》たず的中してゆくし（この世に起こることをあらかじめ知っている以上、それは推理ですらない）、真犯人に「天誅《てんちゅう》」を下すことも可能である。

どうして風変わりな探偵役ばかり生み出すのかについて、探偵小説研究会・編著『２０１１本格ミステリ・ベスト10』（二〇一〇年）所収のインタヴューで著者は、高校生の時に読んだエラリイ・クイーンの『十日間の不思議』(一九四八年)から受けた衝撃が原体験だと語っている。この小説で探偵エラリイの推理が一度覆《くつがえ》されるように、推理とは原理的には何度でも覆され得るものだが、ここで終わりだと読者に納得させるため、最後の「締め」の言葉を宣言させればいい存在が名探偵なのではないか——というのが、その時に著者が気づいたことだった。

逆に言うと、そこさえ押さえておけば、名探偵を使ってどのような実験でも可能なのではないかというのが著者の発想なのだ。決して間違えない探偵がいたらどのような謎解きが可能なのか、推理をしない名探偵は存在し得るのか……。

では、本書の場合はどうか。神舞まりあと桑島彰の関係は、著者の他の作品でいえば、『名探偵　木更津悠也《きさらづゆうや》』(二〇〇四年)などに登場する探偵の木更津悠也と、そのワトソン役である香月実朝《こうづきさねとも》の関係に似ている——探偵の知らないところで優秀なワトソン役が奔走する、という点において。

とはいえ、それなりに優れた探偵である木更津悠也に対し、神舞まりあの場合は生徒会に対する私怨《しえん》が探偵ごっこの原動力であるため、まず犯人を決めつけ、それに合わせて推理を構築するというとんでもない荒技に走ってしまうのだ(実を言うと、犯人の決めつけ→それに合わせた推理の構築という手順は『さよなら神様』とも共通しているのだが、全知全能の神様ではないどころか赤点少女のまりあが似たことをしても全く説得力がないわけである）。これに対し、極めて口の悪いワトソン役である彰は、まりあの推理を聴くたびに、矛盾や弱点に突っ込みを入れながら虚仮《こけ》にするのが毎度の役割となっている。そんな荒唐無稽《こうとうむけい》な推理が生徒会の耳にでも入ろうものなら古生物部の存続に関わってくるし、お守り役としての彰の存在意義も消滅しかねないのだから無理もないが、まりあに「化石バカが過ぎていつも赤点取っている人の推理なんて誰が信じるんです？　推理なんてのは賢い人がするものなんです」とまで言い放つのだから容赦ない。

だが、本書を読み進めるにつれて、読者の中には「まりあの推理が間違っているとして、では真相はどうなのか？」という疑問が湧《わ》く筈《はず》だ。お嬢様と従僕という組み合わせで本書を連想させる東川篤哉《ひがしがわとくや》の短篇集『謎解きはディナーのあとで』（二〇一〇年）では、間違った推理を語るお嬢様を本命の名探偵である執事が毒舌でやり込め、正しい推理を披露するけれども、本書の場合は真相を置き去りにしたまま話がどんどん進むので、言いようのない居心地の悪さが読者を包むことになる。

更に言えば、終盤に近づくにつれて、まりあの推理を否定する彰の論拠が弱くなっている点も、本書が漂わせる居心地の悪さを倍加させている。果たしてこの物語はどこに着地するのか……と、不安な気持ちでページを繰るしかないのである。

そしてラストに至って、読者は本書の狙いの、いかにも麻耶雄嵩らしい（その意味では期待を裏切られない）ブラックさに苦笑することになる筈だ。貴族探偵の使用人たちの役割とも、木更津に対する香月の役割とも異なる彰の苦労に満ちた日々は、今後どこまで続くのだろうか。探偵役とワトソン役の関係に新機軸を切り拓いた異色作として強い印象を残す一冊である。

二〇一七年十月

この作品は、２０１４年11月徳間書店より刊行されたものに著者が加筆訂正しました。なお、本作品はフィクションであり実在の個人・団体などとは一切関係がありません。

徳間文庫

化《か》石《せき》少《しょう》女《じょ》

2017年11月15日　初刷

著者　麻《ま》耶《や》雄《ゆ》嵩《たか》

発行者　平野健一

発行所　東京都港区芝大門二―二―二〒105―8055
株式会社徳間書店

電話　編集〇三(五四〇三)四三四九
販売〇四八(四五一)五九六〇

振替　〇〇一四〇―〇―四四三九二

印刷　凸版印刷株式会社

製本　東京美術紙工協業組合

ISBN978-4-19-894279-3　(乱丁、落丁本はお取りかえいたします)

徳間文庫の好評既刊

高原のフーダニット 有栖川有栖

「弟を殺めました」男は言った。翌朝、弟と兄の死体が発見された…

耳をふさいで夜を走る 石持浅海

並木は決意した。三人の人間を殺す。驚愕の連続殺人ストーリー！

クラリネット症候群 乾くるみ

クラリネットが壊れて僕の耳も変だ。さらに怪事件が。驚愕の展開

蒼林堂古書店へようこそ 乾くるみ

ミステリ専門古書店の日常に潜む事件。ラスト一行のどんでん返し

こわれもの 浦賀和宏

恋人の死を予知する手紙。歪んだ愛と狂気。未来は変えられるか？

究極の純愛小説を、君に 浦賀和宏

樹海で高校生が次々と殺されていく。誰が、何故？　驚愕のラスト